iHuman

成为更好的人

[美]
凌岚
著

离岸流

GUANGXI NORMAL UNIVERSITY PRESS
广西师范大学出版社
·桂林·

离岸流
LI'ANLIU

图书在版编目（CIP）数据

离岸流 /（美）凌岚著. —桂林：广西师范大学出版社，2020.5

ISBN 978-7-5598-0811-0

Ⅰ. ①离… Ⅱ. ①凌… Ⅲ. ①中篇小说－小说集－美国－现代②短篇小说－小说集－美国－现代 Ⅳ. ①I712.45

中国版本图书馆 CIP 数据核字（2020）第 059900 号

广西师范大学出版社出版发行
（广西桂林市五里店路 9 号　　邮政编码：541004
网址：http://www.bbtpress.com）
出版人：黄轩庄
全国新华书店经销
广西广大印务有限责任公司印刷
（桂林市临桂区秧塘工业园西城大道北侧广西师范大学出版社集团有限公司创意产业园内　邮政编码：541199）
开本：880 mm × 1 240 mm　1/32
印张：11.875　　　字数：260 千字
2020 年 5 月第 1 版　　2020 年 5 月第 1 次印刷
定价：65.00 元

目 录

序　逐浪而生的叙事

黄子平

缘起

那年春季的“当代文学史”课没上完，后来也没接着上。然后呢，然后就是师生云散于五洲四海。很多年以后，我订阅了一个叫“金色笔记”的公众号。原来主持者是可以看到订阅者名单的，我收到了短讯，对方问：您就是那位在北大讲“当代文学史”的黄子平黄老师么？我是凌岚呀，很多年以后我终于开始写小说了，寄几篇给您看看？——结果不是几篇，而是一本，中短篇小说集，书名叫《离岸流》。

岁月如流沙掩埋了太多的记忆，我不记得这个学生了。凌岚一九九一年从北大中文系毕业，留学北美，其间一直用英文写非文学，直到二〇一五年才开始她所说的“高强度汉语写作”——写诗，写专栏，“终于”写小说，犹如井喷。但我想把这件事看成一个象征或一个隐喻。想起一句古人的话：“史统散而小说兴。”在“当代文学史”中断之处，小说兴焉，小说家兴焉。史的叙述断裂，故事也成了碎片，唯有小说家出来，犹如本雅明说的“黎明时分的拾荒者”，拾缀废墟中的碎片，检点支离的细节，聚拢漂泊离散的身影，使日渐模糊的细节重新鲜明，在虚拟的结局设计与开头呼应的韵脚，来安顿吾人在文本之海的浪涛中惶然的灵魂。

海与岸

凌岚喜欢写海，海是凌岚小说的中心喻象。她那篇一出手就非常成熟的处女作《离岸流》一开头，叙述者就说他是“从没有见过海的湖北汉子”，飞抵洛杉矶时从上空望下去，他觉得那就是一片海。其实，他在洛杉矶这片海里一直没有学会游泳。结尾处，他走到布满离岸流的海湾，撒下来不及成为生命的小生命的骨灰。《冰》的场景是“南极行”的一艘邮轮，南太平洋的海上“漂满大大小小的浮冰、冰山。最高的冰山有六层楼那么高，在海浪里缓缓地翻转、融化、坍塌。破碎后的小冰块也有几米见方，在海面上浮动，泛出慑人的蓝色，下雪了”。翼展三到四米的信天翁使林里想起了庄周：“鹏之背，不知其几千里也；怒而飞，其翼若垂天之云。水击三千里，抟扶摇而上者九万里……”海是迷人的，海是凶险的。那么岸呢？岸也未必安全，要不老尹怎么会在涨潮时蹈海而亡？（《必经之路》）

离与合

离乡背井，离婚，离异。离乡当然是所谓“留学生文学”的题中应有之义，但凌岚并未在此多所着墨，她仿佛只是说，哦，来了，好吧。当然，在老家，在国际长途电话的那头，总有一个絮絮叨叨的老妈在絮絮叨叨。离婚，离异。好多篇小说里的人物就是一个因失婚而失魂的女性。这种体验痛彻心扉，这种视觉带来某种特殊的敏感，这种叙述语调冷漠中压抑着哀怨、自嘲和希冀，这是凌岚小说中最值得细细品味的（你也可以将有关婚姻、家庭和性别政治的辩证就势引入）。《冰》里林里的“迷宫噩梦”带出复杂的心理内容：“有窗户透出黄色的灯光，似乎是晚饭时刻，隐约听到人声，很近，但是听不真切在说什么。再转弯，她走上一条新的路，没有门牌号码，没有街名，像两座黑色的高墙或者峭壁之间的通道，窄仅可容一人过，头顶的天是奇怪的发亮的暗色。这是被人工强光照亮的黑夜，前方就是那白光的光源所在，白中发蓝的光，好像发着白光的黑洞，要把一切都吞噬进去。周围完全安静，只有自己的脚步声，白光越来越近，她心跳加速，口不能言，无处藏身……”希腊神话（阿里阿德涅线团）的心理学解释转向完全相反的方向，拯救者与被拯救者喜结良缘，结果却是露水姻缘。在南极冰川的巨大存在面前，林里觉得自己一辈子都在等待这个时刻，来领悟人间的悲欢离合、恩怨情仇，如何全都渺如微尘。

情与欲

凌岚的情欲书写细腻幽微，内在于人物的情感变化，是情与欲合一、性与爱合一的。无望的单恋（《啊新泽西！》），少年的青春期（《蜜蜂》），女性意识的自我觉醒（《枪与玫瑰》）……在唯美的可视形象中有“成长”或“醒悟”的线索贯串，因而不落俗套。北美流行文化和消费时尚元素的织入，不仅给情欲书写添加斑斓的背景光晕，更重要的是，给“自我觉醒”的主题带来解构的可能：“自我”可能不过是“他者中的他者”，而“觉醒”不过“总是已经欲望着大他者的欲望”。

虚与实

现代小说从叙事者的视角叙事，因而是主客观交融的，尤其是采用“自由间接引语”的时候（把这种技巧派定为布尔乔亚的小说专利当然是错的）。以虚击实，虚实相生，凌岚善写梦境，写幻觉，写错觉，恍兮惚兮，最是精彩。《司徒的鬼魂》写美国东岸康涅狄格小镇上的单亲华人母亲，在中年困顿时偶遇一个印第安人酋长的后裔，探索“信”“种族身份”“魔力”等人生的疑问。除了叙事者，并没有人亲眼看见司徒·奥康和他那辆明红色的保时捷跑车，小说细细地叙写林里和他的忘年交，直到那一夜：“林里知道这是司徒的鬼魂，她的心突突地跳着。司徒慢慢地站了起来，他披着那件羽毛蓑衣，站直后开始旋转，起先是试探性的，大肚皮在蓑衣下露出来。然后他越转越快，快到看不清他的脸。他和蓑衣完全一体，变成一只巨大的鸟，翅膀掀动卧室里的空气，窗框和窗户上挂的木片百叶窗哗哗直响，……司徒这只大鸟撞向卧室的天花板，冲天而去。破碎的石灰和木板四散开来，万千片白色的羽毛，毛尖带着黑色，像雨一样地落下来，雪片一样落在她的枕头上，落在她的床上，林里的耳边再次响起司徒的话：'你要信，信仰是最重要的。'" 亦幻亦真，疑幻疑真，这是冲天而去的叙事，也是逐浪而生的叙事。

结语

开学了，今年的"当代文学史"可能要"远程授课"，我希望到时可以跟新一代的学生说：你们有一位修过这门课的学姐，在毕业二十几年后，终于开始写小说，而且写得极好！

二〇二〇年二月

离岸流

一

我二十多岁，大学毕业，一个从没有见过海的湖北汉子，二十世纪九十年代初，混在中国内陆省份走出国门的大学生中，来到美国，首站是洛杉矶。之前，我既没有坐过飞机，也没见过大海，离家最远的时候是到北京，那时我是县里唯一一个考进北京念书的。

美国到底是怎么个样子，我们谁都说不上来，但坚信它是“一个金砖铺地的花花世界”，这是我们出国时的共识，但这句话到底是许诺，还是激励呢？或者就是老华侨和偷渡蛇头中流传的谣言？国航飞机抵达降落时，下面一半是太平洋，一半是沙漠，在红色的云蒸霞蔚中（后来知道那是工业污染和汽车尾气造成的雾霾），一个城市的平面缓缓露出庞大的峥嵘面目。我想起的第一个念头，竟然是我必须学游泳，仿佛洛杉矶是一个海洋。

获得关于“离岸流”的知识，说起来缘起于我老婆红雨学车。出国离乡，扑面而来的事情太多，我们懵懂得像两只忽然被扔进水里的旱地小动物，我已经在洛杉矶这个海里住了四年，跟红雨结婚不到两年。

红雨怀孕至六个月的时候，决定学驾驶。理由当然很充分，之前她学过车，已经通过笔试，就等着路考通过拿驾照了，我也愿意教她，但是我知道她心里害怕开车。

红雨害怕洛杉矶的高速公路，这是她过去几年放弃开车，坐公交上下班的原因。按理说我们住在洛杉矶的银湖区，出门没几步就得上高速，她来美国也四年了，并不是初来乍到没见识过。但是，红雨对高速公路有恐惧情结，她个子本来就瘦小，坐在我们那辆本田车的方向盘后面，双手死死抓住面前的黑色轮盘，那表情就像溺水的小兽。她一紧张，车开得就慢，时速掉到六十英里以下，旁边的车一辆接一辆从左右两旁的车道呼啸地过去，超车的时候司机还回头藐视地看看她。这样一来她就更紧张，整个人缩得更小，本能地屏住呼吸，脸憋得通红。我怕她这样屏住呼吸时间长了，会当场在驾驶座上背过气去，那样我们就车毁人亡。

怀了孕，红雨说无论如何她得拿到合法驾驶的驾照，家里有什么急事，她可以开车出门，就是不走高速，多绕点路也行。“不走高速”是她自我镇定的救命稻草，她的心思我明白，在我们当地的小街小巷里把车技练熟了，到时再上高速也就不会怕成那样了，熟能生巧。这样我们出门后就开始绕小路。

去老费家做客后回来的路，也是这样绕行的。老费新购的康斗大屋买在洛杉矶的“上只角”，上高速走不过半小时的路，去一程我开车，加上周五晚堵车，也就花了四十五分钟。暖房结束时我喝醉了，当我一手推着从老费家取来的婴儿车座，另一手拖着一个二手学步器，手臂上挽着一大包费大卫的婴儿童装和没有用完的纸尿片时，红雨的眼睛盯着我看了一会儿，然后她果断决定：“我来开车。”她的手在我的裤子口袋里掏车钥匙时，手指隔着口袋布摩挲着我的腿，只几秒钟，我感觉很好，有点浮想联翩。她最近不喜欢我碰她。

坐到副车座上，我把车窗打开，让夜里的凉爽空气吹进来，帮我醒醒酒。夏天的晚上南加州的风是温的，但是很干燥，吹在皮肤上很快把汗吸干了，很舒服。红雨端坐在方向盘前，手臂呈水平状各执方向盘的两侧，看着很正常。她举起的手臂带紧了衣服，勾勒出胸和腰的曲线，再次让我浮想联翩。

车开过圣莫尼卡的“时尚好区”时，我们同时被街上漂亮房子的前面和后院吸引住了，忍不住回头看。红雨看一眼，就克制住自己不看，专心看路开车，我可以随心盯着看——白色的泥灰涂面的西班牙式房子，红瓦铺顶，低垂的鸡蛋花树；日式庭院，门前的纸灯笼；墨西哥式带屋顶的宽走廊，深棕色的方木柱子，红方砖铺地，爬满墙的红影树；沃尔沃车，宝马，奔驰敞篷车，雪佛兰科尔维特复古式跑车。然后我们都说住在这里离城多远啊，哪里有我们银湖方便！但是我知道其实我们是住不起这里的，这些房子、花、树、车子，跟我们没有关系。我毕业后找到这个程序师的工作才两年，第一年的薪水一半用来还读硕士时问亲戚借的学费了，余下的钱我攒着准备买一部小跑车，那种叫银子弹的道奇跑车。红雨一直在餐馆打工包外卖。她的钱除了寄回湖北家里，其余的都存着，她想交学费读一个图书馆的学位，图书馆职员薪水不高，但是工作清闲，也没有那么多人来竞争，据说。

开进好莱坞大道的时候，风景大变，更加热闹。这时晚上十一点了，下城的夜生活正式开始，沿路一溜儿站满流浪汉和野鸡，后面的人群是去夜店的华丽族，明星富翁奇装异服，鹤立鸡群。我把车窗摇上去合上，红雨一声不响地紧握方向盘，目不斜视，好像多看一眼路边这夜夜笙歌她会变成盐柱。路灯和酒吧的彩灯跳动着映在红雨的脸上，跟她苗族人特有的高颧骨和无辜的眼神很搭，曾经不止一次有洋人问过红雨是不是波利尼西亚人。

车窗外的人行道越来越挤，各种肤色的大胸，胖瘦不一的腿，空洞发呆的眼睛。摇滚歌手穿着带破洞的恤衫、油腻腻的摩托夹克，长发披肩的音乐家瘦骨嶙峋，除了胸口挂一把吉他，跟要饭的流浪汉别无二致。他们都站在夜店门口，在守门的保安面前来回徘徊。一个穿皮夹克浑身金属环的家伙，骑在哈雷上，正在跟一个小姑娘还是小伙子讲价钱，夜色中美女或者美少年裸露着细长的咖啡色的腿，看不出区别。

红雨打工的餐馆在唐人街，经常有这些做皮相生意的人来买外卖，看到她这个孕妇，小费还会给得很多，还会要求摸一下她的肚子，求好运气。

“你真给他们摸过肚子?!”我很奇怪，她居然不害怕。

“没有啦！但是他们见到我还是很高兴，这些老外多奇怪啊！见到孕妇又有什么可高兴的！我妈说的，见到孕妇和怀崽的母猪都得往地上吐吐沫，消灾……”红雨没有觉得她话里对自己有任何不尊重。她国内的家在恩施，红雨是湖北恩施土家族苗族自治州的廖姓苗人，来美国之前她是中央民族学院苗文专业的留校青年教师，持商务签证来到美国。按理她的英文是过了国内大学六级考试的，但是，她连加油站的柴油和汽油都搞不清楚，坚持说 diesel（柴油）不在六级英语词汇中。你听她说话经常分不清她在说美国还是说湖北，湖北恩施和洛杉矶银湖，如果不是特别说明，它们在红雨的话语中差别不大，除了对孕妇和母猪的态度不同。

我第一次见到红雨的时候，是在老费的旧家的派对上。一群人中间，一个小姑娘眉清目秀，漆黑的长发梳成马尾巴，穿着国内裁缝做的改良式旗袍，斩钉截铁地说："打光火药，但这家伙没死透，倒在地上抽抽，我就毫不犹豫给了一枪托，砸得脑浆子都出来。脑浆子你们见过吗？不是全白的，像米豆腐……"这个彪悍女就是红雨。

"谁的脑子？"座中有人问了我想问的。

红雨："野猪的脑子，比人脑子大，我也见过人脑子……是炸山开路时石头崩出来砸的……我二大大的脑子，好小……"那时正好是一九九二年洛杉矶黑人暴乱后，好多韩国人买枪保卫自己的店，怕被再次抢劫。洛杉矶的华人社区也怕被抢，见面都在商量购买武器的事。大家都没有摸过枪，不知道底细。唯一用过武器的人是红雨，她不厌其烦地解释在恩施用火枪打野猪的事。

你人脑子和猪脑子都看过，怎么还怕高速公路？这是我不止一次问红雨的话，她的回答都是"湖北没有那么宽的路，我一上高速看到六排车道就晕"。红雨在和我结婚前，上下班打工都是坐公交车。

穿过灯红酒绿的花花世界，我们的车从好莱坞转向佛蒙特大街，我也松了一口气，这条大路一直开下去，没多远就能拐进银湖区，快到家了。酒精的后劲开始上头。跟花花世界的下城比，这条路上灯光暗多了，四周也没有太多的行人，我昏昏然觉得很放松，把车座放倒，小睡一会儿……

一声巨响，小本田狠狠地往前踉跄一下，几乎像要飞起来，然后又重重地摔回到地上。我的身体像坐过山车，被惯性猛地抛到前车窗上，旋即又被身上捆的安全带给拉扯回来。我彻底醒了，扭头看红雨，她的头狠撞到方向盘上，右脸上狠磕了一下，已经红肿起来。她双目圆睁，脸色煞白，伸手拉我，说："小刚你没事吧？没事吧？我还好，就是脸上磕疼……"红雨把车停下来。

我摸摸脑门，把车座放回直立状态，说："我没事的，车子撞哪了？红雨你还好吧，除了脸别的地方疼吗？出门走几步看看……"

我们各自打开车门，起身出来，红雨除了脸上挂花，其他看着都还好，她一边走一边整理自己的连衣裙，脚步平稳，我松了一口气。我们转到车的后部查看，发现整个保险杠掉在地上，后备厢已经被撞得缩进车体里。我倒没有那么心疼小本田，反正这车也老得不行了，应该换新的了。

我们低头查看损坏的车尾，并没有注意那辆撞我们的白色中型货车。只听见身后那辆货车引擎熄火，车前灯随之暗了，车门推开，几个人跳了出来。我和红雨光顾着察看彼此的伤，一抬头，我们周围已经围了几个人。其中一个高个儿穿着连帽运动衣，背着光，他的大半个脸都缩在连衣帽的阴影里，看不清他的脸。他转身吼："别熄火啊！你妈的蠢啊！把车开着。"随即货车的大灯随着引擎启动的轰鸣声又亮了起来。

他的骂声在夜里粗重刺耳，大灯照得像审讯。另外两个围上来的黑人好像很紧张，低头看着我们的脚底下。接着另一个人从车里钻出来，嘴里不干不净地骂着“屎屎屎屎屎”。等他来到我们面前，我见他头上顶着缠夹不清的金发，身上穿着无袖的篮球背心、阔短裤，上身和腿上露出的部分布满刺青，包括他拿枪的手，枪对着我们。他看到红雨隆起的肚子，有点吃惊，把手里的枪本能地朝我这边多晃晃。在货车的灯光下，黑洞洞的枪口好像电影特写。红雨尖叫起来。

“别开枪，求求你们别开枪！求求你们！把车拿走！”她用英文说着，声音又高又尖，像是锉刀划在玻璃上。她的湖北口音的英语听在我耳朵里，一瞬间我觉得五脏六腑都在害怕。

“把车钥匙给我们！你他妈的快点拿出车钥匙！”高个子呵斥着。

红雨弯下腰把车钥匙往前抛在高个子脚前的地上，车灯光打在她赤裸的手臂上，特别白，地上几块碎玻璃闪着寒光，她颤声说：“车钥匙给你，拿去吧，我们没有钱。”

“我来我来。”我听见自己说，说着往后裤兜里掏钱包，一切都是慢镜头，我有种缺氧的感觉，脑子蒙了。我平静地掏出钱包，把里面的钞票掏出来，伸直手臂递过去。高个子一把抓过我手里的票子，转身就往货车奔，其他两个跟在后面，我松了一口气。这时我注意到那黑洞洞的枪口还在对着我们，没有挪开的意思。金发的小个子的眼睛里闪着疯狂的光。车灯下，我注意到他头上的金发是一个假发套，鬓角上有黑色的发茬从假发下支棱出来，让他脸上的疯狂更加恐怖，好像不是真的。

这时我突然清醒了，路上所有的嘈杂都蜂拥进我的耳膜，就听见高个子和金发仔的叫骂声，枪响，子弹在空气中擦肩而过的锐叫，货车上的人拼命踩油门试图发动车子、引擎的活塞挣扎几下熄火复又爆破启动的声音。在这一片嘈杂中我听到红雨在一旁啜泣，只有一两声，我用手臂罩住她的肩膀，往路边的高草中退过去，蹲下，努力在乱晃的车灯中把身体缩小。金发仔坐进我们的车里，手里还是拿着枪，另一手捏着车钥匙启动车。他离我们是这么近，他脸上的粉刺在汗水下清清楚楚。

随后，汽车排气管里冲出的热浪扑面而来，热浪中满是汽车废气的味道。在汽车启动的同时，我拉着红雨转身撒腿狂奔，马路隔离带杂草里的刺划破我的腿，我们拼命跑着，跑进一条更黑的小巷，跑过已经打烊的小店。直到发现牵红雨的手已经空了，我才意识到把她弄丢了，复又跑回去找。她倒在不远的路边，在一辆路边停着的车旁，赤裸的双腿上血迹斑斑，连衣裙的下摆已经撕破，高跟凉鞋只剩下一只。我以为红雨被枪击中，等我抱她起来察看，发现血是从她两腿之间流下来的。她还有气，活着。

警察叫来的救护车把红雨送到医院的时候，医生已经听不到胎音了。医生给了红雨引产的药，我坐在走廊里的椅子上等，医生跟我说为防止子宫大出血，要尽快引产——红雨没有被枪击中，但胎盘出了问题。引产前妇产科医生听我结结巴巴地说了车被撞然后被抢劫的事，叹了一口气，问这是不是红雨第一次怀孕。

医生安静地听完，说：“第一次怀孕可能会出现各种复杂情况，包括流产。晚上车祸和惊吓是一个因素，但不一定是流产的决定因素。”说完他拍拍我的肩膀，安慰我：“你们还年轻，以后还会有很多次机会。”我唯一的念头是红雨活下来，别出事。

引产很顺利，医生问我要不要见一见胎儿，我迟疑了一下，医生见我害怕，他说胎儿很完整的，就是很小，做父母的最后见一次是一个了结，我于是同意了。我被带进一间单人房间，类似于会客室，有沙发，有咖啡桌，沿墙的柜子上放了咖啡机和一排整齐的茶叶盒子，但不知道为什么那间房间给我布景的感觉，一切都是临时的设置。

我在房间中站了一会儿，前面有一个落地窗，窗帘里面透出光亮。我走过去拉开窗帘，才发现窗帘后面只有一张一米半见方的大照片，不是窗户，这个房间根本没有窗户。大照片后有灯光设置，外面装了落地窗帘。窗帘拉上以后隐隐透出来的光线像天光一样，其实是大照片背后的打光。我在那张大照片前看了一会儿，那是从洛杉矶天文馆方向拍的城市鸟瞰，洛杉矶天文馆是我跟红雨约会时喜欢去的地方，那处风景我非常熟悉，没想到在这里看到。这时听到轻轻的敲门声，我招呼以后，护士长推着小推车进来，她从小车上抱起平绒毛巾包的胎儿，递给我，告诉我不需要着急，想待多久待多久，没有人会打搅。

我从她手里接过小白布包，胎儿只有儿童足球那么大，皮肤呈蓝紫色，很光洁，皮肤还有弹性，不像皱巴巴的新生婴儿的脸，双目微合，表情很安详。他靠近眉心处的眼槽微微凹下去，像红雨，苗人长相，我一眼就认出，然后我就不害怕了。我慢慢打开绒布包，看到他的全身，是一个男孩儿。

二

当红雨和我坐着救护车被送到医院的时候，登记完红雨的名字，我跟驻院的警察报了案。洛杉矶急诊室的警察真多。除了做笔录和让我在记录上签字，深表同情，警察基本就是爱莫能助。在我身后排着长队的人有报案的，有犯了事反抗逮捕而受伤，带着手铐被送到急诊室就医的。我从来没有想到离家这么近的医院里晚上有这些热闹，在我每天晚上回到家，吃了晚饭洗了碗看电视，洗了澡坐在床上发着呆等红雨的这些时间里，以及此后的暧昧长夜，整个洛杉矶犯罪在夜中狂欢达到高潮，这夜里枪与药的狂欢，是我的小日子以外的平行宇宙。

我们的车上有车辆登记的文件，上面有我和红雨的地址，我问警察怎么办，流氓会不会找上门来。警察说不会，洛杉矶路上持枪抢劫的少年团伙，基本都是吸毒狂，没钱买毒品了就出来抢劫，拿到钱就走，几乎没有发生过跟踪上门的案例。我问，从来没有吗？ Never ever? 警察看了我一眼，迟疑一下，点点头。他肯定想这英文磕磕绊绊的中国人怎么突然蹦出 never ever 两个词了。

红雨过了一天就出院了。公司给我放了两天假，邮购了一瓶插花送上门来表示慰问。红雨呆呆地看着花束里蓝色的绣球花，像自言自语又像在问我：“那孩子，到底是男孩儿还是女孩儿？”我不敢回应，几年后吧，再跟她提在小会议室跟“小蓝孩儿”告别的事。公司秘书邮购花的时候，电话咨询了我一下，问我要蓝色还是粉色的花。蓝色代表男孩儿，粉色代表女孩儿，这是美国习俗中生男生女的花语，但我当时并不知道，选蓝色是因为这是红雨喜欢的颜色。

出院后第三天，红雨的奶水来了，汁水饱满，乳房胀得滚烫，像小母牛，可惜全无用处。出院前医生已经给她开了镇静剂和止痛片，并警告我们流产后产妇情绪会大起大伏。我下班进门，屋子里黑着灯，唯一的灯光来自浴室。红雨光着上身站在浴室的镜子前，看着镜子中的自己。她的一对乳房变庞大了一倍，乳房皮肤下的青筋纵横交错，像放大镜下的叶脉。她用指尖轻轻挤一下乳头，就有奶黄色的汁水滴出来，红雨用指尖接住，放到嘴里尝尝，又接了一滴，给我尝尝，有股淡淡的甜味。浴室的空气都是热的，红雨的身体在全力开工，像一台努力产奶的机器。

之后护士上门家访，教她把两袋冰冻豌豆放在胸口，想把这奶涨冰镇回去。就这样她半躺在沙发上，穿着碎花睡衣，敞着的胸口堆着两包冻豌豆，眼睛睁得大大的，盯着天花板，一声不吭。过一会儿等豌豆焐热了，她自己起身去冰箱里再换两包。疼吗？我问红雨。她摇摇头，已经不疼了。我不知道是药物的作用，还是她真的就很坚强。红雨从一周前怀孕的少妇，变成了老气横秋、不修边幅的妇人，头发蓬乱，随时可以脱掉上衣察看自己胸口的情况。因为奶水时不时会漏出，她基本都穿那几件邋遢的旧睡衣，加上她木然的眼神，让我心疼，也让我难为情。

我下班，带来老费家做的饭菜，煲的鸡汤。没过两天，红雨就下地自己做饭了。但她还是不怎么说话，我怕她是不是吓出毛病了，劝她给湖北家里打电话，写信也行。她回头冲我笑笑，说这么“衰”的事有什么可说的，平白叫家里人担心，还一点用处没有。过了一会儿，她叹口气，说想不明白，那些坏人怎么挑中我们这辆破车的，没有一点迹象表明我们有钱啊。说着说着，她又问，为什么偏偏是我们这么倒霉？他们为什么没开枪杀了我们？

我没心没肺地全盘转述警察的话，这些少年团伙就是吸毒成瘾，抢钱抢车买毒品，不是想杀人，他们不会上门来的。说到这里我停住了。

从红雨的表情，我知道最后那句把她吓到了。红雨是聪明人，她出院后几天思想都被“小蓝孩儿”占了，等她的伤心过去，她就开始反反复复地想那天出事的每一个细节——最早在哪条街看到那辆白色货车的，它跟了我们多久……很快她就想起车里放的车辆登记卡、保险证明，这些文件上清清楚楚写了我们的姓名地址乃至社会安全号码。“警察怎么能知道这些流氓不会上门来找我们，再抢我们？”她反复问我。

“那我们也买枪自卫，”红雨认真地说，“到哪里去买枪？我可以打长枪的，手枪没有打过，应该差不多……”过了一会儿，她又绕回到那个“为什么挑上我们”的老问题。“我其实注意到后面跟的车一直是那辆，离得那么近，我一点都没怀疑……”红雨的口气像祥林嫂。

“不要再想了，红雨，已经发生了，洛杉矶那么高的犯罪率，我们摊上一次也不是没有可能。”

“离得那么近，怎么可能不想呢？”她伸出手，摆出一个手枪的姿势，指着我的胸口。

对红雨的话，我心有戚戚，我从来没有想过周围那么多人拥有枪。我开车在路上，前后左右并行的车，它们的仪表盘上的小柜极有可能藏着一把手枪；去超市，有多少顾客身上是带枪的？公司同事呢……枪变成一个身份了。但是我的当务之急是买一辆新车，本田的下落没有任何音讯，保险公司已经确认了报失，赔偿很快就会寄来。

这时，我们两个同时听到墙壁里传来窸窸窣窣的声音。红雨打住话头，指指墙，侧耳听，然后压低声音说：“又来了！”

三

第二天晚上进门时，我发现床垫被拖进储藏间了，一个双人床垫，把储藏间的地面塞得满满的。储藏间一侧挂红雨的衣服，主要是连衣裙、丝绒套装、毛料西裤等等值得挂起来的精致衣服，另一侧挂了我的西装、衬衫和各种各样的领带。一只从宜家买来的活动衣柜装我们的内衣、T 恤，被挪出去了。

红雨带我走进储藏间，顺手关了门。储藏间里没有开灯，仅有的亮光从门下那道窄缝透进来，我看到红雨穿了绣花拖鞋的脚，还有她朦胧的身形。

“怎么回事？为什么睡这里？”我问。如果我平躺在床垫上，我的脸和身体就在那些真丝旗袍、领带、长风衣、全羊毛西裤裤腿的丛林里。

红雨压低声音说：“这里没有老鼠。”我这个能打长枪、看过野猪和二大大脑子的老婆现在胆小如鼠。

“你是说墙壁里的老鼠不会跑到储藏间来？它们在墙里转晕了找不到这里来？”说着我都想笑出声来。

“不会的，它们现在只在卧室到客厅的那面墙下。”红雨还是压低声音说，好像怕老鼠听到，应声而往，找到我们。

“你知道上次我已经把墙上所有的洞都堵上了……它进不来的……”我也压低声音对她说，我们像在黑暗里密谋。

“不行，我听到它们吱吱嘎嘎的声音，都要发疯了。”红雨说着声音有点发抖了，“我睡不着。”

“好吧，好吧，亲爱的，你想睡哪里就睡哪里。”我伸出手臂抱住她，隔着薄薄的T恤，她的胸和腹部的皮肤开始恢复到正常状态，温热的抱着很舒服。

红雨忽然哭了：“我们本来过得好好的，忽然就变得这么惨……”我把她抱紧了，储藏室里闷得透不过气来。

三个多星期前，我们在厨房的水池下发现老鼠屎，那是第一次。红雨开始疑神疑鬼，觉得晚上老鼠吃过厨房里摆的水果。她跟房东抱怨，房东保证立刻派人来灭鼠，然后就没有下文，也不再接我们电话了。银湖区是洛杉矶少有的几处租金便宜的地方，房源紧俏不容易找到。我们拿到这个一卧一浴还带一个正式厨房的公寓，是顶替朋友的租约，如果仅在市场上找还不知道猴年马月才能住进来。房东绝对不会管什么老鼠不老鼠的，你嫌这里不好，你自己另找房子去啊，反正有人愿意住进来。

我从建材店买了合成板、水泥，还有填胶的工具枪，把水池下的洞先补上，然后检查全公寓的犄角旮旯，把能填能垫的洞和缝隙都给堵死了。红雨开始放下心来，不会在淘米时把米抓在手掌里反复查看，老鼠风波才算过去。

红雨挣脱我的怀抱，站直了，从鼻子里长长抽了一口气，说："你必须马上把留言机里的录音换了，现在是我的留言声音，得换成一个男人的声音。"

"为什么？"我问。

"换成男声留言，说明家里有男主人。"

"你是说那些流氓惯犯上门抢劫前，会给我们打电话留言？"我忍不住调侃。

"去你的！你这就去改留言！"红雨娇声说，她拍了我一巴掌。她忽然恢复温柔，愿意跟我缠绵，我觉得这没开灯的效果挺好，如果能这样，我愿意一直睡在储藏间。结果她转身推开储藏间的门，大大方方走到光明中去了，我只好跟出来。

"还有——"红雨说，她在厨房门口，又转身对着我，我等着她发号施令。

“还有什么？”我问。

“我记不得我想说什么了，一会儿想起来再说。”红雨说完，进了厨房。

晚饭的时候，我注意到公寓里所有的灯都打开了，包括厨房里碗柜下的小灯，我们这个家像被置于聚光灯下的金鱼缸，那样的亮，那样的清晰。我指指房间，红雨点点头，说是的，就应该开灯，灯光如昼，坏人也就不敢上门了。

彻夜不关灯？

不关。

睡觉时也不关灯？

睡觉时也不关灯，睡觉不就包括在“彻夜”里了吗？红雨说得一点都不含糊。

我闷头吃饭，终于想起一个借口，对红雨说：“你身体好了，最好还是去打工吧。钱不重要，关键是得出门散心，省得在家里神经兮兮……”红雨筷子上夹了一块冬瓜，筷子一抖，冬瓜掉下来。我即改口安慰她：

“打工太累，你至少坐车出门走走，闷在家里老在烦心老鼠……”

红雨定定地看着我，说：“我明天就给吴老板打电话，问他可不可以先做几个小时再说，有钱总归是好的。我要买一辆四轮驱动的大车，不怕撞的。”她嘱咐我：“天热，多吃点冬瓜海带汤，清凉败火。”

厨房的墙壁里又发出窸窸窣窣的声音，红雨脸上没有什么表情，她说：“刚才忘记说了，我打电话找了一家灭鼠公司，过两天就可以来。老鼠身上带病菌的。”

灭鼠公司上门时，已经是周六。前来的是一个墨西哥人，穿一身整齐的制服，左胸口戴着名牌，“马可·波罗”。他查看了公寓的各处，对储藏间里放的床垫没有多问，只是多看了两眼。我带他去看客厅里那面发出老鼠叫声的墙，墙是干板壁，被我们打破过，想掏进去捉老鼠，未果后复又钉上。他经验很足地用手指敲击墙面，侧耳倾听，好像老中医望闻问切。

墙壁里静悄悄的，武松打老虎，老虎不在家，老鼠也不在家。

“解决办法是从中央空调的出气口把老鼠夹放进墙壁之间，越深越好。”马可·波罗说，手指指客厅墙壁上唯一一个冷气出口。

“那老鼠夹还取出来吗？”红雨问。

“不取，逮到老鼠后就留在里面。一开始会有点异味儿，过几天就好了。”马可·波罗说。

红雨脸色发白，我过去搂住她的肩膀。我问：“老鼠从哪里进来的？”

马可·波罗说从屋顶的瓦下钻进墙的。红雨问：“墙里并没有食物，它们为什么想钻进来？”

“动物也喜欢房子能遮风挡雨啰。母鼠产崽前，喜欢钻进墙之间，它们钻进来也就再出不去了，其实它们早晚死在墙之间……”马可·波罗同意把鼠夹放到屋顶上。然后他带着专业人士的微笑，戴上消毒手套，去车里取鼠夹和工具。

等他离开，我们俩盯着客厅的那面墙看了好长时间，不知说什么好。

我心里闷，找了个借口，离开家自己出门走走。红雨像平时上班一样，把我送到门口，嘱咐我坐车当心，好像这就是一个平凡的日子，什么都没有发生，好像我们还没有被人持枪抢劫过，好像我们还是岁月静好，不是钻进墙缝里坐以待毙的老鼠。

没有车，等于没有腿。唯一选择就是坐轻轨车，我漫无目的地上了轻轨红线，居然无意中跟着一群台湾游客，在天文馆那站下了车。日当午，天文馆的山脚下的停车场停满了车。好多亚洲人和墨西哥人，扶老携幼，大呼小叫地从车里出来，跑得快的孩子已经冲到人前，腿脚不好的老人落在家人的后面，一家一家人往山上走。

我喜欢天文馆前那个气派空旷的广场，可以看到远处洛杉矶山上标志性的 HOLLYWOOD 几个白色的巨大字母，也可以看到下城的全貌。在没有雾霾、天气晴好的时候，可以看到洛杉矶海岸线外的大海。现在空气质量不好，只看到一团灰扑扑红色的雾气，罩在大地上。天文馆是我带红雨约会第一次出门玩的地方，它不收门票，是我们这样的小青年免费的浪漫之地。我们以 HOLLYWOOD 为背景的合影，洗印后放大了寄回到国内家里，那是我们的定情照。结婚以后先是没有公寓住，只能分开住在原来各自的地方，分居半年多才在银湖区找到那个公寓。搬家后的晚上我们再次跑到天文馆的山顶，俯瞰洛杉矶，眼前万家灯火，像巨大的星盘一样的城市之光中间，终于有了我们的家。家，一个美好的结婚后的家，老婆和老公组成的安宁生活，忽然之间唾手可得，在我们到达美国的第五年。

在那个没有窗户的小会议室里，护士把包了白绒布的“小蓝孩儿”递给我，我接过来抱住。他的样子，是那么安静，好像随时都可能睁开眼睛，我一点看不出什么不对头。这是我的孩子，这是红雨的孩子，但是他不能动不能哭，不能像别的小婴儿那样长大了。

现在红雨是惊弓之鸟，怕到连晚上睡觉都把所有的灯开着。我后悔没有带红雨一起来天文馆，我们应该一起来这里的，我忽然非常想念她。我站在天文馆旁的山峰顶，俯视下面半沙漠的山谷，太阳已经行过头顶，山谷里朝东的部分已经在阴影里。冷热对流，从谷底升起热风，一只鹰利用上升气流在我不远处展开翅膀，在空中一动不动。它在峭壁上投下影子，我从来没有见过鹰展开翅膀后有那么大，两翼足有五尺宽的幅度，明黄色的利爪在褐色的腹部下蜷着。山谷两侧的石壁里长了一人高的仙人掌植物，几棵绿的尤加利树从谷底一直长上来，笔直的树干像巨人一样。仙人掌丛下有垃圾，快餐店印着店名的餐巾纸和饮料杯子丢弃在那里，白色的塑料袋和保险套刮在仙人掌的小枝上，被谷里的热风吹动，鼓起来像半个气球。砸碎的玻璃啤酒瓶子在我不远处，反射出光，像一堆星星。

在烈日下，鹰、仙人掌、垃圾，连同眼前这个山谷，近旁像星盘一样错落的城市，它们都是完整的一体。不知为什么，眼前那些荒凉肮脏的东西给了我心里不少安慰，它们本来就是这个大都会的自然肢体之一，没有什么可难为情的。我转身下山，计划要不要带红雨出来走走，我们可以一起去选车。

四

大半年后，我在公司接到警察局电话，开始还以为是通知我们小本田找到了。警察说小本田的确已经找到，但这不是他打电话的原因。他希望我和红雨都能去警察局帮助辨认罪犯。我知道红雨不肯，也知道这种受害人帮助警察辨认嫌犯的事是自愿的，所以只简单地说不，便把电话挂了。

等我下班，公司门口有个穿西装的人在等我。见我出来，他立刻出示了警证。他为辨认罪犯的事上门来找我，想说服我们。这次不是青少年团伙小打小闹，一个警察前天晚上在佛蒙特大道被枪击中。

他说："出事的是同一地点，警察相信是同一团伙，所以才找到你们。"

便衣警官有沉重的眼皮，面对面说话时双目都像半开半合，里面的黑白眸子偶尔一现。他把找到我们车子的地点告诉我，写下那个地址时，圆珠笔在上面敲了两下，见我没有反应，他抬眼问："你在洛杉矶时间不长吧？"我摇摇头，他说那是一个治安很不好的区。"比我们被抢的佛蒙特大道还不好？"我问。

他笑了："佛蒙特跟它比好得像比佛利山庄，你们如果去找车，最好一大早，比如早上七点钟之前。再早也不行，六点之前是夜间，还会有枪战。"

我谢了警官，答应第二天答复。

我跟红雨说，没想到她一脸镇静。"我愿意。"她的口气英勇得像

“双枪老太婆”，“我们明天起早先去把小本田领回来，晚上就去警察局看嫌犯。”我说：“那个区治安挺差的，你不怕？”

红雨说：“能差到什么地步？像电影《街区男孩》那样？洛杉矶太大，好多地方我们都没有去过。”

第二天一早，我们开车去了“街区男孩”的地盘。街道上近于无人，夜生活好像刚刚结束。街上唯一开门的是波多黎各人的早点摊子，我停下来买了一杯咖啡。几个形销骨立的人在吃培根鸡蛋，他们并不看我，好像夜班工人才结束一晚的工作。我出门时一辆警车停在门外，蓝色的警灯无声地转着，车里出来的警察腰上别的报话机啪啦响着断续的无线电声音。我跟警察擦肩而过。

我和红雨都紧张，后悔来找小本田。转过那些堆满垃圾、墙上满是喷漆涂鸦的街道，我只想尽快离开，红雨已经看到路牌，说就这里了，小刚你停下。

那是两栋楼之间的一个空地，旧楼是被拆掉了还是着火烧光了，说不清。青黄的荒草已经长到一人高，荒草之间堆着残瓦，折断的水泥预制板露出里面的钢筋，也在地上横着。这里那里都有丢弃的耐克鞋，一只芭比娃娃脸朝下，身上的裙子已经被剥光了，露出肉色的硬塑料身体丢在地上的脏水洼里。到处是麦当劳快餐的纸盒子、饮料纸杯，我们下了车就闻到一股奇怪的腐烂的恶臭。红雨和我紧紧拉着手，朝废墟之中的唯一一辆车走去。

那辆车已经不是车了，是一些组装零件。能被拆下的东西都被拆卸下来：四个轮子、电池、音响、汽车坐垫、无线电天线，连雨刷子和方向盘都没有了。挡风玻璃已经粉身碎骨，挡风板上和前座上落满了玻璃渣子，车里的废纸垃圾里有几片纸看着眼熟，是被撕烂的汽车注册纸和保险卡，上面有我和红雨的名字。为什么车里有那么多快餐外卖的纸包？还有一叠中餐馆的外卖盒子，七八只筷子和白色塑料刀叉。我想象不出，抢劫和拆车活动会让你那么饥饿吗？

小本田的尸骨只残存了外面的车壳，银色的车漆伤痕累累。我带着红雨离开，在上高速前看到一个废旧汽车回收站，把地址告诉他们，付了六十美元把车拖来垃圾站，这是我能替这辆陪伴了我四年的车做的最后的事。

当天到警察局已经是晚上十点以后了。不知道警察局里这种站成一排，被黑暗玻璃外的声音问话的活动，是不是都在晚上进行。问话的警官是个高瘦的黑人。他让秘书给我们倒茶，然后解释那个房间的声音和视觉的单向原理，基本就是警匪片里看到的那样。一共有三队人，辨认时警官会问话，说话时认人最方便，表情很难伪装。见我跟红雨点头，警官说那我们就去“剧场”吧。那里已经有七八个人，从身形和坐姿看基本都是警务人员。我们在玻璃隔板前坐定，屋里没有灯光，唯一的照明来自玻璃墙那边。

最先上场的一队只有三个人，其中两个一看就是陪跑的，堂堂正正，连T恤都是一尘不染的白色和藏青色。警官让最后一个穿风衣的小个子留下。

小个子的外套风衣不像风衣，辨不出什么颜色，上面唯一的扣子挂在线头上。外套里是跨栏背心，运动裤，下面一双耐克鞋。他的脸在强烈的灯光下看不清楚，好像自带马赛克。后来我意识到，看不清是因为他习惯把脸缩进竖起的风衣领子里，你看到的只是他一头乱蓬蓬的头发。

警察发话："你喜欢夜生活。"

"我不喜欢夜生活，我循规蹈矩，长官。"

"那你深夜两点在夜枭酒吧前干什么？衣服下夹了一把半自动步枪，你难道不知道枪会走火吗？"

"长官，我是退伍军人，我有合法持枪执照。"

"你有合法杀人执照吗？你以为可以随便进酒吧对人脑袋瓜轰一枪吗？"

"他推搡我，要打我，他先动手的。"

"他是谁？"

"他就是那个酒吧请老兵喝酒的人，喝着喝着人来疯，他打我骂我，让我滚蛋。"

"那你怎么办？"

"我就如他所愿，回家了。"

"然后呢？你取了长枪回来要把他脑袋打成两半？"

退伍军人和警官之间的对话你来我往，夹枪带棒，充满机锋，加上他们各自不同族裔的口音和俚语，让这些话中话更隐晦，我和红雨如在云里雾里，好像大学时看没有字幕的外国电影。我的理解主要来自他们说话的口气和表情，剩下的自行补充。红雨就更蒙了，她呆若木鸡地看着玻璃墙后的表演，到那个人下场她才合拢嘴巴咽了口口水，她在我耳边耳语，问他们到底在说什么。为什么那个犯人那么硬气？他到底犯了什么事？我摇摇头，我也是第一次看到警察审人，我原来以为警察开头会说坦白从宽，抗拒从严呢。

下一队上场的人马有六个人，我们都不认识。第三波人马出场，眼前三个人看着都差不多，除了肤色不同，两黑一白，都有刺青，都挂了花缠着绷带，但是部位不一样。一样的是他们血迹斑斑的T恤，还有空洞无畏的眼神。他们像走T台的模特，水仙花一样施施然走进房间，停下，转身面对我们。警官让他们侧转、停住——让我们好好看看侧脸，再转身——“仔细看他们的背影，记住了啊！”又让他们往前走三步，往后退三步——“记住他们的步态”。

红雨突然指着最左一个小个子黑人说，那个是不是？我瞪大眼睛，但还是完全分辨不出来。我的记忆里只有一头金发，脸上的粉刺。

坐在我们身边的警官轻轻点头，然后对着全屋子里的人说：“对的，左边就是在佛蒙特大道对奥尼尔警官开枪的那一个，我们先问他，问完，我们的客人可以离开了，让他们先走。其他的人我们明天再审。”

“剧场”里的其他两人按令退下，只剩下那个小个子。警官对着麦克风说：“你认识奥尼尔警官吗？”

小个子：“老相识了。”

警官：“那你把对我们说的话，再说一遍吧，老相识。”

小个子："我在六十四街以南过佛蒙特大街，准备找个人找点事玩玩。"

警官："几点钟？"

小个子："我不知道几点钟，没有手表，但我记得你们抓我的时候，警车上表盘的时间是两点四十二。"

警官："过佛蒙特前你就开枪了？"

小个子："不是，是之后。我过街时就看到奥尼尔，他没有穿制服，他对我说'晚上好！'"

警官："你为什么要过马路？为了朝他近距离开枪？"

小个子："不是的。我看见他招呼我，我停下来，注意到他手里端着一个东西，看外形就是一把手枪。他把手枪对着我，我就开枪了，他对我开枪，打在我的胳膊上。我换了手继续对他开枪，好在手枪是连发的，我手臂受伤，换不了子弹。"

警官："他现在生命垂危你知道吗？"

小个子："不知道。我本来不想对他开枪的。"

警官："你不担心吗？奥尼尔死了的话你就得上电椅了。"

小个子："没有感觉。是好是坏都不知道，开了枪就有我没有他了。最坏的是我过不了二十岁生日了。"

警官："你怎么被抓的？是在佛蒙特大道？"

小个子："不是的，是自己人告发我的。我受伤后流血严重，回到家里，正在包扎伤口，等我妈出去买了炸鸡回来……"

讲完，"剧场"另一侧的门打开，小个子一瘸一拐地下场。天花板上的灯在他身后熄灭，“剧场”瞬间就像一个黑洞。墙这边的灯亮了，我们的影子倒映在玻璃上，大家面面相觑，红雨除了几个单词以外，基本没有听懂，偷偷问我是不是买炸鸡外卖时开枪的。我也不清楚小个子的一番慷慨陈词到底是什么意思。他的口音更重，把英文中的“我”都说成“哇”：“哇本来不想对他开枪”“哇受伤以后”……听着听着我走神了，恍惚间觉得他们在说陕西话。

从警察局出来，已经十一点半了。警察局的停车场在城市轻轨下面，最后一班夜车从头顶上呼啸而过，像穿空而过的子弹。这一天从早上去黑人区找小本田，到晚上去警察局认嫌犯，我好像被人再抢劫了一次，被夺走的，是我对洛杉矶这个城市的信心。这个让我完全找不到北的城市，真的是我生活了五年的地方吗？

红雨说，就是没有车祸，你又能懂多少呢？我们来美国时，谁也没有教过我们任何事啊，你知道胎盘会出血吗？你知道在路上开车好好的，有人会撞你，抢你钱抢你车吗？你知道抢劫的人会当着你的面互相射击，自己打自己吗？

我说不知道，我至今不会游泳，洛杉矶是一个海洋。

五

红雨流产后的一个月，我们收到一个挂号包裹，接收人必须签名的那种。邮差离开以后，我盯着发件人里的那行字发呆，“伊鲁迷娜”，眼熟但是一时想不起来了。红雨从厨房走过来站在我身边，凑近看我手里这个小巧的包裹，它像一个小号的首饰盒，被黑色的牛皮纸包裹得整整齐齐，四个角都是尖尖的，没有一点折损。我们几乎没有收到过礼物或者包裹，红雨对这忽然降临的“小首饰盒”格外好奇，她仔细看着外层精致的包装，不停地问：“谁寄来的？里面是什么？”

这时我想起来“伊鲁迷娜”是什么了，但已经来不及阻止红雨了。她已经取了剪刀在拆包裹外的黑色牛皮纸包装了，她用细小苍白的手指捏着红色的张小泉剪刀，好像在做手工的孩子。没办法，我只好实话实说。“伊鲁迷娜”是我在医院填葬礼安排的表格时选的火葬公司的名字，三选一，我选了第二个。

听我说完，她的手把包裹慢慢放下：“真轻！”

那个“小首饰盒”就一直保持那个半拆开的状态，放在厨房的小圆桌上，直到我把小盒子收起来，收进卧室里柜子的最下层，在我们的护照和毕业证的下面。那以后的几天我们彼此心照不宣地避免目光接触，好像两个心怀鬼胎的犯罪分子。

我们最后决定把骨灰撒到洛杉矶附近的海里去。我去问同事洛杉矶哪里的海滩游客少。同事说要选一个背静的海滨，就得把车沿着一号路往西南开，开过文图拉县到达马里布的公共海滩。那一带离我们住的地方差不多有两个小时的车程，我从来没有去过。因为怕像上次那样出事，我专门买了地图，用彩笔把路线在地图上描出来。同事以为我们计划周末郊游，提醒那片海不适合游泳，湾里布满“离岸流”，海浪会不停地朝远离海岸的方向推。

我们早上五点就出门了，一是为了避开周末的交通拥挤，二是为了在晨跑的人到达海滩前把事办了，开着我们新买的车，道奇“银子弹”。我喜欢这个名字，虽然它已经不新了，里程表上有一万多里程了。一旦恢复有车状态，我们在洛杉矶就是自由人。

红雨手里捏着地图，坐在副座上，一路上她很注意看着车窗外的风景，这一带我们都是第一次来。我知道出门前她好好打扮了一下，穿了平时很少穿的墨绿色绉纱连衣裙，还抹了脸化了妆，把衬衫熨好让我穿上，比平时上班都郑重其事。

等我们开到那里，发现马里布的海滩都是公共性质的，没有游客，路边荒凉的坡地上零星聚着仙人掌类多刺的植物，灌木丛下有不少垃圾，包括饮料瓶子。停车场边的凉亭和公交车站里三三两两站着形容枯槁的流浪汉，他们的脚边放着过夜用的毯子和破烂的提包。看到他们，红雨不由自主紧握住我的手。我们挑了一个看不到流浪汉的停车场把车停下来，整个停车场只有我们一辆车，“银子弹”孤零零地落单在那里，旁边竖着一块破旧的州立海滩的海浪警告牌。等我们开始往海边走，才发现那个停车场离海滩最远，必须爬过一个陡峭的山坡才能抵达海滩。

山坡上没有一个游客或者晨跑的人，铺了枕木的小路在一人高的野草中蔓延。那些被太阳晒得颜色发红的野草，带着夜晚过后清晨的露水气息，顶端开着星星点点的黄色和粉色的单瓣小花，这是洛杉矶半沙漠的野地里特有的植物，俗称“鸟眼”。这些细小的花成千上万在晨风里浮动，像太阳的光斑洒在我们的周围。红雨穿着黑色的细高跟皮鞋，在小径上小心翼翼地走着，怕被地上的石头和草坑崴了脚。她的挎包里放着那只拆开到一半的小盒子。早上觅食的海鸟成群地从我们头上飞过，发出呀呀的叫声，它们也朝海滩飞过去。

翻过陡坡后下山朝海的路是一段更窄的碎石和枕木铺的台阶，看上去有一百多级。为防止跌倒我们都低头小心看着脚底下的路，尽量挑平地落脚。等我们到达最后一级台阶，一抬头，周围已经是开阔的沙滩，海浪在不远处拍打着。海水是深灰色，近海岸的黄沙滩地上漂着浪带来的白沫。海滩上只有我们两个人，还有一群一群的白色海鸟，它们会突然起飞，张开浅褐色的大翅膀，白色的腹部掠过海面上的细浪，在天空中转一圈，又在原地落下。

我跟红雨呆看着海，眼前的空旷和单一风景几乎让我忘记此行的目的。过了好一会儿，红雨点点头，就这儿吧。她把挎包打开，把那个小盒子取出来，飞快地把原先拆开的包装纸一层层撕下来，露出一个更小的白盒，她掏出来递给我。“我们就在这里撒吧。”说完就打开白盒子的盖子。

盒里的第一层是白色泡沫塑料盖，上面安了一截小小的白绳，拎起细绳，就可以看到里面用透明塑料袋装的棕灰色的粉，只有两调羹的量，像躲在盒子内心的小鸟。我把裤脚挽到膝盖以上，取出那只“小鸟”，握在手心里，把盒子递还给红雨：“你在这里等着我。”然后我一个人走向海滩。红雨并没有跟我过去的意思，她眼巴巴地看着我，像海滩上那群鸟。鸟群以为我手里拿的是什么可吃的东西，它们一边朝我走来的方向慢慢挪动，又不靠近。我没有什么可贡献的，只有“小蓝孩儿”的灰。

我朝海水里走下去，尽量走得离岸远一点。如果能起风，风带动波浪，会把灰扬起带到海滩之外。但是没有风，海面平静着，远处有一艘弃置的旧船，黑色的桅杆斜支着，此外海平线上一无所有。我低头看着已经没过膝盖的海水，一股细小的海浪在我腿边流转，搅动脚底的沙。我把手里的袋子抖开来，袋子里的东西像烟灰一样撒在我的腿边，只那么一下，袋子就空了。我既不敢立刻迈步离开，怕一抬腿它们就随着水里的沙子一起粘在我腿上，又担心浪把它们都冲回到海滩上，被跑步的人和流浪汉踩着，跟那些海鸟的排泄物和破碎的贝壳水草臭烘烘地堆在一起。

这时我脚边的水底升起一股看不见的流动，带动海水，海水里微小的尘粉像四散开来的鱼卵，轻盈地漂起来，随着海水的流动打着漩儿，成群结队地往海洋外的方向漂着，我的腿感觉到离岸流的推力，几乎不由自主跟着。过了几秒钟，周围的水里就再也看不到什么了，我慢慢走回岸上。

红雨一双眼睛红红的，但她的脸被海边的太阳海风沐浴，反而有了一点血色，加上出门前抹的脂粉，她看着比过去一个多月都漂亮。

海滩上开始有一两个晨跑的人。我们顺着石阶而上，往停车场的路走。在坡顶我们停下来，回头看看那片海，海鸟群烟一样地升起，海面除了那艘破船，什么都没有。

我觉得我有好几辈子可以活，直到离岸流把我的灰带走。

（发表于《青年文学》2018年第2期；转载于《小说月刊》2018年第5期，《长江文艺·好小说》2018年第4期，《中华文学选刊》2018年第4期。）

老卵

老卵到美国以前，我一直以为他已经死了。

老卵是二十世纪八十年代中期中国新新诗的代表人物。在北京他像一只开关坏掉、用电不走电表的灯泡，永远地、炽热地亮着，旁边围着一窝一窝的漂亮女生，以中文系和英文系的居多。

那个时候，诗人像摇滚明星，所到之处，引起文青和普通青年地震般的欢迎。偶尔观众太多引来警察，则更是加分项，给他们平添英雄光环，没有比“革命”加文艺更激动人心的了。一九八五年我在北大读本科，新新诗出了《新诗潮》这样一本《圣经》级别的诗选，收入老卵的二十首诗，他的盛名如日中天。老卵是《新诗潮》中唯一出自本系的学长，我对他格外关注。他那二十首诗每一首我都会背，那时我以老卵的诗为模版，每天至少出产五首诗，希望在未来几年《新诗潮》出版增订版的时候，我的诗可以忝列其中。

老卵的二十首诗，其中一首写未名湖，在初春破冰的夜里，冰面裂开，发出“子弹穿空的响声”。还有一首：“举目无亲，所有的方向都是彼岸，我游不到的地方。”我在宿舍里高声朗诵，下铺仓健在宿舍里唯一的小桌上用电热器煮方便面，等我朗诵完了，他探头上来，问我的那份要不要加辣椒酱和粉肠，辣椒酱免费，粉肠是他晚饭从学三食堂多买的一份，我欠他两毛钱。我恢复平时说话的嗓音，回答都要，然后坐好，重新酝酿丹田之气，继续朗诵。

这些诗在大学生中引起的轰动，不亚于那深夜里的破冰之响。我们在夜里喝完啤酒，砸了瓶子，北京夏天干燥的夜风吹动油腻的头发，我们汗津津地骑着自行车，歪歪倒倒，回宿舍的路被钠灯照成橘黄色，我们对着空荡的校园大着舌头喊几声："所有的方向都是彼岸，我游不到的地方。"

老卵来母校的讲演，最有名的一句话，"诗歌是人类的通天塔"——这是多么深刻的感悟。我听得热泪盈眶，通天塔，巴别塔，雷峰塔……它们矗立在我的诗歌未来图景中。那几年里我暗下苦功写了逾千首诗，抄送、投稿到各种诗刊和诗歌竞赛上。我相信我的诗比起老卵的巴别塔，更加贴近生存的苦难。但我从来没有发表过，也没有得过任何的奖。

一九八八年十二月初，老卵来北大参加"新文化运动"的回顾与展望讲座。我作为学生会的干部，负责邀请和接待，这是第一次近距离接触诗神。他本姓徐，说一口上海口音的普通话，络腮胡子，有先天眼疾，照片上看不出来——老卵的两只眼睛各有不同的焦点，他用一只眼睛看人，另一只空闲的眼睛，像蜥蜴那样在眼眶里自由转动，是为异禀。

老卵每次登台，架势大得像一辆坦克。他不分春夏都穿着一件人造革的仿真皮夹克，头发乱蓬蓬，那只蜥蜴眼滴溜溜乱转，但他一开口，语惊四座。他有一副中气很足的男中音，口若悬河，时而高声朗诵，时而倾心低语，自由地驾驭观众情绪的波峰波谷。开讲前我在台上介绍诗人，听众报以热烈的掌声。老卵上场，也许是感激我对他充满溢美之词的介绍，他不急开讲，先问我的名姓。我说姓栾，朋友叫我老栾。他没听清，道："不，你不是老卵，我才是老卵，诗歌巴别塔里的老卵。"说完这句，他又扬扬得意地用上海话重复一遍"老卵"，再次引来满堂喝彩。于是"老卵"这个雄性响亮的名字就叫开了，讲座上他像宽厚仁慈的银背猩猩那样享受桂冠诗人的威严。

老卵这个桂冠非他莫属，我坐在主席台的一角沉默不语，想象着未来自己能写出的金句，很激动。老卵朗诵诗有一个特点，那些晦涩的诗经过他的金口，都显得那么自然，仿佛信手拈来之作，意蕴又那么明显，好像任何能识文断字的人随便扒拉几下都能写得出来。这当然是一种假象，诗歌是巴别塔，每一个文艺青年都梦想建造一座通天之塔，但最后剩下的通常都是一堆语言的废墟。我吃着仓健煮的方便面，一边朗诵着当天我作的诗，仓健头也不抬地一边听一边吸溜着面条。等我开始读老卵，读完第一句，他放下筷子，用目光朝我手上的稿纸掠一掠，翘着兰花指用手背擦了一下嘴唇，问这句是不是老卵写的。每一次，他都不会搞错。我习惯把自己的诗跟诗神的诗并排抄在稿纸上，我要跟大师并肩作战。这瞒不过仓健，仓健后来成为中国当代文坛最著名的评论家，以慧眼识珠闻名，凡经过他指点的文学新人没有不成为一线作者的，仓健也因此做了作协副书记。

老卵是诗神，不是苦行僧，他的身边随时环绕着当时北京高校校园里最漂亮的莺莺燕燕。老卵在北京高校最受欢迎的诗是《失明》，每次他开始念"你眼睛的凝视，让我失明，惊鸿一瞥的花朵，在你的春意里凋零”，在座的中文系夏娃们都像被催了眠一样，随着他的耳语一样的男中音，这些小妖精双颊泛红，眼里发出迷茫又渴望的光彩，像迷途知返的绵羊或者欠揍的母猫仰望主人，性的最高的境界是信：灯蛾扑火，饮鸩止渴……老卵一个字一个字舌灿莲花：“你无法张开的嘴唇，灌醉我，我吐出你的絮语，你的呻吟，你的尖叫……”老卵好像不是在朗诵诗，而是化身被酷刑折磨后的烈士，说出临终誓言，即将交出最后一笔党费——“静下来，让我用你的舌头，说话，吐气如兰，你的梦呓，久已忘记……”饱和的阳刚之气已经把他的声音推向高潮，只欠那最后致命的抽动，随后精尽而亡的雄蜂嗒然倒下。“在胸前祷告的双手，扼住你的呼吸……”艰难地吐出最后一个字后，老卵双目微合，表情安详，拼尽最后一口力气，死而无憾……

在听众如痴如醉，全场安静无声的时候，老卵有时会偷偷从口袋里掏出准备好的哮喘喷雾干剂，侧身对准嘴喷一下，刺啦一声轻响，入戏很深的观众被这一声拉回到人间，于是朗诵圆满结束……诗歌是那个无忧无虑的年代的毒品，老卵是祭司，巴别塔里的最大一只雄蜂。我们这些清瘦的、腰围不过一尺四的小男生，模仿着老卵的诗，在脑海里对我们心仪的女生一遍又一遍地耍着流氓。那时北大校园对女生的标准有一套黑话，按河北香梨的斤两为计量单位，循序渐进，斤两高者为佳，一斤梨，二斤梨，三斤梨，四斤梨，五斤梨为上上佳，我环顾老卵左右的女生，平均颜值在三斤梨以上……这是我和母校狂欢的年代！

一九九〇年是我在北大的最后一个学期，周围的人出国的出国，考研的考研，朗诵会没有了，讲座也没有了。老卵销声匿迹，没有人再提起，提起也没有人知道他的下落，我们都不敢说出心里最坏的猜测。

一九九一年年初我来到了美国，这之后我唯一一次朗诵老卵的诗，是在东亚系做助教的时候。那是一门翻译中国当代诗歌的课，作为博士生我承担了一半以上的诗歌翻译和中英文讲解工作。选这门课的美国大学生，基本都有多年的中文基础，我再次过了一把朗诵的瘾。学生中的女生，姿色平均可达四斤梨，她们没有仓健的辨诗能力，但是她们比仓健好看太多了。我的第一次，献给了其中一个叫珍妮的女生。她是晚饭后愿意跟我回宿舍的唯一一个。

在我的手触摸到珍妮的颈项时，我改了主意，朗诵了老卵的诗：

有些雨永远不会落下
有些细语永远没有回应
它们只在夜空飞散
化成看不见的彩虹

我喜爱的哀愁
比如G弦上一个音符
比如一封不发出的信
化蝶之前遭遇火山
断桥上的期待，永远是雨天

白蛇在大水中退下

法海是盐柱

索多玛的罪人

相拥而眠

……

随着中英双语，我的手缓缓解开珍妮胸口的扣子。对诗人才华的膜拜让珍妮这个大三女生在我的怀里无比顺从，兴奋中她喃喃地呻吟，好像每一次高潮都跟艺术真谛更近一步，与亚洲的山川地貌更合拍。她眼神迷离，完全不顾我的房间里二手家具之简陋，隔壁传来令人尴尬的夫妻吵架声，然后是小小孩儿的哭叫……在他们争吵的高潮，其中一个狠狠摔门离去，墙震动着，带动墙这边躺着的我和珍妮。

成功诱惑美女的，不是我，是老卵的诗把美丽的珍妮送到了我的床上，我只不过是一个替代的肉身，老卵的灵媒。他是那些喘息、亲吻和激情后面真正操纵一切的巫师。想到这里我就泄气无比，我把珍妮送回家，除了一次免费的性，并无太多的骄傲。

之后我不再写诗，也不再读任何中文诗。在美国生存不是请客吃饭，诗不能当饭吃，我得搞定比较文学系的教授和东亚系语言班的学生。我做助教，拍教授马屁，混推荐信，申请奖学金，暑假在图书馆把书上架，扫厕所，攒钱买二手车开车送比萨饼外卖……慢慢像所有冒充天才的二流枪手，我不能忍受再回头读老卵的诗，宁愿它们像宝石一样被遗忘在异国他乡的鸟语里。我要把老卵忘掉，也把自己忘掉，才能活下来。

七年后，我这个老童生终于完成了比较文学的课程。博士论文的主题是中国当代诗歌运动，跨越了二十世纪八十年代的十年，包含很多敏感的人名地名，很快引起书商的兴趣。我在东北岸的一家人文小学院找到助理教授的位置，是几年后有资格评终身教职的那种。为了配合论文出版前后的新书宣传，印着我名字和照片的海报出现在地区公共图书馆和大学书店的墙上。我开始成为纽约上州读书节上的嘉宾，接受公共电台读书节目的采访。我用英语说着中国的问题，混乱、美丽、前进，当前的形势和我们的任务。台下起先听众寥寥，慢慢变成座无虚席，衣冠楚楚的听众，像当年被老卵的诗句诱惑的珍妮，顺从地听着我高谈阔论，献出他们的注意力和情怀，然后掏钱买书。

我总担心观众席中会有人像仓健那样站起来，食指指着空中，另一只手捏着煮完方便面后拔了插头的热得快，火眼金睛，摇着头，批评我没有资格谈论中国，曝光我是个会说英文的草包，我既没有真正的天才，也没有阅历和洞见。谢天谢地，仓健分身乏术，他现在已是国内著名的文学评论家，忙于发现各种现代文学大师的转世灵童，给作家的小说集写腰封，奔走于年度评奖典礼与小说排名榜的评委会。仓健一直官运亨通。

时间停留在二〇〇一年的九月初，那时整个美国还没有被即将到来的爱国热情淹没。亚协的讲座开始，我忝列，遇到了帕特里克·科恩，东岸著名的中国问题专家，上通白宫，下通纽约东岸土豪家的客厅和慈善基金的钱袋。据说他属于可以在“海里”行走的极少数中国人民的老朋友。科恩是犹太人，长得却像南欧人，窄小的脸胡子占了一半，一双阴郁的鹰眼带钩子。他无故地让我紧张，好像他每次出现都吸收了空气中的大部分氧气。讲座结束后科恩带我去喝酒，几杯 Johnnie Walker（尊尼获加）后，他跟我谈中国的诗人和运动（都是我知道的）、他去过的地方（都是我没有去过的）。喝得越多我越紧张，好像重新回到博士论文答辩的会场，科恩像上帝一样无所不知无所不往，我像伊甸园不争气的亚当。酒精让科恩越来越伟大，我越来越渺小。正在我不知所措的时候，科恩扭头看我，说：“你知不知道徐则铭马上就要来纽约啦？”谁是徐则铭？他看我在迟疑，薄薄的嘴唇吐出两个中国字：“老卵。”

像接头暗号，我和科恩立即在一个频道上了。

等我醒来，以为是半夜三更，屋中漆黑一团。我起身拉开窗帘，窗外是光天化日，千百个窗户折射着强烈的太阳光。空中黑色的剪影是鸽群，被鹰隼追逐着，在摩天大楼阴影的对角线里飞速现身和隐没，原来我站在摩天大楼的中层，科恩的公寓的窗边。

这时公寓里就我一人，我的裤子连着皮带，像强奸犯的罪证，堆在咖啡桌上。我低头看看自己花格内裤下的两条毛腿，似乎一切安好。环顾四周，对面的墙上书架顶到天花板，旁边的墙上贴着一张讲座海报，主讲人的头像乍看是切·格瓦拉，仔细看是科恩（大胡子，嬉皮士版）。

门铃叮的一响，随即锁打开，打扫房间的墨西哥女工像机器人一样走了进来，对我视而不见。

我出了门，走了一程到达华盛顿广场。肥胖的松鼠在街心的树上你追我赶，旁边坐的流浪汉举着讨饭的纸杯摇着，里面的硬币哗哗直响，小而皱的脸加上一簇山羊胡子像老年的洛克菲勒。买了一杯咖啡，我尽量远离流浪汉找了一把椅子坐下。周围匆匆行路的纽约人依然同情地看我一眼。我还没有反应过来怎么回事，一个穿西装套裙的高大女人往我的咖啡杯里丢了一个二十五美分的硬币，硬币溅起的咖啡洒了我一脸。把我当作流浪汉了！我生气地倒掉手里的咖啡，抹干自己的脸，这下从宿醉中彻底醒了。

昨晚科恩的话像拼图一样在我宿醉后的大脑中聚拢成形，慢慢生出意义：老卵即将到纽约做访问学者。当年老卵被"发配"到河北沿海的小工厂砸碱，几年后侥幸以腿病"假释"回到上海，后来回北京，在北京卖保险，再后来写电视剧谋生。

"他还写诗吗？"

"写的。还重译了金斯堡的《嚎叫》。你想不想在纽约多住几天，帮他适应？"

想不想？！这还用得着问吗！

科恩说的"即将"是一个月以后。老卵还活着！而且马上能见到，我还能陪伴左右，帮他适应……我喜出望外，心潮起伏，若不是胃里空空，我真想一直坐在那里，体会这从天而降的喜讯。

然后就是九月十一号，那个晴朗的秋天早晨。我搭早上七点半的飞机从纽约飞往芝加哥，三个小时后我们停在克利夫兰城外的货运机场。停机坪外是延绵的玉米地，没有候机楼，只有一间厂房一样的机库，机库里唯一一架手提式电视机的十英寸屏幕上滚动播放着同一个画面：纽约下城的双子楼同时坍塌，地面上腾空而起的黑尘瞬间布满整个屏幕。机场工作人员相拥而泣，穿制服的飞行员和空服小姐神色肃穆站在一边呆呆望着电视，所有乘客都对着手机在喊。

我孤家寡人，没有电话可打，没有人惦念，在机场里乱转，唯一的担心就是一个月之后老卵是否能够成行。我又想起老卵的诗："一夜走过长安街，还活着，有的人已经死了，那些无主的灵魂，穿过我的身体，随着小暑的露水，沉入地下，等待百花盛开，飘一缕白菊香，上达天听……"机场里惊慌失措的气氛似曾相识，历史时刻，写诗的人不知道怎么办。没想到美国也有被袭击的时候，我望着电视屏幕上主播彼得·詹宁斯的脸，十七小时连续播音后他的唇边已经显出胡子茬，需要再次剃须，洋人的胡子长得真快！

一个月后我举着写着"徐则铭"三个字的纸牌，站在肯尼迪机场的接站大厅里，等着老卵坐的国航飞机降落。老卵出现时，我毫不费力地认出他来，跟过去版相比，现在版是一个老了、矮了，长相辛苦的双重曝光——驼背，一个肩膀高一个肩膀低，穿着灰不灰蓝不蓝的西装，里面是格子衬衫，像国企宣传科的老职工。他左手牵着一只尼龙小箱子，右手提着机场免税店的彩色塑料袋，里面装着一瓶巨大的 Johnnie Walker 烈酒，足有家庭餐两升的可乐瓶那么大，那是在机场免税商店淘来的便宜货。十六个小时的长途飞行，窝在经济舱的小座位上把老卵折磨得够呛。现在他拖着两条沉重的腿在铺了油灰布的走廊里，找人找路。他看到牌子上的汉字，朝我招了招手。走近前，并不看我，他把可乐瓶烈酒夹在胳膊下，腾出来的手紧张地在西装裤上擦了擦，才握住我伸过来的手。他并没有认出我来。

我按部就班介绍自己，明德堡学院的助理教授，科恩派来接机，将合作翻译他的诗，所有的诗……老卵客气地点头，把烈酒拿在手里，请我在前面走，他跟在后面……我知道，那记忆的门并未打开，他只是对着前来接机的美籍华人礼貌地应付，我跟之前给他发盒饭、送热水的飞机乘务人员没有什么区别。

他的礼貌和淡漠刺痛了我，我忍不住叫了一声“老卵”，他猛地停下脚步对着我，如梦初醒一样瞪大了蜥蜴眼中的一只，脸色凝重，不笑。这时我看清了老卵的另外一只眼睛里布满白翳，这只曾经自由粒子一样满眶转动，可以大送秋波的眼睛已经彻底盲了。这只盲眼无所适从地跟着另一只好眼看着我发呆。我的心作痛，眼前这个人瞬间千丝万缕地勾起了我过去生活的蒙太奇片段：最后一次倒霉的座谈会，“回顾与展望”，我是小栾，你是老卵，巴别塔里的老卵，未名湖的夜晚与黄昏，楼道里的歌，仓健煮方便面的热气里不停止的朗诵……

一只看不见的手拧亮了里面的灯，老卵的那只好眼亮了一下，小栾！他张开双臂拥抱我，手里那瓶宝贝烈酒随着他手臂的包围擂在我的后背上，他又急急忙忙把酒放下，再次拥抱我。老卵的嘴里发出牙周炎的腥味儿。他已经开始谢顶，头顶心裸露的那小块头皮反射出机场候机楼天花板上的灯光。他的身高、肩宽，说话的腔调和上海口音，都是那么的熟悉，那些跟我的母校、过去的年代相关联的一切，都奔涌而来：四十一楼黑暗的带尿腥味儿的过道，水房里永远有人在洗衣服、唱歌，宿舍里的砖形卡带机播放出流行歌曲，学三食堂那一排排的长桌子和打饭的小窗口，黄昏时校园里来往的自行车后座上的女生，三月沙尘暴时空气里呛人的土味儿，严冬时路灯下卖煎饼果子的小贩……老卯携带着这一切，跟我接上了头。

我激动得语无伦次，怕一开口就会飙泪，只能绷住脸沉默地等出租。出租车来了，我沉默地坐进后座，空调的热风吹在我脸上，我假装清鼻子，擦了擦眼角。

原来这一切都是真的，老卯来了，看了那么多年的地平线，忽然间走到了。

我把老卯送到纽约大学给访问学者准备的公寓，他疑惑地环顾四周，转而问我："你住在哪里？"进门后他立刻找到两个玻璃杯，把那瓶巨型的Johnnie Walker开封后倒了两个半杯，递给我一杯，拿了另一杯意思一下碰了杯，扬起脸狠喝了一口。酒精让他整个人立刻活转，说："美国就这点好，洋酒便宜。"他的声音，忽然恢复了多年前的磁性，他的嘴角挂着一星酒液，老卯精神大振。

五个星期以后，左手一大杯金酒，右手拿着几页纸，老卯登台，吼叫，哀求，喃喃自语，复又咆哮那组题名为《狂人日记》的诗。趁诗人喘息的片刻，我接过话筒，机械地读出我的翻译。我对自己的英文发音没有自信，老觉得观众里有人在拿着小本偷偷累计我的错误发音，在麦克风前我的声音和节奏尽量保持平缓，以期在昏昏欲睡的语流里躲避发音上的错误。老卯则相反，他采取胆大吃胆小的策略，从低吟开始，节节上升，最后到达爆发性的顶点，全然不顾听众的语言隔阂，他要用气势把异国的色目人镇住，敢于跟陌生与未知对视。好吧，尼采都比不上老卵的大胆，尼采只与深渊对视，又被深渊反视。

我们各自的表演路数相差太大，观众显然不敢相信那些不温不火的英文词句就是译自老卵的诗。即使一句听不懂，他们仍然喜欢听他抑扬顿挫充满戏剧性的声调，在他朗诵后致以热烈的掌声。那次朗诵会出奇地成功，结束后还有酒吧里的二场。

当时纽约下城如战后的废墟，离纽约大学校园一公里外，就是世贸双楼被炸留下的两个大坑。空气中飘浮着来历不明的灰色灰尘，尸体烧焦的臭味久久不散，街上行人动辄抱头痛哭。诗歌这种没有人阅读的文字形式，忽然走红，变成疗伤的捷径。世贸中心的废墟外建了铝合金网围墙，上面挂着失踪者的照片、寻人信息，也挂着手写的诗歌，老卵的诗歌朗诵就是在这个时候流行起来的。科恩略觉意外，没想到“9·11”这场倾城之难反而成就了过气的中国诗人，他很快替老卵的诗找到出版社。

这样，老卵变成诗歌聚会和捐款会的固定嘉宾。他练出一套固定的表演招数，声音高低多变，姿势夸张，一会儿大鹏展翅，一会儿孤鹤独立，加上汉语的四声节奏，语感顿挫，比英文硬气，听上去就是向极端主义恐袭分子强烈控诉，再辅以朗诵会开始前的男高音独唱《上帝保佑美利坚》，足以把观众的爱国情绪带到沟里。仅在纽约大学老卵就搞了七八场朗诵会，场场爆满。到华美协进社举行诗会时，老卵的朗诵已经是压轴节目，把气氛推到了高潮，恍如八十年代北京的诗歌热。每次朗诵他的独眼几乎热泪盈眶（真的眼泪），只有那只不听指挥的盲眼保持一贯的漠然，对世道不屑一顾。

就这样，在全球反恐的大变局中，老卵与美国相爱了。

美国的肉身是一个四十五岁的律师，蜜雪儿·戈德伯格，纽黑文大学法学院的副教授。从《世界日报》坊间新闻版的照片看，她比老卵整整高了半尺，窄脸，白金色的短发，胸口别一个星条旗的徽章。照片拍摄于他们结婚后一同出席的康州诗歌节，老卵接受年度诗人的颁奖。那一年的十二月，纽黑文市的主街路口以他的名字命名，为期一个月，Xu Zeming Plaza[1]。照片上的老卵穿着崭新的藏青色西装，还是一个肩膀高一个肩膀低，他红光满面，头发梳得一丝不乱，像新郎官一样。那是老卵与美国的蜜月，我为他在新大陆的第二春高兴。

老卵的最新诗集是献给新婚的美国丽人的："给天使一样的蜜雪儿"。扉页上手写的英文名字下，还画了一个卡通的心形。《世界日报》刊登了他的诗歌的双语版，英文版是由"天使一样"的蜜雪儿译的。像所有老套的童话故事——从此他们就过上幸福的生活。没想到他这样一个放浪不羁的中国二十世纪八十年代新新诗的代表人物，到了美国，这么短时间后就开始享受现世安逸，岁月静好。

我没有再主动去找老卵，反正找与不找，他都在那里，在美国诗歌界他已经是名人。等我拿到出版社送的诗集样书时，已经是二〇〇四年，伊拉克战争全面开始，老卵在他老婆大学里的人文学院

1 直译为"徐则铭广场"。这里的"广场"（Plaza）指交叉路口的一小块地方。

教诗歌写作还是什么的，我从后勒口的作者简介上读到。书中的自序是用英文写的，并无中文版，他那时已经可以直接用英文朗诵。封底的作者像，是他们夫妻二人的合影，老卵戴着一副雷朋飞行员式墨镜，遮了盲目，样子还很帅。我想起八十年代一本小册子的书名《新教伦理与资本主义精神》，《走向未来》丛书。

过不久我自己后院起火，而且不止一把。先是秋季开学后仅一个月，我骑车把脚跌伤，粉碎性骨折，不得不紧急告病假，请别人代课。我盘桓病榻数月之久，担心可能落下终身残疾成为铁拐李的时候，系里发来消息，我的终身教职评定的二审出了问题，并不是立刻丢工作，但系里仅给我一年的续聘，等于留校察看以观后效。这一年明德堡学院的亚洲语言系换新领导，芝加哥大学调来的日本问题专家兼当系主任。此人跟我的导师是汉学宿敌，我从请病假开始就觉得来者不善，没想到这倒霉的第二只鞋这么快就落了下来。

这不啻晴天霹雳，我连找工作的论文都没有准备好，新年后仓皇奔赴美国现代语言协会的冬季年会，去联络关系找工作。年会在耶鲁也就是纽黑文市召开，我这才想起应该提前找一找老卵，叙旧，也增加些机会（他不是有个“天使一样”的教授老婆嘛）。我给他发了一封简短的电邮。等到我开车到了纽黑文，就已经接到他打来的电话。

晚上我们在榆树街的酒吧里见面。星期一，酒吧里全是穿带牛首犬校徽的套头卫衣的耶鲁学生。几台电视机音量开得山响，正在直播美国职业橄榄球联赛的淘汰赛。一群巨无霸戴头盔的白痴跟另一群巨无霸戴头盔的白痴对撞，酒吧里爆发出一阵一阵的喝彩和喝倒彩。我和老卯缩在酒吧后部对着厕所的位子上，一杯接一杯灌加了冰的金酒和伏特加，任面前一盘稀汤一样的白起司比萨饼慢慢凉掉。我们交换着各种谣言，关于过去我们认识的人……谁还活着，谁疯掉，谁在巴黎街头讨饭，谁出车祸后来做了福音会的传教士、挣了大钱开奔驰，谁开了反动网站……说着说着，老卯沉默了，只有我还滔滔不绝地说着，把憋在心里多年来对美国的吐槽一吐为快——哦美国，这个最无趣最少文化月球一样的地方，我是多么厌烦被人一遍遍问是从哪里来的，然后被彬彬有礼的傻瓜夸奖英文好啊！最自由也最不自由，买一瓶啤酒营业员都要求你出示身份证以确认年龄，但卖 AK-47 冲锋枪查买家身份却属于违宪，这么一个绝无仅有的“奇葩”国家！最理性也最神经病，平均文化程度只到初中毕业，却要做自由世界之首领……

我口若悬河，根本没有注意老卯正低着头，摆弄手里的空杯子，最后他像做梦醒了一样，抬起头，说：“万恶之首是那些美国娘们！我受够气了！她们比某些警察还歹毒呢！”然后他跟我说到他正协议离婚，“天使一样”的蜜雪儿露出了律师的真容，他要分居，他要脱离纽黑文大学出来找工作……原来我们俩都要再找工作，我沉默了。

我们从一家酒吧，跳到另一家酒吧，醉醺醺过了一夜。夜越深老卯也越开心，在凌晨的时候，说：“我带你去看看我的房子，三十年按揭贷款买的，首付的钱是那本诗集的版税，靠！那个娘们居然想独占，没门！走！回家！”老卯掏出手机往家里打电话，电话铃响了很久，但是没有人接。他一晚上都在不停地打电话，也都没有人接。老卯说没有多远，我们就在朦胧的曙色里出发，往老卯在美国的私产进发。我想想都好笑，老卵已经是美国中产阶级一分子了，家有悍妇但还是有家啊。

我们在堆满残雪的路上走着，我拖着一条伤腿走不快，走走停停，昨晚喝下去那些酒，让我的腿很有力气，雪落下来像汰渍洗衣粉。

终于走到前门廊，那里放着一把铸铁的椅子，旁边一只玻璃钢小桌。小桌上的烟灰缸里都是烟头，积满了雪。我累得几乎跌坐在那把椅子上，顾不得椅子上的冰雪。老卵像自我搜身一样上下摸索着口袋找前门的钥匙，但就是找不到。

他敲门，门也不开。他看看手表，继续大力地拍门，忽然门被大力地拉开了。

“天使一样”的蜜雪儿，裹着紫红色的毛长袄，木着脸堵在门口。老卵凑上去踮起脚尖吻她的面颊，一边柔声细语叫她“我最亲爱的蜜雪儿”，说着“我爱你”。但是“天使”凛然不动，她上下审视他，厉声道：“你还敢回来啊！”说着嗅嗅鼻子，继续道：“你又喝醉了，你个该死的醉鬼，连夜不回家！还带了一个醉鬼流浪汉回来，滚！”

老卵满脸堆笑，继续说“我爱你”，指指我说“这是我最好的朋友，明德堡的教授，他不是流浪汉”。我赶忙知趣地站起来，点头哈腰，嘴里说着没关系没关系。我心想若能放我进一个有暖气的屋里，让我坐到干燥暖和的沙发上，叫我什么都成。

蜜雪儿声音高起来：“滚！你和你的醉鬼都滚！”

老卵再次强调我不是流浪汉，我们是多年的老朋友，几年才见面一次，他的声音已经高了几个八度。蜜雪儿大力地把他往外推，尖叫道：“醉鬼，白痴和你的白痴朋友，下地狱去！”她想把他推出门外，再把前门关上，老卵被激怒，反抗，他双手抓住她的肩膀，用力搡着，想把这一个人的人墙推回到门厅里，这样我们至少可以进得了门。

“天使”挣脱，说：“你敢动手啊，我就报警！让纽黑文警察来带你走，记得管家暴的史密斯警官吧？”说着她转身就往厨房跑，紧接着就听到她在厨房里拨电话。我和老卵这下怕了，从前门往后退，结果刚离开几步，大门就自动砰地关上。

老卵站在他家的街对面，有足够的距离保护自己，又有足够的距离对着那栋殖民地式的房子喷射眼中的怒火。他用最纯粹的上海口音普通话骂着那个美国佬：“你妈的美国娘们，你偷人，你妈的清教资本主义，你妈的共和党总统，你妈的移民局，你妈的美式咖啡，你妈的中餐馆外卖……”老卵说得唾沫横飞，激动得开始喘气，我怕他哮喘发作，拉他离开。他推开我，从地上掬起一把雪，团成一个雪球对着房子砸过去。

那个雪球不成气候，在路中间散开来。老卵再接再厉，又弯腰去掬雪，准备再战。这时我看到他家那栋房子对着街的窗帘动了一下，透出里面的灯光。我怕“天使”真的端出雷明顿步枪对着我们扫一下，我不想冒险死在万恶的美国律师家暴的流弹下，顾不得冷，连跑带跳，逃到了十座房子的距离以外。

老卵呼哧呼哧地在后面跟着，他笨重的短腿在路上踩出一条新路。溃不成军后的自由，在雪地的寒冷里放大，我屁股冻得很疼，一个趔趄栽坐在路边的雪里。老卵比我要灵活，总能在快要跌倒的时候停下来，站稳了然后转过头等我。街道上空空荡荡，渐渐亮起的晨光中没有拉上窗帘的窗户里可以看到客厅中一闪一闪的圣诞彩灯，红白塑料的圣诞老人和金色玻璃钢天使通体闪光，映在停在车库前的沃尔沃和本田车玻璃上。

路边一只被丢弃的沙发上斜靠着一个彩色的泥塑马头，马头上的彩色涂料有的地方已经剥落，马耳朵裂开来。老卵筋疲力尽，一屁股坐在沙发上，手里捧着马头，像幼稚园里被分配到不中意的玩具的儿童。他手摸着马耳朵两眼发直，说：“今天是收垃圾的日子。”雪花落在他的嘴唇上，他用舌头舔了舔，然后坐直了开始哼一首崔健的老歌：

我要从南走到北
我还要从白走到黑
我要人们都看到我
但不知道我是谁

也许是雪，也许是清晨空荡荡的街道，也许是崔健的歌，让我心情变好，获得犹如解放的快感。如果此刻我们真在纽黑文的后街上冻死，那将是多么光荣的一死啊！至死都要给美国抹黑！临街的房子的窗前站着一个女人，手里端着一杯红酒，在默默地、警戒地看着坐在垃圾沙发上的我们。当我注意到这个观众的存在以后，我得意扬扬地加入老卵的歌唱：

假如你看我有点累
就请你给我倒碗水
假如你已经爱上我
就请你吻我的嘴

我有这双脚我有这双腿
我有这千山和万水
我要所有的所有
但不要——

“恨和悔”还没有唱完，那个窗前的女人已经一仰脖子把酒喝光，然后掏出手机打电话报警。我赶忙把老卵拉起来，再往前走。老卵嘟嘟囔囔把歌唱完，像谢幕一样不停回头看街口是否真的有警车前来轰我们。

凭着我的方向感，我们终于在四十多分钟的艰难跋涉后走出这个街区，到达主街，在主街上拦了一辆的士。的哥是一个锡克人，裹着深棕色的头巾，车里一股洋葱味儿，但我们不挑剔了，一屁股坐进那铺了竹珠子按摩垫的后座。锡克人从后望镜开始打量我们。老卵想打消的哥的疑惑，语无伦次地解释自己就住在这附近，这让锡克人更加疑心。我把纽黑文城中心的奥美丽酒店名字告诉他，的哥才稍稍放心。汽车启动，车里的暖气让我们都放松下来，老卵把头低下，发出轻轻的鼾声。他的羽绒服和头发散发出烂苹果一样的气味，好像冬天北京筒子楼里的大白菜。

到了酒店，我付钱打发走锡克的哥。然后半推半抱，把老卵拖进电梯里。他的鞋子已经进水，在墨绿色的地毯上留下歪歪斜斜的脚印。一进电梯他就瘫坐下来，闭着眼睛，嘴里念念有词，都是过去有名的诗，要不是他胸口有一道哈喇子，他几乎就是舞台上朗诵的模样：摇头晃脑，牛逼哄哄——“别开灯，黑暗之门引来圣者，我的手熟知途径，像一把旧钥匙，在心的位置，打开你的命运……”

我出了电梯，急急忙忙掏门卡开门，身后的电梯叮的一声关上，载着老卵继续向命运的上限缓缓而行。我把打开的房门用双肩包抵住，再抢到电梯门前按了按电钮，电梯顺从地把老卵载回来，叮一声开门把他吐了出来——“我像信仰一样追随你，你追随死亡。”老卵睁开眼睛，念出高潮性的结尾，然后用手背抹了抹嘴角，站起来走出电梯，跟我进了客房。

进门他就一头栽倒在地毯上，我使出吃奶的劲把他拖到沙发上躺平。他瑟瑟发抖，像真正的酒鬼那样浑身散发出酒精隔夜的臭味，混着汗臭。我只好把他的衣裤脱了，用毯子把他裹上。他的呼吸终于平稳，皱起的脸也舒展开来，眼睑合上没有噩梦的痕迹，发出结实的鼾声。我放下心来，自己脱了衣服，也爬到床上躺下来。

耳边好像听到一声轻轻的叹息，随着晨光从窗外照进屋子，我慢慢睡着了。我希望永远这么睡下去，陪老卵昏睡下去，万事不知，没有警察来巡逻，不需要给人以交代。

那一天以后，我又见过老卵一次，老卵才真的死了。

附记：老卵的故事纯属虚构，文中引用的诗，《忠诚》（“别开灯，黑暗之门引来圣者……”）出自北岛，其余诗句皆为作者杜撰。

（发表于《江南》杂志 2019 年第 1 期。）

冰

题记：

送冰的人来了。

——尤金·奥尼尔

“挪威王子”号邮轮离开乌斯怀亚港的一刻正是黄昏。林里和涂途随着大部分参加“南极行”的游客一起登船，站在甲板上。眼前小城的灯光星星点点亮起，信号灯一样，在广大的视野中此起彼伏地呼应。林里不由自主地想，这样的城市之光以后怕是再难见到。

小城背后是比格尔海峡。夕阳西下，十月，南半球夏天金黄色的光线里属于阿根廷这边的群山只有一个轮廓，像是神秘的史前泰坦巨人在沉默中给离港的游客送行；比格尔海峡的另一岸属于智利。群山在夕阳中如金箔打造，一片璀璨。

对着碧蓝的南太平洋，林里心里感慨着，她心里想到的是“山重水复疑无路”这句老话，也许她和涂途的共同生活，在这次旅行后会生出新的契机呢？邮轮在风平浪静的港中平稳向前，风和浪从无到有，离岸越远，风力和波浪越大，视线有点摇晃。乌斯怀亚港的地标——那座红白双色的灯塔，越来越小，渐渐出离视线。

乌斯怀亚渐渐消失，比格尔海峡两岸的风景像画卷一样展开，天上有海鸟和山鹰，盘旋跟踪着，鸣叫着。涂途和林里的心思都渐渐放下。

林里低头在甲板上用“爱疯”[1]跟母亲视频通话。她想利用在利马落地时买的电信流量，再跟她远在南京的老妈说几句话。这趟南极行历时十二天，船一旦出海就不在手机信号区内，船上一切通信依靠卫星，除非情况紧急她不想破费。

她和涂途医生站在邮轮的甲板上，各怀心事。她盯着手掌中的视频的当儿，涂途忽然心生离愁别绪，不由自主伸手抓住了身边陪伴的女人，偏偏此时林里端着手机忙着跟母亲通视频电话，对他的一时脆弱完全不理会，只回头对涂途说：“马上就完。”林里手里端着手机，分身乏术，心不在焉地把他伸过来的手挡开，接着又去听老妈在电话里絮叨。

涂途只好抓紧船栏杆，船速在不知不觉中加快，本来平稳的甲板开始颠簸，天上的云在飞驰。这时铅灰色的天幕上忽然显出一小片蓝天，斜射的夕阳从厚厚的云层中透出金红色的灿烂之光，像教堂穹顶上的圣光，甲板上的游客们都精神一振。

蓝灰色的海面上露出一对黑色的脊背，是鲸鱼，一共两只。两股水雾喷洒出水面，洋洋洒洒像虚幻的旗帜，前后落在鲸鱼的背上，游客们鼓掌喝彩。林里打完电话，收起手机，听到身边游客的喝彩声，她抬头看到那对鲸鱼。他们一起集中目力，希望看到水雾的旗帜再次

---

1 iPhone，苹果手机。

飘起来。

邮轮在乘风破浪中平稳向前，林里温存地挽起涂途。这时涂途的注意力已经转向了同船的中国游客。“挪威王子”号并不大，游客两百人不到。从头发的颜色看，其中大部分是退休的欧美夫妇，黑发的中年男人在一群花白头中很突出。

上船时每个旅客领到一个布袋子，林里检视其中宝物：行程小册子、一本《欧内斯特·沙克尔顿传》，她瞥见一段——

德雷克海峡全长800多公里，是世界上最宽的海峡，宽度970公里，也是最深的海峡，最深处5248米，在南美洲智利合恩角与南极洲南设得兰群岛之间，是南冰洋的一部分，连接大西洋和太平洋，位于60度西风带，整年在西风和北风交错下风高浪疾，是全球海航中最危险的但也最繁忙的航线。

视频上出现母亲头发稀疏的头顶心，花白头发下是一个皱纹密集的额头，皮肤松弛，毛孔粗大。因为老花，本来深度近视的老妈每次看视频都是低头从下往上看，利用眼镜边缘的曲率达到放大的效果，所以她总是把手机的镜头举过脸的上半部分，林里这厢看到的就总是老母亲的头顶心。

跟母亲说的话基本固定是那么几句：一切都好，不要担心，你多保重，药按时吃，金牛那孩子还好吗？“我精神和胃口都好，就是失眠睡不着觉，凌晨三四点就醒来了，但总的来说还好。”母亲用一种在一堆药物中挑挑拣拣，最后决定服用“降压灵”的口气，说出最后那句“总的来说还好”。随意，认命。

其间照顾母亲的护工老王进来倒了杯茶。背景里有老王开抽屉拿杭白菊，然后取杯子倒水的声音。母亲跟老王招呼，镜头猛烈晃动几下，镜头里飞快出现养老院母亲的房间，墙上父亲的彩色遗像，沿墙放的边缘带铁栏杆的单人床，小沙发，几秒钟后画面稳定下来，再次对牢母亲的头顶心。

忽然母亲把手机拿正了，两眼平视镜头，口齿清晰，声音苍老：

“天堂里的又一天。”

什么？林里听得莫名其妙。

母亲一字一顿地重复：“天堂里的又一天啊，小妮子。”

然后视频就断了。

邮轮汽笛一声长鸣，林里呆立，她不懂。

林里小时候学会做的第一件家务就是倒茶，那时她八岁，跟姥姥住在珠江路红庙，瘫痪在床上的老太太用绍兴话叫她小妮子。老太太是姥姥的母亲，八十六岁高龄，已经不太认识家里人。她每次说吃茶，其实就是想有人过来看看她。那杯倒好的茶，凉了也是满满一杯，没有碰过。

如今母亲也开始叫她小妮子。

初进客舱，当他们发现舱房内是上下铺，而不是双人床，林里和涂途都不禁松了一口气。

窄窄的挪威式上下铺木床，除了靠墙的那面，床的三周边都围了封闭的木板，上下铺只各留了一个小门一样的开口。“这床像个壳，棺材！花这么多钱睡棺材！”涂途脱口而出，怪声怪气，把两人都逗乐了，舱里僵持的气氛也放松下来。涂途永远有这本事，他能逗女人笑，只要他肯花心思。

“你记得‘莫比·迪克’里最后一个幸存者是用什么逃生的吗？”涂途和林里并排坐在下铺的开口处，窄小的空间让他们挨得很近。这是涂途从北京回来以后他们第一次坐这么近，林里闻到他脖子里飘出的迪奥古龙水的味道。

“当然记得，金牛十一年级读《白鲸》，是我辅导的。”

“那你说，谁，拿着什么，从沉船里逃出来的？哦，从头说，船是怎么沉的？”涂途饶有兴趣，他一直为自己的相机式记忆力自豪。知识面广，上知天文，下知地理，都是他跟不同女人调情时相应的谈资。他绝对不跌份，绝对不露怯，此时他把林里当作女朋友来认真对待。

林里没作声，她闻着那款叫作“野蛮”的古龙水的橘子香味儿，进舱后的轻松平静一点点黯淡下去。她在美国第一次挣钱领工资，买的第一件奢侈品，是给丈夫买的迪奥古龙水。对时尚一无所知的她，在纽约五十九街上的博洛茗豪华百货公司，面对着琳琅满目的化妆品柜台。漂亮的导购小姐把喷了香水的窄窄的纸卡朝她伸过来，她像被巫婆们蛊惑的小女孩一样，兴奋又迷糊，她太喜欢那些香味儿了。最后居然让她撞对了，买到那年最时髦的男用香水，“野蛮”。然后涂途一直就用这一款，年复一年……对不同的女人，挥洒、炫耀“野蛮”

的橘子香味儿。

想到这里，林里兴味索然，说了一句“我得休息一下”，起身爬梯子往上铺走。

涂途回来的这半年，他们都尽量避免身体接触，也一直因为这避免而各自尴尬着。林里从来没有问过涂途在北京的绯闻，倒是让涂途更加忐忑。他虽然搬回迈阿密，却并没有离开北京的公司，头衔是亚洲分公司总裁，可以借着时差的由头——美东区晚上九点是北京时间早上——整晚都赖在书房里打电话，跟公司开视频会议，等到半夜后林里睡熟，他才姗姗回到自己的房间上床。他们是一对努力不同床不同梦的前夫前妻，现在最信赖的朋友。

涂途发现肺部的病疡，毫不犹豫决定回到她身边，她不觉得意外，她是他最信赖的旧人，他的生命底线。无论男人的人生是怎么张扬胡来，他们都指望发妻像地母一样，百川接纳，无怨无悔。何况涂途主动帮她付清了五十万美元的房屋贷款，加上每年准时从北京寄来大学学费的支票，林里欣然接受。这些钱能证明涂途对他们母子的情分，这有什么不对吗？涂途现在有难处，她难道不应该打开家门迎接他吗？在儿子金牛高中毕业上大学之后，她本能觉得家中多一个人住，对她是一件好事。

涂途是一个不错的室友，有洁癖，自己能做到的绝对不麻烦人。哦还有，涂途聪明，见多识广，做事得体，说出的话基本不蠢。还有什么比这更完美的陪伴关系吗？如果抛开他的桃花风流，涂途是一个相当值得信赖的人，他在业界有很好的名声，这是他们离婚时涂途一直为自己辩护的话。对比那些无用的雄蜂，交配之后就应该去死，涂途有能力、能挣钱，还有比这更可贵的吗？他不是无用的雄蜂，他是雄蜘蛛，媾和后负责地为母蜘蛛提供蛋白质，通用电气公司医疗器材部门在中国大名鼎鼎的执行董事兼总经理，医学博士，还有比这更吸引人的蛋白质吗？

林里睡在上铺的“棺材”里，想起《白鲸》的结尾，水手以实玛利在翻船的一瞬抓住酋长的黑色空棺材，得以从漩涡中脱险，漂了出去。涂途在下铺没有作声，舱房里安静下来。随着船的摇晃，睡意袭来，林里朦胧中看到自己走在路上。路前方一片明亮，亮得发蓝，亮得刺目冰冷，她低头发现路上就自己一个人，她一惊，然后醒了。

“各位好，我是詹姆士·里，本船常驻的自然学家。如果你这时正在舱里休息，有闲暇听我说说南极最著名的鸟类——信天翁的话，你可以把床头的收音机音量再调高一点。”

涂途起身在下铺拨弄床头墙上的一排按钮，然后收音机的音量被调高了，自然学家带着浓重澳大利亚口音的声音在舱里能听得清清楚楚：

“对于航海的水手和探险家，多少世纪以来信天翁都是高贵的神一样的存在。水手们相信当他们的船长去世以后，他的灵魂会转世变成一只极地的信天翁。我不敢替本邮轮的史密斯船长代言，但要是我的话，来世能化为信天翁我会觉得很自豪。这种神奇的巨鸟有创纪录的最长的翅膀，最长的有十三英尺三英寸！比两个六尺之躯的成年男子叠加的高度还高！史上记录到的信天翁最长的寿命是七十岁！一般信天翁的平均寿命是四十至六十年。信天翁主要分布在南纬二十五度至流冰群岛的南半球海域，在北太平洋和西太平洋也有少数分布，一共四属二十一种。因为捕鱼业和物种入侵、火山爆发等等因素，这种巨大的海鸟如今只剩下三千只，在全球濒临绝种的生物名单中位居前列。

“……以海水表面的鱼类、乌贼和磷虾为主要食物。信天翁可以飞几百英里不落地，在海水和天空之间靠气流滑翔，它们是自由的精灵……”一连串的静电干扰打断了收音机里自然学家的话，涂途把收音机关了。

“你知道让信天翁灭绝的入侵物种是什么吗？”涂途在下铺问。

“不知道，是什么？”林里问。

“是老鼠。”涂途答。

“老鼠能吃掉天上飞的信天翁?!”林里不敢相信。

“不是老鼠吃掉信天翁……是它们吃掉信天翁的蛋。信天翁的鸟巢直接建在地上，孵化期又长，老鼠随着人类活动范围的扩大进入南半球这些荒岛，它们第一个破坏掉的，就是鸟蛋。”涂途慢慢地说。林里听着声音不对，从上铺爬下来，坐在涂途身边。涂途闭着眼睛，脸色苍白。林里伸手握住他的手，涂途虚弱地睁开眼睛，微微一笑，说：“像我这样的浪子没有发疯，没有反人类，就已经是对社会最大的贡献了，少活几天没什么的。”

林里的心思还在老鼠上面，她天生怕老鼠，家里一直养猫。

当天晚上是上船时规定的遇险撤离训练，所有旅客都必须参加，熟悉撤退路径。林里和涂途按规定穿上最厚的棉衣、雪裤，戴上羊毛绒帽子和围巾、手套，在舱里等着紧急撤退的广播信号。虽然是演习，涂途把滑雪用的面罩都戴上了，只露出两个眼睛，特别郑重其事。

林里跟他并排坐着，只待广播信号一响起，就夺门而去。但是信号总也不响，无所事事，林里觉得每一秒的流逝都可以听得到。

“什么是‘天堂里的又一天’？”她想起傍晚时老妈在视频里的话，随口问涂途。

“‘Another Day in Paradise’？”涂途答。然后他哼起歌的前奏，菲尔·柯林斯的歌。

哦就是这首歌。林里忽然想起来，这是二十世纪九十年代的一首流行歌，她加入涂途的哼唱：

> 哦，请再想想吧，对你对我，都只是天堂里的又一天
> 哦，请再想想吧，这只是你的又一天
> 在天堂里的你和我……

“《天堂里的又一天》。”林里默念着这歌名，努力在记忆里找到一点线索。

金牛小的时候，唯一一次一家三代人出门度假，在夏威夷住了一星期。回来时飞机误点，他们老少在候机厅的商店里闲逛，金牛看中一个镶贝壳的八音盒，姥爷姥姥掏钱给买了。这个八音盒放的歌，就

是《天堂里的又一天》的前奏。林里当时给老妈老爸解释英文歌词、歌名和夏威夷的关系，夏威夷不是自称天堂吗？

八音盒构造很简单，被金牛几下就大卸八块拆解开来，原来里面是长短不同的簧片，敲击滚筒上的小点，簧片不同的震动幅度发出不同音调的声音。只要你用手转动八音盒侧面的小把手，拧紧弹簧，储备力量，待弹簧慢慢松开，调音器的圆轴在弹簧的带动下，一圈一圈地转动，二十多个音节的调子就可以一遍一遍地重复，一个音符不差。等弹簧松懈，簧片打击的力度没有之前那么准确了，八音盒发出的最后几个音符就走音了，余音渺渺好像老年时的七歪八倒，最后一片寂静。

这个八音盒被拆开又重新装上，是金牛最喜欢的玩具之一，但过几个月也就被丢开扔到角落里，积累灰尘。当林里打扫卫生再次看到时，那个转动弹簧的小把手已经脱落，林里一直想着买胶水来修理，像她许诺过的好多事一样，最后都没有做。

紧急集合的信号响了，打断了她的记忆流。

林里二人抓起舱门后挂的救生衣，套在身上，开门加入游客组成的人群往前走。在第一个楼梯口站着邮轮的二副，他指导大家上楼梯，去顶层的三号厅。二副耐心地给游客指路，声音沉静又有点机械，目光没有表情，好像衮衮游客不过是他看管下无知无觉的牛羊。气氛很严肃，林里走在人群里，个子娇小的她眼前尽是后脑勺。旁边一对华人夫妇，年轻美貌的太太紧张兮兮地紧拉着自己老公的手，楼梯上的灯光通亮，这对夫妇都穿着绒线睡裤，脚上是酒店那种一次性白布拖鞋，拖鞋的正面还绣着万豪酒店的标志。

他们的紧急集合站是“3号站”，众人都穿着一水儿的红色救生衣，臃肿地站立在一起，像自然节目里看到的企鹅群。

等众人聚齐后，海员检查每间客舱，确定了每个游客都听令出来参加演习，二副表扬大家，然后指出有人穿了拖鞋，不符合规定。“要穿上你最好的防水户外鞋！”二副带着浓重拉丁口音的英语在大厅中响起。游客中有人模仿他的口音回了一句：“Why not?”（“为什么不行？”）人群中一阵讪笑。

“别不当真！等到德雷克海峡你就知道为什么了！”二副愤愤然回答，还附带上激烈的意大利人的手势，人群不敢再打趣。

林里环顾四周，打量同船的游客。船票单价最低是两万两千美元，豪华客舱的票价是基本价的两倍。林里好奇船上有多少爱好自然的土豪，她以为会看到几张名人面孔。厅里大部分是中年人，律师或者医生模样，体形保持尚可但绝对说不上矫健。唯一热爱自然的年轻人，是一对加州来的夫妇，路易斯和南茜，常年替环保NGO做义工。在岸上排队登船时路易斯主动上前攀谈，他们是开船前十天偶然买了折价船票才成行。省吃俭用的林里立刻把这两位视为知己。她自己既不是医生也不是律师，她是注册会计师，虽然属于专业人士，但她那点可怜的薪水让她在这些人面前总是气不壮。

“挪威王子”号这种豪华邮轮于她，真是一个偶然。随着六年来音讯稀少的涂途忽然从天而降，回到她身边，最近半年遇到的都是这种

“偶然”，天上掉馅饼。喜欢研究紫微风水的闺蜜红宇说她女命偏财，她不同意：“我这点算什么偏财啊，生病的前夫自己送上门来也算我的财运？”红宇点头：“算的，结发夫妻打断骨头连着筋。”

“婚姻不好，一财所得，红颜失配。偏财之人慷慨讲义气，喜欢用智慧赚钱，常有意外之财。但女命偏财太旺，不仅易与婆婆不和……”红宇照着风水书一字一句念。但偏也好正也好，林里觉得她一辈子都跟财无缘，她只偏不财。

二副训话后，人群慢慢散去。那对华人夫妇过来跟林里攀谈，年轻的太太已经脱下那件红色的救生衣，拎在手里，一边娇声抱怨：“这风雪衣太大！又笨又重！”她自我介绍叫裘蒂，旁边的小个子中年男人叫赵新革。裘蒂自我介绍完就拿目光投向涂途，涂途不接话。林里看涂途漠然没有反应，只好先介绍自己。指着涂途她有点结巴，怎么都说不出“我老公”。她也没法说“我是他的前妻，现在是他朋友”之类复杂狗血的介绍，最后她说“这是涂途医生”，说完不等对方开口，立刻转移话题，问他们为什么选择南极行。

“因为其他各大洲都去过了，除了南极再没有什么好玩的了。”裘蒂不无炫耀地回答，娇声反问，“你们呢？”她再次迎向涂途。

涂途搭着眼皮，回答：“我想在死之前看到南极的冰川。”三人闻之愕然。他接着说：“我们不都是要死的吗？‘纵有千年铁门槛，终须一个土馒头。’”说完借口去甲板上透气，先走一步。他还穿着那身红色的救生衣。林里没有想到涂途心里住的“妙玉”突然现身，很是尴尬，差点说“他有时就这么‘二’，加上生病，神经兮兮的……你们多包涵”。她只说了最后一句话，然后赶忙跟赵夫妇交换客舱号，追了出去。

她急急忙忙踏上瞭望甲板，船已经开出比格尔海峡，地平线消失了，代之以铁灰色的海，一望无际。邮轮在往德雷克海峡行进，风浪大起来，浪花不时猛烈地撞洒在甲板上，湿漉漉的一片。夜色并不太暗，但没有星星，海和天都是铅色。南半球此时是白夜，天地没有夜与昼的变化，时间像静止了一样。

甲板上站了不少游客，路易斯两口子拿望远镜在看鸟，听到林里跟他们打招呼，把望远镜递过去，提醒她往上看：“Albatross!”（“信天翁！”）此时天上正盘旋着三只信天翁，在考察他们这条船，看看值不值得跟踪。信天翁一天能飞近千英里不落地，林里抬头时其中一只正低空掠过船头，它展开两米长的翅膀，像一架小型飞机，在船的灯光下露出腹部白色的羽毛和深褐色的双足。林里摇了摇头，她没有心思看鸟，连跑带走，想尽快找到涂途。海浪拍打在船舷上发出惊天动地的声音，头顶啊啊的鸟鸣更像催命一样。终于在船头的最前端发现涂途。涂途站在船边的围栏旁，背对众人，两眼盯着海面看得出神。

林里伸手去拉他，涂途没有回头，他自言自语兼跟她招呼：“阿里，你知道吗？德雷克海峡是世界上最宽的海峡，也是最深的海峡，连接大西洋和太平洋、南极洲，是全球最繁忙的航线。”

说完他转过脸，双目对牢林里：“好像人一生中最多事最凶险的年龄段。”

“人一辈子，哪一段不凶险不多事啊。”林里一边回答，一边拉他回舱。

涂途是林里见过的最聪明的人，除了聪明过人外，还身材高大，相貌俊朗。涂途曾不无得意地说：“自然规律，动物界漂亮的基本都是雄性动物。”

“那你是孔雀。”林里打趣他。

“幸好不是蜘蛛，或者刀螂。”涂途喜欢这样回答，有些昆虫交配后，雌虫有吃掉配偶的习惯。在他兴致好的时候，他可以没完没了地说俏皮话：“反正是蛋白质，吃别的飞虫不也是一样吃嘛。”

林里一手拉着涂途，扶舱而行，保持身体平衡，往舱里走。最后一次叫他“孔雀”到底是什么时候的事了？十年前？十五年前？林里脑海里一片空白，他们结婚是多古老的事！林里骇然地想。

打开舱门，发现地上一片狼藉，涂途那四瓶昂贵的靶向治疗的救命药，随着小桌上的塑料闹钟、南极旅行手册、笔、维生素瓶子、安眠药瓶一起滚在地上。舱内的地板不停朝不同方向倾斜，小物件滚来滚去。

“德雷克海峡！”林里惊呼。

德雷克海峡是南极航线最颠簸的一段，大家都有心理准备。一旦真正到了那里，当邮轮颠得如滚粥一样，林里躺在“棺材”里被甩来甩去，像空药瓶里的一粒药丸。她在上铺紧紧抓住墙上的栏杆，脸色铁青，胃里泛着酸水。服用晕船药后脑子里昏沉但又睡不着，林里眼睁睁看着地板上滚来滚去的药瓶、水壶和电筒，心里再次对红宇生怨——就是这个红宇想出了这个坐邮轮的馊主意，她自己却先溜掉，就剩下林里两人在这条贼船上，炒豆一样地煎熬。

红宇是林里的大学同学，到美国以后多年维系的密友。

红宇不能来是有正当理由的。她在上船前的两个月，发现自己怀孕了。红宇保养有方，看上去只有三十八岁，但女人的子宫没法打玻尿酸装嫩，能在这个年龄怀孕非高手不能做到，红宇绝对属于高手。高龄怀孕，怀孕期的头三个月需要保胎，红宇立刻打电话把船票退了，第二天请林里到迈阿密最贵的日餐馆吃午饭，解释，出于歉疚之心也忍不住分享喜悦。

林里瞪着眼前这个一身名牌套装，怀孕都穿七英寸高跟鞋的小女人，恨恨地嚼着天妇罗大虾。红宇最早提议两家人结伴坐邮轮去南极，现在借怀孕脱逃的也是她。“豪华邮轮南极行”被她说得天花乱坠：私密邮轮，小圈子人群，是破镜重圆再度蜜月最好的地方。

红宇总是标榜自己御夫有术，但她也是最先离婚的，现在又再次抢先一步，即将奉子成婚，跟比她小七岁的巴西人开始人生的第二春。半年前涂途在体检时发现早期肺癌病灶，立刻从北京搬回迈阿密治病，跟六年前离婚分居的林里住回同一个屋檐下。人生像苍蝇一样，转了一圈又飞回原处。

船长的酒会在主餐厅举行。林里穿上自己最合体的薄呢长裤，红色的羊绒毛衣领口开得很低，脖子上围了条小丝巾。涂途穿上藏青色西装外套，打了领带。等他们到达餐厅时，那里已经挤满了游客，所有人都在同时说话，热气腾腾。朝吧台走时，林里注意到周围有人一边说话，一边拿眼光上下扫视这对颇登样优雅的亚洲夫妻：林里娇小丰满，浓密的乌发柔软地盘在头上，露出细白的颈项。涂途在迈阿密留学生中是有名的美男子，高大英俊，身材一点都不走形，“盐与胡椒”的头发推得短短的，利落自然。他有东北人特有的高挺的鼻梁，细长的凤眼，棱角分明的国字脸，尤其是高高的发际线显出饱满的额头，配着他双目的凝视，让他有点像演《最后的武士》《盗梦空间》和《硫磺岛来信》里那个红遍好莱坞的日本影帝渡边谦——在北京的海归圈子里他有“涂边谦”的绰号。

“涂边谦”跟酒保要了阿根廷最著名的红酒马尔贝克，林里不想喝葡萄酒，她要一杯鸡尾酒。涂途犹豫了一下，还是从命。

林里狠狠喝了一大口，带着薄荷味儿的酸甜香味儿滑过口腔进入食道，火辣辣的朗姆酒的百分之四十二酒精量，像一团自燃的闷火，自丹田冉冉升起。她醺醺然感到船的摇动，随着船外海浪的起伏，头顶好像开了窗户，她可以看到外面的天，感到南极吹来的凛冽的风，巨大的信天翁在头顶盘旋，有翼垂天，不知几千里也，俯瞰下面多愁善感的人类世界。

北冥有鱼，其名为鲲。鲲之大，不知其几千里也。化而为鸟，其名为鹏。鹏之背，不知其几千里也；怒而飞，其翼若垂天之云。水击三千里，抟扶摇而上者九万里。野马也，尘埃也……老鼠吃了信天翁的蛋。

站在主餐厅中央的是船长，一身笔挺的深色海员呢制服，白色带金穗的帽子，金黄色肩章、袖章。史密斯船长身材高大，脸上布满日晒雨淋后的苍老皱褶，帽下露出稀疏的胡萝卜色的鬈发。他拘谨地跟周围每个游客打招呼，义务性攀谈几句，他帽檐下深陷的眼睛严厉沉默。船长不喜欢这种跟游客混一起的酒会，出来站台撑场面纯出于责任。

林里看到紧急集合训练时认识的华人夫妻，裘蒂和赵新革。这次大家没有穿统一的救生衣，都现了原形。赵新革精瘦，比穿了高跟鞋的裘蒂矮不少，一身巴塔哥尼亚越野衣服，里面是藏青色高领羊绒套头衫，好像从《时尚先生》杂志秋季男装版走下来的，簇新，矫健。赵新革不时把两脚分开与肩同宽站立，摆出高尔夫球手转身击球的姿势，一双手挥着一根无形的球杆在练习。做完一套击球动作，他飞快做出一连串的肩部、颈部伸展放松动作，动作连续，眼花缭乱，堪比直立的蛇在调整脊椎的每一节。

赵新革脚边放一根高尔夫球棒，此间人多，他施展不开，只能耍耍他那根大象无形的金箍棒，过干瘾。

“这是五号铁吧？”涂途转到他身边搭话。涂途自己是高尔夫球高手。

“是。”赵新革像被施了定身法那样，定格在击球的姿势上，只有头部没有中招，他转头对牢涂途，满脸严肃，无笑。

“是不是总带着一根高尔夫球杆出门旅行？”涂途笑着问，这次表现很好，已经热情地伸出手去，“我是涂途，涂医生，我们昨天见过，这是我女朋友林里。”

“我叫赵新革，我一般出门喜欢带球杆。”高尔夫男自解了定身大法，他自然站直，跟林里他们握手。

“带球棒防身用？”涂途开玩笑，他心情好的时候谈笑风生。

“不是，我计划在地球上每一个国家都击一个高尔夫球。”赵新革认真地回答。

“你的计划实现得怎么样了？”林里问。

“差不多到过每一个国家吧，除了几个危险的非洲小国，还有南极洲。当然南极洲不是一个国家，是南极大陆。”

这时裘蒂一手端着高脚酒杯，另一只玉手十指纤纤，像蜘蛛抓捕猎物一样搂住自己的老公，爱娇地责怪说：“亲爱的，你又在谈高尔夫了！”她在说自己的丈夫，目光却朝着涂途这边扫。然后她转向林里，骄傲地代言：“我老公这个梦想二十年前就开始了，那时他刚刚开始承包开发北京翡翠湖球场……”

裘蒂着一件鸽灰色的开司米长衫，没有纽扣，边缘一溜挂着穗子，里面贴身穿猩红无肩带背心，锁骨凸出，上面贴了几叶鱼鳞一样的亮片，脖子上一串细碎的钻石项链此起彼伏地闪亮着，一副同款的细细的钻石长耳坠几乎垂到肩上，在打着卷的乌发里配合闪耀，完美衬出她的方圆形的脸。她的美中有一股武士一样的逼人之气，好像那些脂粉首饰都随时可以变成暗器明器。林里比她矮了大半个头，需要仰视才能看见她的脸，尤其在裘蒂一双化了彩妆的杏目逼视下，林里像夜里汽车的大灯下僵立的鹿，一动不敢动。她端详着眼前的美人图，忽然想起来一句破冰的恭维话："哎！有没有人说你长得像赵薇？"

赵薇二号脸色阴转晴，连连点头："哈哈果然又有人说我像赵薇！其实我的鼻孔更像刘嘉玲。"说着转动头部，调整照在脸上的光线，达到像刘嘉玲和赵薇的最佳角度。涂途脸上似笑非笑，慢吞吞地说："跟她们比，你更年轻。"

这招精准，裘蒂的干戈立刻柔化成玉帛，跟涂途介绍自己和她老公，不消三五句话，涂途已经成为美女的知己。林里寻思着趁他们热聊的当儿，是否自己再过去拿第二杯鸡尾酒。她向往信天翁在她头顶盘旋的感觉。

那天晚上林里因为酒劲不能入睡，闭上眼睛她觉得天旋地转。邮轮在夜里乘风破浪，每一次颠簸，海浪对船体的每一秒拉伸拖扯，都因为夜的安静无事而放大；舱里和舱外各种金属接轴的响动，每一处细小的"风洞"的彻夜不停怒号，在失眠人耳边是一场连续的合奏，好像机车无时无刻不在枕边呼啸而过。林里辗转反侧，她多么后悔灌下那两大杯黄汤，头疼欲裂中发誓上岸前滴酒不沾。

一个纠缠了她大半生的噩梦，停止了多年以后，在那宿醉的晚上居然又回来了。

从小时候起，林里时不时做一个完全相同的梦。这个梦重复多次以后，她已经非常熟悉，以至于梦一开始她就知道：对！又是它。但是林里不能停止，没有办法让自己从梦中醒来。最可怕的是，林里并不知道这个梦里是什么让她害怕，她都不知道怎么描述这个梦，没有暴力，没有妖魔鬼怪，没有亲人失散这些常见的噩梦元素。

这个噩梦是关于路的。

早上醒来时，她吃惊地发现居然还是睡了几个小时。涂途说：“是的，你不仅睡了，还打了声音不小的呼噜，吵得我都睡不着。”林里愣愣地躺在“棺材”里，寻思着这个突然回来的噩梦：为何它突然来临？

过了整整一天，到达象岛。象岛跟另外一个他们要去的利文斯顿岛是离南极圈最近的岛屿。天阴着，海水和天色都是铅黑色，但风浪消停很多。邮轮抛锚停在海上，游客分组坐橡皮探险小船上岛。所有游客都穿着统一配发的橘红色救生衣和大红色的防水冬衣。上探险船前大副站在甲板上叮嘱大家切不可脱去救生衣和冬衣。

海风的寒意缓解了林里的宿醉，她觉得精神多了。第一次离船，几乎所有乘客都出动了。在排队等着上船的当儿，林里问船员为什么发的衣服都是红色，船员回答：因为红色在南极海上很醒目，如果有人擅自离开队伍留在岛上，船员立刻就会发现。

林里好奇，还有人想留在岛上？答：是的，有过，一个女人。

林里更加好奇：“她为什么想自杀？”

船员不回答。

在橡皮舟里，赵新革带着他的高尔夫球棒坐在他们对面，旁边的裘蒂一脸不满：“又是这身衣服！难看死了！”她见到涂途立刻又更加娇嗲地抱怨。涂途微微一笑，没搭腔。

那个广播里听到过的自然学家詹姆士在驾船。他是个满脸红光的小个子，一边打着方向盘，一边告诉大家上岸后岛上很滑，要注意躲开海狗，那东西比海豹还要凶，尤其是母海狗，见人就咬。裘蒂发出低低的惊叫。她老公连忙护花，一手搂着美女肩膀，一手像握打狗棒一样握住五号铁，凛然危坐。

登岸前，詹姆士告诉大家，象岛上的巴布亚企鹅和帽带企鹅的繁殖期已经快过去了，它们中的三分之二已经回到海里。登岸时林里发现岛上还有几千只企鹅，密密麻麻。巴布亚企鹅和帽带企鹅个头一尺都不到，像南极洋的所有动物，对人没有防备。在几千只直立的企鹅中间，游客们仿佛置身于小人国。海滩和山脊上遍布的粉红色的企鹅粪发出浓烈的氨味儿。"是的，是的，企鹅的食物是磷虾，磷虾是粉红色的。"詹姆士絮絮叨叨跟大家解释。

巴布亚企鹅、帽带企鹅的幼雏不少已经可以跟着父母下海捕食，剩下的嗷嗷待哺的绝望幼雏还有上千只。灰色的毛茸茸的小企鹅成群结队，急吼吼地追逐着任何一只可能是它们父母的成年企鹅，哀求给一点吃的；在找不到成年企鹅的时候，大批的幼雏扎堆在一起，想利用集体的力量对付在一旁随时准备攻击的贼鸥，贼鸥长得跟海鸥一样。

奄奄一息的被遗弃的幼雏随处可见，有些窝里的幼崽已经被吃掉大半，就剩下骸骨；等待换毛的成年企鹅已经迁移到不远处的山坡上，在一片沉默中忍饥挨饿。

不远处的山坡上，赵新革已经摆出姿势准备击出他在南极洲的第一只高尔夫球。林里远远看着他俯身把球钉插在地上，把一只高尔夫球摆在球钉的顶端，然后退一步练习挥杆，同船另外几个游客也在看着。“Make it a hole-in-one, Zhao!”（“一杆进洞啊，赵！”）有个美国口音的游客喊了一句，然后是一片嬉笑。只听啪的一声快响，球被击出去，飞越棕黄色的山崖然后跌落在另一边的海滩上的礁石里，裘蒂带头鼓掌。

会有企鹅把高尔夫球当作鸟蛋捡回窝孵吗？这个问题在林里心里盘旋不去。

“明天将看到浮冰。”詹姆士在回去的路上告诉大家。回程风浪很大，浪打在游客的红色风雪大衣上，涂途脸色苍白，紧抓住船舷上的栏杆。

林里的噩梦是关于路的。起先是城市中心的柏油大道，店铺罗列，人来人往，路中间车辆不断，沿街长着高大整饬的梧桐树，像南京或者上海最热闹的地段，鼓楼、淮海路这种。她在摩肩接踵的行人里走着，然后拐弯走进一条支路。路上没有刚才那么拥挤，有人在路上骑自行车，路边的馄饨铺、火锅店和华联小超市都是她熟悉的。然后她再转弯，转进小巷，南方小城的旧居民区不复刚才的闹市盛景，行人寥寥，僻静，可以听到路边人家传出的电视或者广播的声音，“旧手机换脸盆”，收报纸的小贩偶尔发出叫卖。然后她再转进一条僻静的小巷，灯火阑珊，她形单影只，路上几乎就她一个人。这条行人稀少的小巷已经是“残年暮景”，寒风吹着落叶在地上飞起又落下，街上下水道口堆着一点垃圾，沿街窄小的窗户紧闭，低矮的小门也关着，门上残留褪色的春联："风雨如晦，鸡鸣不已"。有窗户透出黄色的灯光，似乎是晚饭时刻，隐约听到人声，很近，但是听不真切在说什么。再转弯，她走上一条新的路，没有门牌号码，没有街名，像两座黑色的高墙或者峭壁之间的通道，窄仅可容一人过，头顶的天是奇怪的发亮的暗色。这是被人工强光照亮的黑夜，前方就是那白光的光源所在，白中发蓝的光，好像发着白光的黑洞，要把一切都吞噬进去。周围完全安静，只有自己的脚步声，白光越来越近，她心跳加速，口不能言，无处藏身……

她跟涂途恋爱的时候，曾经把这个梦仔细说给他听，身为医生的涂途立刻下结论：这是迷宫恐惧。说着他给自己娇美的女人找了一团线："握紧这团救命的线，我亲爱的忒修斯，你就什么也不怕了。"

涂途把自己比作阿里阿德涅，对英雄一见倾心，出手相救。这种角色互换让他很兴奋，在他们认识的最美好甜蜜的头几年，一直是小两口的闺房之乐：涂医生扮演小女人，林里是掌控一切的忒修斯。

虽说每次都顺从自己的丈夫，但一想到这个比喻，"阿里"心里总觉得硌硬。希腊神话里阿里阿德涅和忒修斯短暂的露水姻缘，结局并不美好。痴情的阿里阿德涅公主一见钟情地爱上敌国派来的忒修斯，为表达自己的爱慕，不惜把国家机密捧手交于他。忒修斯杀了牛头怪物米诺陶洛斯逃出迷宫，阿里阿德涅毫不犹豫上船跟他私奔。他们的船第二天在海上迷航，停在一处荒岛。忒修斯在清晨趁阿里阿德涅还在熟睡，扬帆启程，把她遗弃在荒岛上。离开阿里阿德涅后，忒修斯在回家的海上神思恍惚，忘记离家时父亲嘱咐的对船帆的约定，没有把帆换成象征平安归来的白帆，还挂着离开家乡时的黑帆。结果，忒修斯的父亲远远看到黑帆归来，以为儿子已经一命归西，绝望地投海自尽。

这个噩梦在她过了四十岁生日后就不再出现，涂医生的兴趣也变了。如果不是这次南极洲之行，冰川、白夜的天色，她几乎想不起来这个梦境。冰川，难道她从童年开始梦见的就是冰川？

詹姆士说的没错，第二天早上海上就漂满大大小小的浮冰、冰山。最高的冰山有六层楼那么高，在海浪里缓缓地翻转、融化、坍塌。破碎后的小冰块也有几米见方，在海面上浮动，泛出慑人的蓝色，下雪了。

浮冰撞到邮轮的钢制外壳上，不时发出嘭的一声，像是船被炮弹击中。大部分浮冰上停着海豹和企鹅，在船靠近前一刻，企鹅会像中弹一样纷纷落水逃开。海豹没有反应，肥腻的身体趴在冰上一动不动，木然地看着邮轮驰过。海豹周围的冰上，溅着血迹，那是海豹吃剩下的骸骨。

南极洲集中了地球百分之八十五的冰川，格陵兰岛集中了百分之六的冰川，如果全球的冰川融化，海平面将升高六十六米，邮轮启程初詹姆士给乘客做了一次全球变暖的环保讲座。听完后涂途和林里回到客舱，涂途问她，如果她能改变世界，她最想做什么？林里想了一会儿，回答：“我想让自己长高六公分。”

改变世界？她都不能改变涂途。

涂途第一次当着她的面跟别的女人调情，是在她公司的圣诞晚会上。一个南美过来的销售经理，比三十出头的涂途大了十几岁，十指搽了丹顶红色带珠闪的指甲油，套着硕大的绿宝石鸡尾酒戒指，配合着她的红唇和金红色的大波浪头发，英文并不顺溜，葡萄牙语放浪的声音，像大笑又像唱歌，笑的时候上身起伏着，深V的领口里双峰忽隐忽现，同事都叫她卡门。

涂途在晚会的大部分时间都极无聊，他既不懂林里所在公司的业务，对大公司里的人际关系也没有兴趣，他闷头吃喝，直到看到卡门，跟卡门只一个眼风就对上了。在喝第三杯大都会鸡尾酒的时候，她的手已经搭在涂途的腰上。卡门推说鞋硌脚，把一只高跟鞋脱下，挂在手腕上，金鸡独立，她赤裸的玉足踩在涂途的皮鞋上，半扶半倚着他。涂途把她扶到一个僻静角落的椅子上，带着林里离开了晚会，连礼物都没有拿。

回到家后，在浴室里涂途狠狠把林里推倒，就着浴巾，林里躺在浴室的瓷砖地上，瓷砖的冰凉隔着毛巾传到她后背上，压着她的涂途一团火热。林里知道，他闭着眼睛狠狠吻的那个女人，并不是她。他勃起的身体像中了蛊一样，林里分身变成两个人，裸身在他身体上坐着的是卡门，蛇一样逶迤波动着身体。

从那以后她知道涂途一见到漂亮的女人就不能自已。“难道男人不都这样吗？”涂途平静以后反问。林里问：“你跟卡门聊什么呢？你又不会说葡萄牙语，她的英文单词量不超过五十个，其中一半是酒吧点酒的行话。”涂途愣住：“我没有跟她交谈啊，我就盯着她看，她自然就跟过来了，哪里需要交谈。”

“那你从她那里能看到什么呢？”林里问。卡门的风景不就是唇膏、腮红、假睫毛、硅胶隆起的胸吗？

“卡门像一股热风。”涂途回答。

那是结婚的头几年，涂途对别的女人还只是临渊羡鱼，有心动没有行动。林里还是他的阿里，他们还有爱情，可以对话。

随着亚洲新兴市场尤其是大中华市场兴盛，公司有意提拔他，涂途开始负责大中华业务，出差变得越来越频繁，少则一星期，长则一个月。随着职位越来越高，他这条力比多旺盛的大鱼，从迈阿密的华人小池塘，回到太平洋那边的花花世界，北京、香港、台北。什么是如鱼得水？什么是海阔凭鱼跃？涂途开始知道自己的魅力和身体的魔力，他变成莫比·迪克，北京海归圈里的卡萨诺瓦。在床上，林里慢慢猜测哪些是别的女人的做爱习惯，哪些女人是涂途的午后之爱，哪些喜欢口交，哪些喜欢边说边做，她经常觉得自己在跟一群人睡觉，隔着涂途的身体，她可以招魂一样听到、闻到，不同女人的呻吟、体味。

他们经历了十几年的婚姻后，变成一对陌生人。在涂途调到北京工作前，他们正式离婚。

航行离南极圈越来越近了，海面上的浮冰也越来越多，多到几乎把海面覆盖，气温很低。

海水里的浮冰在日夜融化，互相撞击，最后出落得线条柔美，像女人的胴体，引人遐思。林里又想起船员提到的那个企图留在岛上的女人。到底是什么样的绝望触发这样的弃绝？不想活了，宁可默默地冻死……据说在冻僵的人失去意识的一瞬，冷毁坏了人的感觉神经，引起意识混乱，所以濒临冻死的人中有四分之一感觉到的不是冷而是炎热，像赤身在沙滩上睡着了，伴随着徐徐吹来的海风，沙子落在身上、脸上。人躺着一动不动，那些滚烫的沙子慢慢将人埋葬。

慢慢冻僵，回忆中收集初雪——

先是——寒冷——恍惚——最后完全放弃

林里想起艾米莉·狄金森的诗，打了一个冷战。

“挪威王子”号越过南极圈前一天，广播通知游客做好准备，迎接这个“历史时刻”。

到达南极圈的时候，天气很配合地放晴了，天空湛蓝无云，洋面上难得地风平浪静。所有旅客涌到船头的甲板，在船员的邀请下，林里随着人群爬上甲板上的楼梯，进了船的制高点——驾驶控制室。透过控制室的三百六十度环形大窗，四周海面尽收眼底，目光所及的尽头，是一排无尽的白色的墙，那就是南极冰川，光明、巨大、笔直，在世界的尽头。

邮轮的二副站在船顶的桅杆下，穿着明黄色橡皮防水服，拿着望远镜和报话机跟船长汇报位置，大副在海图上用指南针和量角器标出邮轮的洋上路线，声呐雷达扫描系统一圈一圈扫过四周的洋面，绿色的声呐屏幕上，大体积的浮冰和冰山显示为一个一个亮点。林里看到下面甲板上涂途站在那里，在给裘蒂和赵新革拍照。

行程日进，邮轮上游客每天照面，大家开始打成一片。一天中的三餐变成聚会的时间，变成船上游客们八卦隐私的云储存。在邮轮上这段时光，人生了无牵挂，好像火车停在旷野里，“天堂里的又一天”，老妈的预言没有错。

这些之前素不相识的人，之后再遇到的可能性也不大。这种小概率相遇，给船上所有人一个推心置腹、畅所欲言的机会。每一个人都可以是另外一个人的“树洞”。比如住在林里右隔壁舱的，是达拉斯来的畜牧运输商汤姆，他单人一舱，手上也没有戴婚戒。在自然学家詹姆士给游客做的“环保与全球变暖”话题讲座上，他公开质疑全球变暖的科学根据，跟詹姆士争论激烈，最后发展到隔空对骂的地步：“什么全球变暖?！都是纽约吃素的娘娘腔‘白左’忽悠人！”汤姆宣称，下次再坐邮轮前，得申请搞一个“反对派”讲座，他给自然学家詹姆士取了一个外号 Mr. Fahrenheit[1]，“温度先生”，这个绰号在游客中传遍。

住在左舱的是纽约来的一对医生和护士夫妇。上东区土生土长的纽约犹太人豪斯医生，既不吃素也不娘娘腔，夫妻二人喜欢户外运动，不白不左。

---

1 Fahrenheit即华氏度，是以发明者华伦海特(Garbriel Daniel Fahrenheit)的名字命名的。

“这是豪斯医生的第三次婚姻，上帝保佑……”金发碧眼的豪斯太太琳达心直口快。豪斯医生的两任前妻都是护士。“每十年换一次婚姻，都是护士，他就好这口，哈哈。”琳达自嘲。

因为喜欢户外，紫外线损伤了琳达的美貌，浓妆突显了她脸上的棱角，让她看着没有比她的医生丈夫小太多，他们的实际年龄差了二十一岁呢。林里喜欢听她无拘无束的唠叨，琳达的讨喜性格很快就让她身边围了一圈朋友。

豪斯医生是脑外科手术专家，做过的著名案例包括连脑孪生婴儿分开手术，曾经轰动全国，林里记得晚间新闻里对他的报道，他是全船唯一上过电视的名人。见到真人，才发现又矮又肥，一个巨大的脑袋，满头卷毛。他口称平生最喜欢的，除了人的大脑，就是女人的身体。豪斯对林里的话倍加关注，不时提议帮她端酒或者取外套。林里注意看他那双修长有力的大手，这让他很得意：“这是完美的外科医生的手！”他炫耀地摊开双手让林里看，又拉着林里的一双小手贴在他手心比大小。他盯着林里的没戴婚戒的无名指看了一秒钟，然后那双大手合上，把东方女人的十指纤纤的玉手夹在双掌间摩挲。林里感受到他的手传过来的热度，连她都有点想入非非，被这双全美医学界闻名的大手摸过或者割过是什么滋味啊。

林里很享受这来自异性的注意力。

从利文斯顿岛回来，当晚是正式晚餐。之前他们就收到通知，着装要求正式，晚餐有香槟，餐后有白兰地，船长会前来参加。出门前林里心情很好，在浴室里洗漱打扮。涂途在门外等着，他帮她挑衣服。林里花了很长时间洗头吹风，她隐约听到浴室门外的咳嗽声，等她搞定出来，涂途已经不在客舱里，只有他替她挑好的行头摊在床上：银色灯笼裤，黑色无袖的丝绒上装，配一条披肩。林里心里很恼火，又觉得奇怪。

地上有两团揉皱的纸巾，想到肯定是涂途随手扔的，林里用脚踢一下。她坐在那堆衣服旁，定定神。等心里的气平了，林里弯腰捡起那两团纸巾，欲扔进字纸篓。她注意看着手里的纸巾，把它凑到眼前端详，然后两手慢慢展开其中一团，赫然看到纸巾里的几星血迹，在灯下像是残留的口红。

林里到了餐厅，涂途已经跟裘蒂在一个舷窗边聊得火热。裘蒂穿着渔网状的银白色短外套，下着黑色的皮裤，像裹着一层崭新的豪华皮肤。一头油光水滑、漆黑的长发如瀑布一样披散，有几缕被热风刮到脸上，给裘蒂的方圆脸盘平添一丝迷茫野性的美，她好像拍杂志封面的模特。涂途旁边已经放了两个空杯子，他手里端着一杯加冰的烈酒。因为酒精的作用，他脸上一团火气，但眼光是冷的。他像冰山上的海豹，懒洋洋地看着眼前一切。涂途伸手帮裘蒂把发丝从脸上拂开，手势娴熟自然。看到林里进来，他跟林里并无照眼，默默地去帮林里拿一杯大都会鸡尾酒，垂着眼帘，送到她跟前。

赵新革西装革履，站在不远处无聊地踱方步，不时摆个击球的姿势自娱自乐。林里喝了一小口粉红色的大都会，伏特加的酒劲立刻暖了她的肠胃，她正了一下自己的披肩，走过去跟赵新革打招呼，带他去看厅里挂的照片。她猜到他英文不利落，主动跟他解释照片下的说明。他有点心不在焉，半天才期期艾艾问一句："你和涂医生是分居的，不在一起是吧？裘蒂说涂医生过去一直住北京。"

林里点头，说涂医生回美国治病，已经半年了，他们不是夫妻关系。

"啊治病？治好没有？"赵新革眼里闪出一丝希望之光。

"治疗很顺利。涂医生之前在香港养和医院体检时发现肺部有病变，幸亏发现得早。"林里回答。

"嗯，顺利就好，国内空气污染，肺癌发病率很高。"赵新革说，这时他精神振作很多，兴致勃勃地带林里到吧台，示意林里，"来来，喝点餐前开胃酒吧，吃点烟熏鱼冷盘。"

林里回到涂途和裘蒂这边时，裘蒂已经开始跟涂途述说童年了。

让所有游客大跌眼镜的是，得州佬汤姆是和他的论敌"温度先生"一起来的——连衬衫和领带都是和谐的情侣色，粉紫色和黑色，俨然一对相爱多年、出双入对的"夫妻"。豪斯医生站在林里旁，用胳膊肘轻轻碰一碰林里，然后凑到她耳边嘀咕："看看得州佬，共和党腹地里潜伏的'深柜'。"

林里注意力本来尽在涂途身上，被豪斯医生这么一说，又好气又好笑，说："这船上的水里下了春药。"

正式晚宴不同于平常的自助餐，他们这三十人分了三桌，待入座后，各家归各家，社会伦理次序恢复。大副祝酒，而后菲律宾侍者穿白色礼服打黑领结，鱼贯而入正式上菜，从餐前蔬菜沙拉开始。赵新革拉着裘蒂不仅不跟涂途同桌，在另一桌上都背对着林里和涂途。涂途默默地喝酒，一杯接一杯，很少吃饭，正餐牛排端走时还剩下大半。

甜点很漂亮，小小的白巧克力慕斯蛋糕，上面停着一只漆黑的、硕大的、翻糖做的蝙蝠，旁边一粒南瓜糖，林里这才想起今天是万圣节。哦万圣节，提到万圣节她就很想念儿子金牛。稻草人、南瓜、棉絮做的蜘蛛网、彩色的印第安老玉米，这是北美小孩子一年中最喜欢的节日。金牛现在已经读大二了，他今晚应该在参加狂欢派对吧，想起金牛的童年真是恍如隔世啊。

万圣节真是一个奇妙的夜晚，所有的人都变得与平时不同，好像另一个自我现身。平时严峻的船长都软化了，变得和蔼多话，像一个好脾气的祖父。他的胡子衬着脸的轮廓，让他有点像著名南极探险家沙克尔顿。“挪威王子”号船主对沙克尔顿有着近于偶像膜拜的情结：船的大厅、走廊上到处挂着沙克尔顿的照片。

晚宴结束时，船长给在座每个人倒了一小盅爱尔兰威士忌酒：“为南极探险精神长存干杯！万圣节快乐！”

第二天下船，涂途推说累了，想歇一天。林里下船时他还赖床不起，林里也不想搭理他。

林里喜欢南极洋上的这些荒岛，这次去的小岛上还有一个挪威人的捕鲸站遗址和博物馆。坐进橡皮筏子里，她发现赵新革也是一人。“裘蒂身体不舒服，昨晚酒喝多了，她还怕海狗……”他蔫蔫地说。林里想说“你不是有高尔夫球棒嘛，可以打狗”，可她注意到那根无所不至的五号铁也不见了。“裘蒂说乱打高尔夫球不环保……”

林里“哦”了一声，心里冷笑，涂途在背后的议论都传到裘蒂耳朵里啦。赵新革全球打球的习惯，是涂途讥笑他的主要话柄。

岛上的捕鲸站遗址简陋到极点，是两间木头和石头搭起的棚子，低矮，身高一米八以上的游客必须哈腰进门。棚子里有几只煮鲸油的大铁锅，一个破旧的木头雪橇。旁边的钢筋水泥建的小屋是现代建筑，挪威政府出资建造维持的博物馆。现代建筑的唯一卖点是它的无线上网设施，游客们争相交费，买密码号，享受那十几分钟与外界的沟通。

林里一边排队等着交费，一边打量着墙上的捕鲸老照片。巨大的灰鲸、座头鲸被拖上岸，皮肉被割开，肥厚的脂肪层一条一条晾晒在炉子边的空地上，像趴在床上肥大的人体，看不出是男人体还是女人体，赤裸裸的碳水化合物。

老照片旁有一排瞭望窗子，对着博物馆后的荒凉的砂石海滩。那是一个信天翁保护区，有几十个信天翁的巢。巢直接建在地上，有的巢空着，有的信天翁正在巢里安静地坐着孵蛋，一动不动，丝毫不避讳近在咫尺的游客。林里看到赵新革几乎贴着鸟窝在拍照，拍完照一甩头匆匆往前，他瘦小的背影，在信天翁群里像一只落单的大鸟。

微信接通，金牛的视频传过来时，林里几乎认不出那个小小屏幕上的人就是儿子，那完全就是涂途年轻时的模样。父子俩最相像的是声音，金牛在变声后从嘹亮清脆的童音变成浑厚的男中音，跟他父亲像得可以乱真。

涂途正式搬去北京的那天，是他们签字离婚后的第三天，是星期一，公司雇的跨国搬家公司在周末不工作。金牛去上学了，林里上午请了假，在家里等他们。当她带着那个负责搬家的墨西哥裔走进涂途的房间，那个人环视四周，有点吃惊又有点失望："就这点东西啊？其他的房间都不搬？"

"Yes, the rest of household stay."（"是的，家里其他人留在这里。"）林里毫不犹豫地回答，stay（留下），全家都留在原地不动，唯涂途被驱逐出家门。

"那我十五分钟就可以搞定。"老墨说。

等她下班回来，搬家公司和前来打扫的清洁工都早已离开。她走进那间搬得空空荡荡的房间，发现连墙壁上原先挂的照片、油画都已打包运走。西晒的阳光照在墙壁上，显出原来挂画的地方因长期不被照晒而保留的空白。屋子的空气中有着旧地毯的霉味，加上清洁工打扫后喷的廉价空气清洁剂的化学味儿——搬家前一天林里特意恨恨地叮嘱清洁工来上班，她刻意要把涂途的痕迹完全扫除出去，一抹灰、一块用过的纸巾都不留下。

她独自坐在空空如也的地毯上，经年累月，地毯上原来放置家具的地方被压出一个个的印儿，家具实木腿在地毯上压出小坑儿。地毯像一张地图——遗址图，清楚显示着原来卧室摆设的格局：床、椅子、书桌、衣柜、立灯……房间进门处地上一个半圆形的印儿，是那种叫"绅士配件架"的东西留下的。它是专门给男人用的衣架，一半是可以放手表、皮夹，挂皮带的托盘，另一半可以挂西装，底部是半圆形实木的台面，可以放皮鞋。这是他们在感恩节后的"黑色星期五"半价抢购来的，现在都随“绅士”蒸发了，只在地毯上留下印儿。

楼下有脚步声，有人进门，是金牛放学回来了。林里起身招呼儿子，在楼梯上几乎跟他撞在一起。五年级的小学生，在长高变瘦，婴儿肥的脸型变成国字脸，眉目已经像父亲，林里平时没有注意，这一瞬的撞脸几乎让她失声叫出来：“你不是已经到北京了吗？”金牛的小脸红扑扑的，他喘着气，明显是从校车站一路跑回家的，他等不及地要利用放学后那一小时的“自由时间”打电子游戏。他风风火火地从林里身边跑过，林里正往楼下走。过了几分钟整个房间安静下来。金牛默默走下楼，靠着妈妈，说：“爸爸房间空了，搬家公司来过了？”

林里点点头，抚摸着儿子的头发，一边说：“你饿吗？我给你做一只三明治？或者烤一个比萨饼？”金牛很享受这一刻妈妈安静的温柔，像小马驹那样把头低下去。他有一头自来鬈的头发，婴儿时的外号叫秀兰·邓波儿。

金牛从来没有问过他父母的婚姻变化，对于大人的来和去，他只是默默接受，他是这个三人关系中唯一的恒值。林里从厨房的窗户望出去，经常看他一个人坐在后院的秋千上发呆。林里每次想到那个秋千架上孤单静止的小男孩，她心里就痛。那一刻她对涂途的恨会变成奇怪的想念，如果他能回来，该有多好。随即她对自己这种很贱的念头很鄙视，立刻打住。

凌晨四点，林里突然醒来，浑身燥热，她恍惚中觉得自己走进隔壁的客舱，摸到豪斯夫妇的床上。她躺到那个矮胖的男人身下，一对乳房被他修长有力的手抚摸揉搓。她闻到豪斯医生宿醉后的口臭。琳达满面潮红又心不在焉，埋在枕头中的俏脸看上去像任何一个美女，比如裘蒂，哦也许就是裘蒂。林里给她抛一个柔媚安慰的眼风。对你对我，这都是天堂里的又一天。

然后林里醒了。回味春梦，她心想是不是月经要来了，怎么荷尔蒙高涨到这个地步，这春梦……要是有，也蛮好的。林里继续在半梦半醒之间意淫。她慢慢爬下床来，取了杯水喝，定一定神。她走进浴室，拧亮灯，察看自己的身体，是不是“大姨妈”真的来了。

浴室里一对小灯，一左一右，在洗手池的镜子上照亮出一团光。浴室其他的地方在摇动的影子里。镜子不时微微晃动，镜中的一切也跟着晃，虚虚实实，好像水里的倒影。林里在镜子前站定，眯起眼看定镜中人，觉得似曾相识又有些不同：原本圆润的美人下巴开始瘦削，变得尖俏，嘴角边浅浅两道法令纹；双目因为春梦的缘故，睡眼惺忪却颇有几分陶醉的神采，衬出腮上的绯红，一头齐肩的乌发有些凌乱，这里那里有几根白发斜出。最奇特的是，右下颌有一根硬硬的胡子一样的毛发生出，好像在长久没有异性陪伴的情况下，身体绝望，要努力营造一个男身出来。林里伸出手指轻触那根兀自生长的胡子，很是怜惜。

镜子啊镜子，你看过我的大好青春。

这是谁的歌词？林里在脑海中搜索，她想不出来，只好关灯出了浴室。

她赫然看到扔在地上的床单和毛毯，涂途不在床铺上，下铺是空的。

林里再次走进浴室，那里依然没有涂途。她不假思索地打开衣柜的抽屉，看到抽屉里袜子上放的两本护照，忽然意识到涂途不可能被施了缩身法躲在袜子下面。想到这里林里一惊，这一惊让她回到现实中，她的意识完全清醒了。林里一屁股坐在下铺的床上，那里的被褥床单还隐约残留着一丝古龙水的橘香，仿佛余音袅袅，“野蛮”。

闻着床铺上那一点香味，在一瞬间居然有一分轻松，她随即为自己的念头惭愧。她手脚麻利地换下睡衣，穿上毛衣、防水裤，再套上风雪衣，戴上帽子、手套，出门去找。

邮轮的过道灯光昏暗，空无一人。林里疾走，脚步声在过道里回荡，所有的舱门紧闭着，林里听着自己的脚步声，看着走廊的地上自己的影子。一扇扇关闭的客舱的门，好像随时可以打开，她觉得像在万圣节的晚上挨家挨户，化妆讨糖。邮轮行进平稳，偶尔海上的浮冰撞在钢制的船帮上，发出闷声巨响。一只跟随邮轮走了好多天的信天翁从船舷外掠过，与林里的目光平齐。它那对珠子一样的褐色瞳仁的眼睛，与林里对视，它打量这忽然出现的夜行人，进化链顶尖的物种，带来老鼠的生物。

林里越走越急，邮轮上漫长的走廊连接起商店、图书馆、大小会议室，厚重的防火门一道又一道，打开又关上，邮轮是一座迷你城市。

她上了楼梯，进了紧急集合的主餐厅。大厅里也是空无一人，灯光昏暗，只有墙上两三盏壁灯开着。餐桌都撤下了台布，露出没有上漆的杉木桌面，椅子叠好沿墙摆放，地板打扫得一尘不染，厅里的地板上隐约留着一丝漂白剂的气味。林里穿过整个大厅，开了另一扇门，走上甲板。

踏上甲板的一瞬，凛冽的冷空气扑面而来，几乎呛得她倒退一步。天空一片刺目的白光，船顶两盏巨大的探照灯在海面来回搜索，把船前方的海域照得雪亮。海面上漂的浮冰和冰川纤毫毕现，强烈的灯光把南极洋面照得不像是真的，如同舞台，一个涵盖天地的舞台。

林里鬼使神差地爬上甲板的楼梯，走进船长驾驶控制室。

控制室里鸦雀无声，船长端着咖啡站在驾驶船员身边，他们站在舵轮前面，全神贯注地注视着船的前方。大副和另外一个水手站在雷达前，除了大副侧过脸时迅速扫了一眼闯进门的林里，其他人根本没有回头。

“我丈夫……”林里结结巴巴地用英文说。

“他病了还是怎么的？”船长问，他连头都没有回，双目紧紧盯着海面，“出了什么事？”

“我在找他……”林里胆怯地回答，声音低下去。船长毫无表情，大副在继续研究雷达屏幕，控制室里一片安静，只有声呐扫描器偶尔发出嘀的一声，那是海面的冰山警告。没有人注意林里，好像她完全不存在。她抬头向控制室的窗外望。

在船的正前方，在探照灯赤裸裸的灯光下，一座比“挪威王子”号邮轮高一倍的冰山在风雪和水雾里现身，笔直的，像一座城，好像随着灯光的照射慢慢苏醒过来，朝着邮轮这边的世界张望、俯视。冰山在灯光下一片惨白，折射出古怪的蓝绿色。冰山上云山雾罩一样冒着寒气，像呼吸，仿佛这巨大的存在是一个活物，在海面转动漂移，在跟船挑逗、跳舞。

林里看得呆了，屏住呼吸，控制室里死一样的安静，唯一的人声是大副机械地报出雷达监视屏上的数据，那是冰山的经纬度位置。邮轮在慢慢调整航向，在冰山前驰过，不知过了多久，不知过了几世。

林里明白了，她梦里见到的蓝白色的光就是一座巨大无比的冰山。现在，它就在她跟前。她的视野里都是冰山，冰冷的、非人的、超自然的蓝色，十几万年的真实。这么多年的噩梦，梦见的就是这座冰山，原来如此。

一生惧怕的就是这么一个跟她相比无限广大、无限永恒的存在，原来如此，原来它就在这里等着她，伟大、冷酷，超越一切。

跟这个无限的存在比起来，她人生的一切，完全微不足道。千年一瞬，白驹过隙，这是让她害怕的地方，这是纠缠了她大半生的噩梦。

林里喘口气，平复一下心情。她的目光焦点离开海平面，扫过控制室下的甲板，那里站着一对拥吻的人。两人红色的羽绒服已经积满雪花，几乎看不出红色，探照灯下与海与天一体。冰山浩大的背景下，他们的背影是这样渺小，林里相信控制室里只有她一个人注意到这对人。

好像回答林里的窥视，其中个子高的一人转过头来，傲然与林里对视。其实他迎着探照灯光站着，根本看不到什么，眼前一片刺目的亮，如同面对飞驰而来的列车，面对迎面撞来的冰川。

林里努力想看清那对人是谁，但实在隔得太远，红色风雪衣让全船游客的背影都差不多。她睁大眼睛，只看清他们俩的姿态。只见一人一把攥住另外一个的头发，恶狠狠地亲吻，然后猛地推开，就像什么事都没有发生过，他机械地迈步离开。剩下的那一个颓然坐下，然后再挣扎着站起来踉跄走开，然后甲板空无一物。

从控制室出来，雪停了，白夜已经结束，天色发亮，又是那种奇怪的亮白色，没有阳光，永远是阴天。梦游一样，林里远兜远转往自己的客舱走，一路上偶尔有一两个早起的游客在走廊上散步，或者往餐厅赶。

海浪声一浪高过一浪，邮轮里的走廊地面倾斜着，不时狠狠一顿一停，再朝另外一个方向倾斜。林里保持着身体的平衡往前走，心里自问：我这是要到哪里去?

供应早饭的餐厅外，独自站着涂途，脖子上缠着一条大羊毛围巾，围巾的下摆带着穗子，垂到腰下。他在对着海发呆，手里端着一个纸杯，里面的热咖啡在早晨的寒意中冒着热气。

他站的地方，靠海的栏杆有一小段比别处都低，将将过腰，是放下救生船的地方，船舷内侧有漆出的红白色警告标志。涂途就站在那个标志前，他背对着她，没有看到林里从身后靠近。

林里放轻脚步，慢慢走过去，使出全身力气，伸出双臂狠狠在涂途的后心上撞了一把。

涂途猛地向前一个趔趄，他手中那杯热咖啡噗的一声先飞了出去。热咖啡从纸杯里洒出来，棕色的液体带着热气，从四层楼高的船上洒下去，好像贡献给南极洋的祭品，瞬间被邮轮下喧嚣的海浪吞噬。涂途紧随其后，噗的一声，落进洋里，在邮轮的轰鸣前行中，在无垠的海面上，无声无息，只有一只信天翁在天空小心地盘旋，俯瞰那一瞬间的消失。

林里转身推开餐厅的门，她觉得饿极了。餐厅里的音乐哗哗传来，路易斯·阿姆斯特朗的爵士乐老歌《多么美好的世界》。吃早饭的游客不多，穿着白色制服的菲律宾招待有条不紊地在打点。林里坐定后，铺了雪白台布的桌上很快摆了热腾腾的咖啡、橙黄色的橘汁、淡黄色的牛油，一会儿侍者又端来煎好的鸡蛋、火腿。林里从来没有这么饿过，她埋头大吃，路易斯·阿姆斯特朗苍老缓慢的歌声在放第二遍了。

一个小时后，她回到自己的客舱，刷卡开门。舱内传来涂途熟悉的声音："你这一晚上跑到哪里去了？害得我好找！吃过早饭吗？要不要我们一起去餐厅？"

三天以后的晚上，在回程航线上，"温度先生"给旅客做最后一次环保讲座。他播放了一个简短的纪录片——加拿大西岸一个海洋学家所做的拯救海洋的行动：一条破旧的渔船把总共一百二十吨铁屑撒进太平洋北部。之后的一年，海洋监测卫星证明，那些撒铁屑海区的磷虾产量成倍增长，通过海洋生物链条，带动美加西岸的野生三文鱼数量翻了两番。纪录片定格在那条破旧不堪的渔船上，船迎风向前，船后撒出的铁屑在海上蜿蜒，一条深色的路，慢慢深入海底。

林里想伸手去掏纸巾，但涂途紧紧拉着林里的手不放，她只好吸溜着鼻子跟着走，涂途拉着她的手回到客舱。林里知道他决心已定，洗漱后她像一个听候命令的战士那样，默默跟在涂途后面躺进下铺的“棺材”。涂途拧熄床头的壁灯，客舱立刻黑了下来，林里有点紧张。

他们并排躺着，让眼睛慢慢习惯黑暗。客舱里门下角备紧急用的脚灯微微透出红光，船外的海浪声依旧。

涂途伸手小心挽住林里的肩膀，一边解开自己羊毛睡衣的纽扣。他们动作僵硬，像两个身体从来没有接触过的陌生人。林里随时想挣脱逃开，她看到涂途眼睛里的表情，知道只要她示意，他也随时会停下来。她犹豫片刻，没有逃开，涂途的体温和气息是她曾经熟悉的，一切的触摸和呼吸都慢慢回来了。

在涂途翻身压在她身上的一瞬，林里惊了一下，她有点害怕。涂途的手指轻轻按在她的嘴唇上，他的手指划过她的脸庞、眼睛、额头。林里可以感觉到他指尖传过来的脉动，他的皮肤下的心跳压在她的心跳上面，极乐的触感像细小的电火花传过。

他们顺着火花的方向，胆怯地，继续前行。

（发表于《大家》2018 年第 3 期，转载于《思南文学选刊》2019 年第 2 期。）

枪与玫瑰

柔丝在布鲁克林的公寓里接到表姐从迈阿密打来的电话时，她和老麦才结束。老麦正光着身子探身到窗外抽烟，为了不让二手烟污染到柔丝。柔丝一手把手机按在耳朵上接听，一手拉过一条毯子遮住裸露的身体。毯子太短，欲盖弥彰，越发显出云雨后亚洲美人的玉体玲珑、娇不胜衣，惹得回头看她的老麦再次欲火上蹿。老麦转身跃跃欲试，柔丝皱眉，对他摆摆手，手机里传出叽里呱啦的中国话，夹杂着哭声，老麦虽然听不明白，但知道不便打扰，回头继续吸烟。

电话那头是柔丝的表姐林里在哭着抱怨她的老公，也就是柔丝的表姐夫涂途。这已经不是表姐夫妇第一次闹了，柔丝熟知剧情，不需要听细节，只要在这时做表姐的忠实听众。柔丝听着，偶尔“嗯啊”两声表示电话这边自己的存在，鼓励林里继续倾吐，一边寻思着如果邀请林里带着金牛这时候来纽约，他们在她这里要住多久。窗外在下雨，天开始冷了，屋里还没有开暖气，柔丝浑身一哆嗦，把手机拨到免提，然后把它放下，迅速穿上衣裤，离开卧室——她知道这个电话一时半会儿完不了。

厨房和客厅是相连的一大间，客厅屋顶加高了，一排新建的落地窗对着海，象牙色的平纹布窗帘后面衬着淡茶色的窗纱，窗纱上用银线绣着细细的十字花，这是柔丝妈妈为女儿的新居专从深圳邮购的窗帘。这套两层楼的康斗公寓是柔丝的老爸二〇〇八年投资移民时买下的，是原来纽约市在布鲁克林搞的投资招商项目之一。这里的地皮三十年前是一个海军后备码头，弃置多年，一直是海边垃圾场，晚上是贩毒的小喽啰的交易场所，藏污纳垢。招商投资是金融危机以后纽约市政府想出来的拉动经济的法子，六十万美元买套公寓，换来全家美国绿卡，交钱三年后入住。柔丝按这个地方的英文名字，Sheepshead Bay，叫它“羊头湾”。羊头湾一直是布鲁克林的穷地方，漫长的海滩空对着大西洋，到处是垃圾——塑料袋、夏天过后废弃的塑胶椅子、野餐用的塑料刀叉乱扔在黄色的细沙里，空有一片海景无人欣赏，每次说到自己住“羊头湾”柔丝都有点不好意思，这是布鲁克林的“下只角”。

客厅里只亮着一盏落地灯，还是老麦晚上进门时开的。客厅的墙漆成蓝灰色，主要家具是一圈浅棕色的皮沙发，墙上挂着一张镶了镜框的“枪与玫瑰”乐队的旧海报：漆黑的底色，正中间是两把左轮手枪，枪管朝向一左一右，每支枪管下是一朵鲜红的玫瑰花，玫瑰花藤状的绿叶缠着上面的手枪。“枪花图”外围是“枪与玫瑰”的乐队英文名字，写在一个明黄色救生圈上。这海报不同寻常，上面有这个乐队所有成员的签名。这份文物是老麦送给柔丝的定情物：“你是玫瑰，我就是那支枪，老枪。”柔丝就是 Rose，玫瑰。

可惜这份礼物明珠投暗，她这枝中国玫瑰从来不听经典摇滚（太吵！），也不知道“枪与玫瑰”是谁，她喜欢周杰伦、王菲、阿杜、李健，但是既然老麦说好，那就是好。柔丝问过老麦“枪与玫瑰”是什么，老麦轻轻拍了一下她的头，说："一个最伟大的摇滚乐队，小东西，你不需要知道的。"然后他就自作主张把海报挂在客厅正中的位置，把一张沙发拖过来对牢那张海报。柔丝看不懂这张海报，也不喜欢，海报跟整个客厅的装饰不搭，她天黑后进客厅猛一开灯看到这海报会吓一跳，那颜色艳得跟下了毒一样。但她很温顺，没有反对。

林里这次跟涂途打架了，朝他砸了一个盘子。涂途拂袖而去，过了一天一夜都没有回家。这是电话那边急急的哭诉里透露的基本情节："如果不是真的，涂途虽然花心但并没有真的乱搞，怎么办？怎么办？"

柔丝一边听电话，一边把咖啡桌上的零食盒子打开，在里面挑了一块杏脯，送到嘴里。林里比她大十岁，是柔丝唯一的亲表姐，堪比亲姐妹。林里这个姐姐从小就是柔丝人生道路的楷模：品学兼优，眉清目秀，学霸，大学考上名校，顺利地出国留学，读完学位找到工作，结婚生子，人生每一个关口，姐姐都圆满完成任务。柔丝嚼着加州杏脯，觉得毫无滋味。奇怪，美国人为什么把所有好东西都这么素面朝天地卖出来呢？不加任何调味品，简直暴殄天物。她想念上海话梅，香辣、爽脆、鲜咸、甜酸，真是各种滋味应有尽有，唉。

过去她是姐姐亦步亦趋的影子，一个不太成功的模仿秀（不是说模仿和抄袭是最大的赞美吗？柔丝的妈妈把这个成绩平平的女儿的命运概括成"傻人有傻福"）：林里长相甜美，皮肤白皙，面如满月，乌发如云，是无锡人见人赞的福相女子；柔丝黑瘦高，窄窄的瘦脸，细细的眼睛，看人偶尔斜睨，一个眼风飘出去，把别人罩住，而她只管低头看脚尖。她羞涩，属于无锡人说的“不上台盘”的小孩。在她们以端庄为女德的小地方，这种骚姿绝对要不得（她其实跟“骚”无缘，大学毕业前只交往过一个男友，还是妈妈同事的儿子，父母介绍，门当户对）。林里考大学上了北京的名校，一本，她上了本地师范，大专；林里大学毕业后顺利获得美国名校的奖学金，风风光光地出国深造，柔丝光托福就考了三次，因为成绩差，实在拿不出手，出国留学是自费的，她老爸掏的钱；林里读哥伦比亚大学，她读纽约城市大学，所有留学申请材料都是林里帮她搞定。她的硕士毕业论文是表姐帮她写的，毕业后的工作，是姐夫涂途帮她介绍的——他们公司赞助的纽约一家艺术博物馆跟中国的博物馆建立合作联展，需要一个懂中文的会计师兼翻译，涂途毫不犹豫地把她的简历转给博物馆，柔丝顺利被录用，应验了“傻人有傻福”，林里说妹妹命好，柔丝说还可以拼姐姐姐夫。连现在住的公寓，都是她爸爸买好家具布置停当，把钥匙交到女儿手里，还不忘安慰她：“你一个人先来美国，住好过好，我们慢慢就移来了。”

电话那边的姐姐终于平静了，柔丝说：“你带金牛来吧，来纽约住几天，散散心就好了。我这里够宽敞，你们俩住完全没问题。”这是安慰表姐唯一的办法，她知道林里喜欢纽约，在纽约有个同学圈。金牛是姐姐七岁的独生子，柔丝的外甥，因为是五月初出生，金牛座，柔丝叫他“小金牛”，跟柔丝老爸这头“大金牛”对比，然后这个昵称就这么叫开了。

待柔丝打完电话，老麦已经洗了澡，平头正脸地在卧室的穿衣镜前打领带，准备离开。他瘦长的手指飞速地把那根针织领带缠过来，绕过去，要打出一个饱满的“温莎结”。忽然老麦停下手，把指尖凑近鼻子，闻闻上面的气味，然后一脸坏笑，进去浴室洗手。老麦把她的体味叫作麝香，那种微酸的气味，而老麦的体味像海水，又有点尼古丁的焦油味儿。

自从认识柔丝以来的这几个月，每次老麦来她这里，从不过夜。即便他老婆不在家的现在，他也最多盘桓到深夜一两点钟。他说老婆会打电话回来“查岗”，连“查岗”这个词都是老麦教柔丝的。老麦是纽约投行界的中国通之一，他喜欢中国的一切：先是钱（或者是来钱的项目），其次是艺术品、家具、丝绸、风景、女人。老麦属于中国人民的老朋友，他吃中国饭：老麦是最早一批投资中国的私募基金投资人，投资的小天鹅洗衣机、玉林柴油机、春城肉联厂成功上市。这是他一九九四年到一九九九年在中国的光辉业绩。一九九六年才上初一的柔丝算算，呃，老麦应该比她爸爸年轻吧。

老麦从浴室里出来，把床下用过的纸巾，连同自己做爱前后吸剩的三五枚烟蒂一起，扔进字纸篓，轻吻一下柔丝的朱唇，又用指尖掐一把她的脸庞，谢幕一样地悄声离开。柔丝站在卧室的窗前，像言情电影里的女主角，看着夜幕中爱人驱车离开：奔驰车的大灯亮起，照到后院老柳树虬结的树干上，车无声地启动，从车位上退出，转上小街，一对红色的尾灯下右闪灯亮起，跳动几秒钟，拐上海龙王大街消失了。柔丝坐回床上，床单凌乱，因为刚才的活动，被单上还留着一点人体的余温。柔丝看着床头柜上那只老麦忘记扔掉的空烟盒——万宝路轻焦油“柔和型”香烟，旁边是一双崭新的古驰皮靴——五英寸的高跟，像喝白葡萄酒用的酒杯的细柄，长长的皮绳绑腿从脚腕开始，一路收紧缠绕在皮靴的鞋筒上，这是老麦送她的礼物之一。她有一双仙鹤一样的细脚伶仃的瘦腿，“圆规”曾是她的绰号，老麦赞她的腿美得可以杀人。

柔丝心里空落落的，刚才的温存此刻被房间里独自一人的寂寞代替。那只被揉成一团，忘记丢进垃圾桶的万宝路烟盒，现在绽放一样慢慢打开，台灯下像蝉褪下的空壳儿，老麦蜕下的壳儿。在一小时前老麦这只巨蝉把柔丝的一双玉足架在自己的肩上，把她的双腿分开，狠狠地把她的膝盖压向她的胸口，柔丝觉得自己是一只定在木板上的蝴蝶，双腿就是“枪与玫瑰”海报上一左一右摆放的枪管的姿势。

转眼她这只叫作“柔丝”的东方蝴蝶让老麦欲仙欲死近三个月了。她是在博物馆夏末的新展开幕招待会上认识老麦的，那是她在博物馆工作的第二年。那时她还不叫柔丝，她是以柔，林以柔。柔丝这个英文名字是老麦给她起的。第一次晚餐约会后她兴冲冲地打电话给妈妈，告诉老妈这个新取的英文名字，妈妈很不以为然，在电话那头用无锡普通话大嗓门地说：“肉丝？谁敢叫我的千金女儿肉丝？！哦哦，英文是玫瑰的意思，玫瑰还差不多，做啥讲肉丝？！”柔丝赶忙转移话题，说打算趁着机票便宜，去欧洲逛逛，她本来想借新名字告诉妈妈她新交了男朋友，老麦。

妈妈在电话里追问：“不是说考注册会计师的吗？你怎么又跑出去

玩了？”

“朋友说会计师没劲，辛苦得要命，只比文书地位高一点点。”柔丝回答，用泛指的“朋友”代指老麦。她听到妈妈在电话那头失望地嘟囔，心里有点歉疚——本来柔丝已经报了补习班，打算备战十二月的注册会计师资格考试，那报班的四千美元费用，随着老麦的出现，也打水漂了。柔丝随即想到老麦，哦老麦，她的心都要软软地飘起来了。

这些日子柔丝的世界里只有老麦，其他的亲朋好友都在电话线的那一头，像在另一个星系。所以当表姐来电话，提到姐夫在飞机上认识一个年轻女子时，柔丝并没有在意，照旧做安静的听众……“她也是三十岁不到。涂途居然这么随便地坐一次飞机都能勾搭年轻的姑娘，她把电话都打到家里来，这小姑娘居然问我是谁。”表姐的饮泣是电话里的沉默，为避免让柔丝听到哭声，表姐这种时候习惯把手机调到静音档，电话会突然无声，好像断了线一样，柔丝知道遇到无声状态就端着电话的耳机静静地等着。

“也是”这个词在柔丝耳朵里刮了一下，现在夜深人静，这个“也是”慢慢浮现出来。“也是”三十不到，“也是”柔丝的年龄，“也是”柔丝这样飞在天空中无忧无虑的女子，富二代，无牵无挂，没有婚姻的枷锁，可以拼爹，拼年龄，拼青春……想着姐夫可能的跟另一个“也是”的艳遇，柔丝在思绪中不禁把老麦和姐夫搞混了——涂途当然比老麦年轻几岁，这不妨碍柔丝的想象——刚才那个把她像蝴蝶一样打开的男人，那个压在她身上的男人忽然变成涂途……柔丝狠狠吓了一跳，她使劲摇摇头，赶快把脑海中的一幕驱散。姐姐当然不知道老麦的存在，不知道柔丝暗黑的隐私，但姐姐无心的“也是”，道破了柔丝的秘密，让柔丝坐实了情妇身份，她现在就是别人的小三。

新展招待会柔丝之前来过几次，她并不喜欢。什么人也不认识，她对艺术品不感兴趣，除了喝一杯香槟，吃几块碟子里冰冷的餐前点心，她对周围偶尔搭讪的人就是“嗨”一声，说的话不超过三句：“你好！我的名字叫以柔，认识你很高兴……”但这次来参加招待会是任务，博物馆的头儿提前叮嘱她一定要来参加，因为有个中国大收藏家会现身。柔丝下了班以后在办公室里换了精致的衣服，在洗手间抹了把脸，往脸上扑了点粉，然后现身在展览的前厅。她的工作是把中文说明书和英文说明书分开，其实是在那里找些小事情盘桓着，等待天朝贵客现身。招待会开始后半小时一般门前冷落，纽约这里时髦的聚会，人们喜欢姗姗来迟。柔丝想趁着厅里无人小坐一下，休息一下腰和腿。前厅里有一把漂亮的深红色丝绒长椅，洛可可风格的古董。柔丝那天穿着秋香绿暗纹的丝绸衬衫、黑色的九分裤，安静地坐在深红色的椅子上，加上她的东方风格的颜容和骨架、平细的胸，像一个等着出镜的模特。

“哎，是林小姐吗？我可不可以取一张展览说明？”一个有台湾口音的声音响起来，还叫了她。柔丝抬头看到展厅门口站着一个穿西装的洋人，大叔的年纪，她站起来迎了过去。

来客面色是太阳棕色，高鼻深目，“盐与胡椒”的头发剪得短短的，发际线已经退得很高了，露出堂皇的额头，取展览说明的手很细腻，没有戴婚戒。他自我介绍叫麦克尔·斯坦因，之前来过博物馆见过林小姐。“我记得你。”他的男中音说汉语特别柔和，柔丝喜欢听自己的姓在他的声音里像音符一样滚动，“林小姐，你叫我老麦好啦。在大陆和台湾，朋友都这么称呼我。”柔丝当然不记得见过他。她除了上班没有太多社交生活，下班后几乎无例外地坐地铁回家，吃泡面，或者去街上唯一一家中国餐馆“无锡排骨”买西兰花炒牛肉、蘑菇鸡片，有时只买罐酸辣汤，——都不好吃（也不好喝），油腻无味。但她总去，为了见到餐馆大门上红漆写的“无锡”二字。

眼前的老麦穿了一套裁剪贴身的深藏青色西装，同色短领带配妃红色的衬衫，衬着他蓝灰色的瞳仁，除了眼神里有一点冷和不可捉摸，他整个人都是热情的、熟络的，他用中文跟柔丝攀谈，几分钟以后他们已经熟悉得好比高中同学。他先是用中文说话，慢慢他的中文跟不上柔丝的词汇量，便自然地转成英语，总之是行云流水一般地玉树临风，这个展厅是他长袖善舞的地盘。他双手给柔丝递上名片，并写下个人手机号，要柔丝打电话给他，跟他吃午饭，他要给柔丝介绍更多纽约的朋友。招待会的来宾慢慢多了，柔丝跟老麦道声抱歉，立在前厅门口招呼来宾，她用眼角的余光留意着老麦的行踪，心里希望他不要提前退场。

天朝贵客郝军一身白色衣裤现身，戴巴拿马草帽，好像还滞留在夏天，原来人家才坐私人飞机从洛杉矶长滩飞过来。郝军成为显贵前是成功但默默无闻的商人，现在他是名震海外的宋明陶瓷收藏家、各类艺术品的收藏人，曾经几次以过亿的价格在中国的顶级拍卖会上拔头筹，拍下当年最热的藏品——明成化瓷器、齐白石的画、曾什么的油画……在天朝收藏界得了“郝几亿”的绰号（当然这个绰号跟谣传的他是某家族的洗钱白手套也有关）。面对“郝几亿”真身降临，还没等柔丝双手捧上说明书和展览画册，博物馆的头儿已经一个箭步迎了上去，要是退后一百年，这洋人的架势就是俯首哈腰口吐一个“喳”字。“郝几亿”皮笑肉不笑地跟洋人握手寒暄，对柔丝连眼皮都没抬，伸手把图册等等像法律文件一样一并揣进手提包，然后撇开柔丝，昂然跟随洋人进正厅看展。老麦在不远处静观这一幕，恰巧这时跟柔丝四目相对，他做了一个揶揄的鬼脸，帮柔丝缓解窘迫。贵客这时看到老麦，显然是认识，熟络地一边叫着老麦一边走过去攀谈。展场大厅里衣香鬓影地开始热闹，香槟由白衣黑领结的招待捧在银色盘子中端上来，女宾穿着低胸、露背的塔夫绸长裙在水磨地上飘一样地走过，忽然间大厅就有了夜夜笙歌的奢华。老麦不时站到柔丝身边，跟她闲聊解闷，不让她尴尬。

招待会后，柔丝把老麦的名片放在衣袋中，早上在羊头湾地铁站等 B 号车时，她将手伸进衣袋默默地摸着那硬硬的纸卡，仿佛又见到卡的主人。他看到柔丝时的眼神，欣喜中有喜欢，有一点贪婪，好像看不够，柔丝真是陶醉，仿佛在那目光注视下自己变得倾国倾城。从羊头湾坐地铁到曼哈顿中城，快车也要一个小时。早上挤在各种肤色的陌生人中间，鼻子里闻到的满是地铁里的尿骚味儿和可能是烤洋葱味儿也可能是狐臭的混合气味，这是柔丝最寂寞的时刻，如今摸着那张卡片，忽然好像多了一个伴了。她拼命忍住不去打名片上的电话。一周后的星期一，大雨，B 号车出故障，一个多小时以后，地铁广播叫站台上的人别再等待了，去曼哈顿方向的地铁因为下雨淹水，地铁暂停服务，请上班的人移步到五个街口外的埃蒙斯大街坐公交车："我们为给您造成不便深感抱歉，公交车今天可免费乘坐。谢谢您的配合！欢迎搭乘纽约公交！"

那天早上漫长的跋涉以后，她终于在十一点钟到达博物馆。之后她毫不犹豫地拨了那个卡片上手写的手机号码，铃声响起第一声后，老麦就接电话了，柔丝太需要抚慰了。

老麦是第一个请柔丝到四季酒店吃午餐并付账单的男人，也是第一个到饭店门口记得给她开门、坐车先帮她开车门的男人，第一个在餐桌上拉过她的手轻吻的男人，第一个给她送了一捧巨大的红玫瑰花束的男人。那是老麦第一次来她的羊头湾公寓。那束玫瑰实在太多了，有四五十枝，枝枝饱满，完美怒放，但没有香气，老麦解释说这是苗圃温室里栽培的长颈玫瑰，专门插花用的。她把花分了三把，装在广口玻璃瓶里，摆在客厅和厨房之间的吧台上。就在这三束花前，老麦开始舌吻她。他的舌头像一条粗大的蛇，绕进她的唇齿之间，然后缠上她的舌头吮吸着。老麦的手慢慢从她的裙子下探进去，顺着腿往上滑走，老麦的舌头还在她的嘴里。这是他们第三次见面。此后老麦每一个晚上都在她的身体里度过，直到他出差去亚洲。

林里在迈阿密的日子还是阴晴不定。她有时中午给柔丝来电话，说今晚跟涂途摊牌谈离婚。到第二天、第三天又没有消息，等到第四天晚上来电话，她已经跟涂途和好如初，在谈圣诞节全家来纽约玩的计划。等过了几天，林里又火急火燎地打电话来："怎么办？怎么办？怎么办？涂途还是偷偷在外面接电话，他马上又要出差了，会不会又跟别的女人……可是他出门在外，我鞭长莫及……为了金牛，我应该委曲求全保全这桩婚姻吗？"这些问题，都是百万英镑级的人生大问题，除了上帝和林里自己，没有人能够回答，柔丝更回答不了。柔丝真正跟男人结交的经验，只来自这几个月跟老麦混。

每次姐姐来电话，柔丝的苹果手机上都闪出他们一家三口的合影，那是她给林里设置的手机联系人头像。柔丝最大的愿望，是有一天她能把自己和老麦的合影放在手机锁屏，以及办公室的电脑桌面上，像她同事做的那样。但理智告诉她，这是不可能的，老麦和她，不可能走到阳光下。柔丝跟老麦从来不吵架，老麦说一柔丝不说二。她喜欢在他的拇指下绝对服从，她喜欢被他扳转身体，被他狂暴地脱去衣服……她是老麦的毒药，普通的姿势满足不了他，不够劲了，他要她堕落，堕落成一个妓女让他蹂躏才够。这是老麦对柔丝说的。"你是这么性感，你是一个性感的小东西，我的。"柔丝每次听到他说"我的"，心里都在想，真要是你的该多好啊。

感恩节到了，姐姐一家去墨西哥度假，老麦一家团圆在家里大宴宾客，柔丝的社会关系全部在中国，就是她一个人在羊头湾。节前"无锡排骨"店门口贴上一个手写的广告："节日期间，照例停业一天。今年为方便新老顾客，提供佳节火鸡套餐，感恩节早上取货。数量有限，欲购从速，售完为止。"柔丝读完毫不犹豫进门预订，今天收银的不是那个普通话说得不咸不淡的福建人小田，换了一个斯文的老伯，手和眼角干干净净，指甲缝是干净的肤色，没有开裂或者黑垢。柔丝有点奇怪。老伯好像明白她的疑问，解释："小田在厨房后面，小姐你要订火鸡套餐吗？你住哪里？那天外卖师傅休息，你得自己来取的呵。"

柔丝回答："我住羊头湾。"

老伯点点头，取过单子，写下来："一份套餐十二点九五美金，加税一共十四块八分。"

柔丝打开钱包，取现金。老伯看着她的一举一动，忽然问："小姐你是这里的新住户？"

柔丝把钱递过去，答："是，但也住了一年多了。"

老伯接过钱，说："鄙人是小店的老板，姓余，这里的人都叫我余老板，在这里已经二十多年了，小姐你贵姓？"

柔丝自我介绍，余老板点点头，接着说："Sheepshead 并不是羊头，是一种鱼的名字，不是真的羊头，哈哈。这种鱼在国内叫虹鳟，所以布鲁克林这个地方应该叫虹鳟湾。我一听你说羊头湾就知道你是新来的哈。"

柔丝放下钱包，有点吃惊："从来没有人跟我解释过，哦原来不是羊头啊，跟羊头没关系。怪不得，我从来没有看到过羊。"

"是啦是啦，挂羊头的鱼，哈哈。这种鱼过去在这一带的海里很多，渔民随便撒网就可以捞到很多。现在少了，偶尔还可以钓到。"老伯打着哈哈，把收据递给她，一边上下打量着柔丝，看她离开。

感恩节早上柔丝取到大餐，她把外卖纸盒子一字摆在客厅的咖啡桌上：烤火鸡、玉米甜菜沙拉、烘山芋、南瓜饺，点心是越莓啫喱羹，一共五小盒，概括了“五月花”号的移民刚来美洲时的苦难史，是美国人每年一吃的忆苦思甜饭。她一个人在电视机前吃饭，看电视，一边做指甲，贴面膜。她买了一个智能电视，直接可以上网下载中文节目，在电视机上看国内的电视剧了，做脸做指甲是她独自度过夜晚杀时间的办法。唯独节日是最难挨过的时刻。柔丝把电视的音量调高，好让公寓里多一点人气。

电话响了，是老麦打来的。背景声音有音乐和人声笑语，还有嘭的一声，那是香槟的软木塞被拔出来、瓶里冲出的气压声，都从电话那头传过来。老麦在他曼哈顿的家里，老麦压低声音说话。

“我听不太清楚，老麦，你大点声。”柔丝回答。她用控制器把电视剧暂停并调到静音。电话里一阵脚步声，老麦好像换了一个房间，背景声音没有了。

“小东西，你想我吗？我好想你！节日快乐！”

柔丝想象着他走进卧室，一手握住门把手，把门带上，一边轻轻地对着手机耳语。老麦又问了一次柔丝是否想念他，柔丝回答想。

然后背景声音里有人叫：“老麦，老麦，你在哪儿？香槟还有么？”是一个悦耳的中国女人的声音，说的是标准的普通话。那声音自远至近，把柔丝吓了一跳，老麦说了一声“拜拜”就急忙把电话挂了。

柔丝拎着电话，站在那里发愣，心扑腾扑腾地跳，好像偷东西给当场抓住了一样。她忽然有个直觉，这背景里的声音是老麦的老婆在说话。第一次，她想知道老麦的太太是谁，长什么样。

过了感恩节，老麦上门，柔丝一直等着机会问他。她有点紧张，一直等到老麦洗了澡穿上衣服，站在镜子前整理衣服和头发，她才期期艾艾地上前问："老麦，你 wife（妻子）是哪国人？长什么样？"她没有说"老婆"或者"太太"这种中文词语，而是用了英文里最中性的词 wife。

老麦头也不抬，打领带的手指稍微停了一下，说："她是中国八十年代的电影明星，你可能都知道她的名字，赵静，哦对了，她家也是江苏的，我还去过几次……"

柔丝听到是一个陌生的名字，稍稍松了口气，她莫名其妙地觉得放心了。

柔丝和妈妈打电话，柔丝随口问："妈，你记得中国八十年代有个电影演员，叫赵静……"

柔丝妈妈在电话那边毫不犹豫地回答："当然记得了，怎么会不记得？我们无锡出的大明星！当时可红了，给小天使洗衣机做代言人，拍广告，拍挂历……你那时才几岁啊，当然不知道赵静，那时无锡城里的大美女，大名人，谁人不知呢？哎哎以柔，你怎么想起问这个？她早就出国了，据说嫁了一个外国阔人。现在估计也是五十出头了吧，美人迟暮了，每个人都会老的……"

妈妈一口气地说着，柔丝发现自己的心又跳得扑腾扑腾的。不用上网查，柔丝都可以想象得出赵静的美丽，在她还是四五岁的稚子时，赵静已经光彩照人，红遍苏南，每想到这里柔丝心里就有一点歉疚。

一场大暴雪几乎让纽约交通瘫痪，老麦不能来了。柔丝的大部分时间花在去曼哈顿的地铁和公交车上，晚上她一个人一脚泥、一身水地回到羊头湾，坐在电视机前，房间里静静的，电视剧里的人声是唯一的例外，她知道老麦的赵静在家里，她不能明着打电话给他。每周二到周六，因为上班，她独自一人在公寓里并不太难熬，有时出门看一场电影，或者跟着去博物馆晚上的招待会，参加亚洲协会的讲座，时间很快就过去。休假时最难挨，尤其是约好见面的前一天，她寂寞到无望的地步，等待中的时间跟永恒一样漫长。

这种时候，她的唯一慰藉是回忆跟老麦在四季酒店的午饭，在若有若无的钢琴爵士乐中，老麦一只手握着她的小手，一只手把蘸了红莓橘皮酱的鹅肝喂到她嘴里，面前桌上铺着的雪白的台布，浆洗得一尘不染，水晶瓶里深红的玫瑰是老麦送的，他们请侍者拿瓶子盛了清水来放花，水晶瓶旁边摆着银色餐具，两只长笛一样的细颈玻璃酒杯里是金红色的香槟，香槟里细小的泡泡在灯光下呈现美丽的银色。她计划下次跟老麦吃晚餐，不管天多冷，她一定穿短裙，下着那双古驰高跟靴子——绑腿的皮绳从她纤细的脚踝上沿着小腿一路绕上去，皮带上玲珑的皮搭扣在膝盖下完美合上。老麦管她暗沉的肤色叫橄榄色，这是他最喜欢的肤色，不是像德国香肠那样的死白。

那双古驰靴子她只穿过一次，是在收到靴子后的一个周日的下午，老麦借口去一个纽约上州的画廊，偷偷驾车来跟她幽会，她穿了比基尼式睡衣和长靴给他开门。老麦进门，根本就没有看她，也没有亲吻她，关上门后就在玄关剥下她小小的睡裤，急不可耐地进入。几分钟以后他一言不发抽身而退，拖着她往前走，把她上半身狠狠按在厨房的餐桌上。柔丝脸朝下被按住，脸上贴着一张摊开的《世界日报》周末版，她目光所及，是成人交友分类栏目：东方美女，大学生，才貌双全，求友……柔丝想这是谁呢？

最后老麦尽兴地坍塌在她身上，在起身的一刻，注意到那双靴子，说“哦我亲爱的玫瑰，你真性感，太漂亮了，我的性感的小东西，你真性感”。柔丝知道这话不仅是结束的赞美词，还是他的前戏，他还想继续，他的确没够。老麦离开时柔丝吻他，闻到他头发里她的体味，她知道这气味在老麦的车里很快就会被烟草的气味冲淡，他是老烟枪，而且车里备着古龙水，随时扑灭可疑的气息。

老麦去香港出差两个星期，柔丝的生活一片空白。那双皮靴，在激烈的抽动中被滴上一点白色的液体，发出苦杏仁一样的气味。柔丝不知道怎么清洗这淫乱的罪证，也不敢把这带着罪证的靴子穿到外面去，索性把靴子脱下后扔进壁橱，藏在她平时上班穿的衣物后面。有时清晨起来找衣服，她拨开壁橱里一件件挂着的衣物，会看到那双靴子，它们就像蛇蜕下的皮一样，龌龊地萎在地上。

林里再次打电话来已经是圣诞节前一星期，她带着儿子金牛已经在迈阿密机场，准备往纽约飞了，电话里传来机场大厅的广播，是飞机班次的英文播音，越发显得姐姐的声音心事重重，好像她是仓皇出逃，柔丝觉得事情不妙。原来前一天林里偷查涂途的手机短信记录，被涂途撞到，涂途在吵架后，一气之下决定不在家过节，提前飞北京出差：“这个家这种日子过不下去了！”林里立刻也给自己和儿子买了机票，也要一走了之，唯一可去的地方，就是柔丝这里。“这种日子过不下去了！”林里重复着。

“没有问题，哪个机场？肯尼迪还是拉瓜迪亚？告诉我飞机班次，我开车来接你们。”柔丝连声安慰姐姐，心想晚上跟老麦的约会又泡汤了。

在机场接到林里母子，到家已经快十一点了。柔丝上一次见到姐姐还是在纽约城市大学自己的毕业典礼上，那时林里有点发福，有着珠圆玉润的脸，如今下巴都尖俏起来，一件博柏利米白的秋夹克腰身明显大了。金牛高了好多，脸上褪掉婴儿肥，显出一张有棱有角的国字脸，很像他爸爸。灯芯绒裤子裤脚管短了，在小腿上像九分裤一样吊着，露出一双不成对的袜子——一只灰色，一只白色带红色耐克标记，他穿的浅蓝毛衣倒是簇新的。他的头发剪成美国大兵式，像一个碗扣在头顶，厚厚的刘海堆在双眉前，后脑勺上剃光露出青白干净的头皮，一副无辜的愣头青模样，刘海下面的眼睛带着青黑色的眼圈，好像睡眠不足。他一开口，还是脆脆的、稚嫩的童音。

林里对柔丝笑脸相迎，尽量谈笑风生，金牛严肃得多，一言不发，手里紧紧抓住自己的双肩包。柔丝认出那个迷彩图案的双肩包，是她去年圣诞节在户外用品名牌 L.L.Bean（里昂比恩）的网店给小外甥定购的礼物。林里说他可喜欢了，一直盼望出门可以用上，平时舍不得当书包。“今天他终于可以用上这个背包了。因为我和他爸吵架，才决定出门……”林里坐在副驾座上说话，说到这里戛然而止，她转过头去，车里一片沉默。车窗外机场高速路上对面飞驰来的车流不断，那些车上的远灯在瞬间照亮车中三人，然后飞驰过去，三人的车里再次陷入黑暗，路边的住家有的已经挂上圣诞节的彩灯。

到了羊头湾的公寓，金牛已经睡着，被林里半拖半抱地从车里拉进屋里，夜里的冷风一吹，他又醒了。金牛瞪着一双眼睛，环顾公寓的客厅，然后径直走到那张“枪与玫瑰”的海报前，端详墙上的海报。柔丝发窘，借口“太晚了，早点休息”，请他们母子离开客厅，带他们去客房。金牛还疑虑地回头看看海报。

第二天是星期五，柔丝专门请了假，招待母子俩。白天他们在美国自然历史博物馆，傍晚时林里去会哥大的闺蜜，跟朋友吃饭。柔丝独自带金牛回到羊头湾，他们点了意大利餐馆的通心粉外卖和蔬菜沙拉、奶油卷。

晚饭后柔丝收拾厨房，金牛站在落地窗前，眺望着窗外的风景。公寓后的小花园陷入沉沉暮色，柳树被橘色的路灯照亮，花园后蓝灰色的大海上已经漆黑一片，只有不远处海里礁石上的灯塔的红灯一闪一闪。

金牛忽然指着窗外说：“那是什么树？那棵树快要倒了。”

柔丝疑惑地走到窗前，看看树，再看看小外甥，觉得很奇怪。她摸摸他的头，说：“不会吧？那是一棵柳树，你怎么知道它要倒了呢？”金牛转头，看着小姨，回答：“我们家院子里的柳树跟这棵一模一样，十月有一天刮飓风，它忽然就倒下来，把我的秋千架砸了。”

金牛从落地窗前转身，在屋里无聊地闲逛，慢慢他又转到客厅的那张海报前。他盯着海报看了半天，这次没有提问。他从睡房里取回自己的双肩包，坐回到厨房吧台边的高脚椅上，柔丝在那里煮咖啡。

“小姨，我能喝一杯咖啡吗？”金牛问。

“你这么小就喝咖啡？合适吗？”柔丝说，很吃惊。

“当然可以了，我经常陪妈妈喝咖啡，放好多牛奶和方糖。”金牛很老道地回答。他从书包里取出漫画书，读了两页又放下，被厨房吧台上小姨的东西吸引住。吧台上有一台笔记本电脑，柔丝晚上一个人的时候经常坐在那里边看电视，边描指甲油、敷面膜。电脑边是一个福州漆盒，上面描着一朵血红的玫瑰。金牛忍不住打开盒子，发现里面是些精致的化妆品，他拈起其中小巧的浅金色瓶子，凑到眼前，仔细读上面的商标文字，然后问：“这是啫喱糖吗？有什么用？”

柔丝觉得小外甥很可爱，答：“这是给眼圈消肿用的啫喱，化妆品，不能吃的。”

“眼圈怎么会肿呢？”金牛问。

“哭过就会肿。”柔丝答。

“哦，我妈的眼圈经常肿的，像青蛙。她说眼皮肿是因为感冒，不是因为哭。”金牛不紧不慢地回答，然后把小瓶拧开，食指伸进瓶里点了一点啫喱出来，抹在自己的下眼睑那块，“嗯不错，凉飕飕的像冰块，很舒服。”说着他把瓶子盖好。柔丝给他端过去一小杯咖啡，他道了谢，然后双手像模像样地捧起来喝了一口。咖啡的热气飘出来，金牛低下头又喝了几口，等他再抬起小脸，用手推了一下眉毛上的刘海，他脸上的表情又严肃又忧郁。他没有说话，站起来，在房间里踱步。

“小姨，我能问你一个奇怪的问题吗？”他走近柔丝，扬起脸问，表情羞涩。柔丝点点头，鼓励性地笑笑，说：“你问吧，我尽量回答你。”

金牛低下头，没有立刻问，等他再抬头看柔丝的时候，已经满脸通红。他门牙咬着下嘴唇，然后转开目光看着别处，躲避着柔丝的目光。柔丝说：“你问吧，没有关系的。”

金牛还是不说话，他转身走开，过了一会儿又回到厨房，身体僵硬地背对柔丝，厨房里很安静，气压咖啡机发出最后两下嘶嘶的声音。金牛猛地转身对牢她，小声问：“小姨，什么样子是性感？”

柔丝觉得耳朵被狠狠刮了一下，像被一只无形的手打了，她愣在那里。金牛这个年龄，也许是从同学小屁孩儿那里听到这个词，也许是从电视上，或者网络视频上听到，她想金牛也许就是好奇吧。她说：“小姨不知道怎么说呢，你从哪里听来的这个词？”

金牛满脸通红，咽了口吐沫，他像做错事那样低下头，看着自己的脚尖。过了一会儿，他用几乎听不到的声音说：“我听爸妈吵架时妈妈说的。我爸爸坐飞机，坐在一个年轻性感的阿姨旁边，然后他就不想回家，离开我和妈妈了。”

说到这里金牛抬起头，努力鼓足勇气，又问：“小姨，你性感，对吗？”

柔丝的脸滚烫，金牛的话像一股热流在她皮肤上烧过，她胡乱摇摇头，然后拉住他，问："金牛，你告诉小姨，性感是什么意思？"

"就是年轻漂亮的阿姨，像你这样的。"金牛飞快地回答，然后挣脱柔丝的手，跑开了。他跑去客厅打开任天堂的游戏机，客厅里响起游戏《Wii运动》的电子音乐。她的脑海里像过电影一样想象着林里和涂途吵架，金牛在一边听着的情景。林里满脸怨毒地追问："她好看吗？漂亮吗？"涂途面无表情地摇头，但是林里还是不依不饶地尖声追问："她年轻性感是吧？你就是看中这个！"一遍一遍，最后涂途烦了，承认是，林里开始哭，先是饮泣，然后放声大哭，哭到眼睛肿得跟青蛙一样。"像你这样的"，这几个字像铁钉一样钉进柔丝的心里。

柔丝起身离开厨房，走进洗手间，拧亮电灯。洗手水池后的镜子四周镶了一圈小灯泡，开了灯亮一圈，洗手间显得像明星后台的试衣间。柔丝站在镜子前，端详自己的脸，一直看着，仿佛在看一个陌生人，不知过了多久，门外隐隐传来流行音乐，那是用一首老歌设置的手机来电铃声：

Learning to love yourself

（学会爱自己）

It is the greatest love of all

（那是最伟大的爱）

……

敲门声。柔丝把门打开，金牛把手机递给她，他好奇地环顾洗手间。电话是林里打来的，背景很吵。带摇滚节奏的电声音乐传过来，林里声音非常开心，怕柔丝听不见，她扯着嗓子说她们一行人准备“跳吧”到天明，柔丝带金牛先睡，不用等她，明天一大早回来……

柔丝给金牛读完第三本书，金牛又吵着要喝一杯温牛奶才肯睡，柔丝只好起身去厨房取牛奶。当她端着一小杯牛奶再进卧室，他已经睡着。薄薄的羽绒毯随带鼾声的呼吸轻轻起伏着，他的小身体在毯子下像一只蚕。柔丝把台灯熄了，在金牛身边坐下，看着他的睡相，小口抿那杯牛奶。金牛没有像老麦那样小睡片刻就醒来离开，他就那么安静地打着小呼噜，安心睡着。

柔丝想起他刚才的话：“像你这样的。”柔丝忍不住又哭了，越哭越伤心。金牛并没有被她的啜泣声惊醒，他只是翻了个身，换了一个姿势，一只稚嫩的胖脚丫从毯子下伸出来抵住她的腿。“这孩子已经习惯了在女人的哭泣声中入睡……”柔丝想，一面用手背抹着脸颊上淌下的泪水。她想象着，这个时候老麦在曼哈顿的家中干什么呢？跟妻子一起看电视，广告间隙溜到阳台上吸烟，随手发她一条肉麻短信……短信，是他们之间的唯一联系，所有那些肉体碰撞的时刻，那些各处的缠绵，现在都如春梦了无痕，唯一留下的，就是手机短信。还有那张海报。柔丝哭了，可怜自己一无所有，初冬的夜，整个纽约的万家灯火一盏盏熄灭，布鲁克林和曼哈顿之间遥远得像两个星系。

第二天，柔丝上班，老麦打来电话，问能不能出来吃午饭。柔丝看着电脑上的季节减价广告，木然地说不，她准备跟林里母子吃午饭。老麦听到她的声音嘶哑，问她是不是感冒了。柔丝清了清嗓子，撒了一个谎，说自己的确伤风感冒。她不想说彻夜未眠。对老麦来讲，她感冒伤风跟痛哭失眠又有多少区别呢？反正他能陪她的时间也就那么一会儿。柔丝想象他在电话那头，头面干净，头发梳得一丝不乱，穿着漂亮的新一季秋冬男装，围着深色格子的博柏利围巾，对着电话优雅地笑着，低声地打情骂俏，两个眼睛滴溜溜地留神身边的一切。如果在办公室，他会扫一眼旁边察言观色的老秘书，边打手机边往外走，一会儿他电话的背景声就变成街上的车声；如果在家里，他会躲进书房，把门关好，但一会儿他妻子会进来叫他，也是“老麦老麦”地用普通话唤他。柔丝想到这个情景，又伤心又委屈，她眼泪又要下来了，她说了一声“抱歉再聊”，把电话挂断。老麦的电话并没有再打过来。

林里母子并没有按原计划住到圣诞节以后。在那个周末之后，涂途又从北京打来电话，林里起先不肯接，在柔丝的坚持下接了电话，躲进卧室以后说了很长时间，等她从卧室里出来，她的眼睛又是肿的，但满脸是笑。她说涂途准备圣诞那天从北京飞回来，这次一直到过了春节再回去。接完电话后林里立刻上网改机票，尽快回迈阿密准备过节。林里打电话的时候，金牛在客厅打任天堂游戏，柔丝在为晚饭忙碌。那天纽约是雨夹雪的天气，雪落下之前结成冰粒，打在窗上沙沙地响。十二月的天，冬至后下午四点日落，五点钟天一片漆黑。柔丝望着厨房的窗外越来越深的夜色发呆。

那天，老麦给柔丝的圣诞礼物快递到家里来，是蒂芙尼店出的一对银首饰，项链加手链，毕加索女儿设计的首饰。项链是狗链式，粗大的环一个接一个扣着，中间一环上嵌了一圈小粒的钻石，装在那对美丽的蓝绿色盒子里，盒子上缠着一寸宽的白丝带蝴蝶结，下面压着一张卡片，卡片上用紫色的墨水写着花体英文字：

给一朵性感的中国玫瑰，我的。MS

她盯着“性感”那个词看了许久，慢慢把那卡片团成一团，扔进垃圾桶里。她把手链、项链连盒子一起收到卧室的衣柜里，跟那些很久没有碰的性感的小睡衣、内衣放在一起，好像那些东西都是别人的，不是她的。

送走他们的那晚是圣诞前夜，拉瓜迪亚机场到处是欢天喜地回家过节的人。林里推着行李车，脚步轻快，几乎是一路小跑地奔向安检。之前她再三邀请柔丝跟他们母子一起回迈阿密，过了圣诞再回来，柔丝以假期太少为由拒绝了。临行前柔丝去梅西百货公司给林里一家三口都买了圣诞礼物，让林里母子带走。

在林里母子消失在安检墙那头的时候，柔丝的手机响了，柔丝看看是谁打来的，决定不接这个电话。她在机场候机厅的星巴克买了一杯圣诞星冰乐，坐了下来。对面柜台边的高脚椅子上坐着一对年轻的情侣，从背后看都是黑头发，女孩子把手藏在男孩子的衣袋里取暖，一双鹿一样的长腿裹在UGG长靴里，在高脚椅子下晃着。

柔丝在这对情侣身后坐下，她的眼风注意到邻座一个单身男子正在打量她，她正好坐在这人的视野中心。柔丝坐定后抬头看看他，那个人跟老麦年龄仿佛，除了顶发稀疏，连端起咖啡杯小口喝的姿势都差不多，喝完以后用叠成小块的餐巾纸轻按两下嘴角。柔丝扫了那个人一眼，觉得他面目可憎，决定不再往他那边看第二眼。这些人，这些街上来来往往的男人，都不属于她，属于她的，是那些昂贵的小首饰、性感的睡衣、鞋跟尖细的名牌皮靴。柔丝一口喝完苦涩的咖啡，头也不回地离开。

回到家，开了门迎面就是那张“枪与玫瑰”的海报。柔丝放下包、换了衣服以后做的第一件事，就是搬了一把梯子把客厅的海报取下来。海报上的签名龙飞凤舞，那一左一右的枪管大剌剌呈一字向外展开，旁边两朵玫瑰花怒放得像滴血的伤口。取下之前，柔丝对着海报拍了照片，她准备把它送到eBay（亿贝）出售。复古海报扔掉可惜，不如卖了换成现金，有老男人会喜欢的。等过完节，柔丝准备约老麦出来吃午饭，告诉他，不想继续这个关系了，她要重新开始。

圣诞一夜，狂风暴雪。柔丝做了一夜奇奇怪怪的梦，梦里她赤身坐在老麦身上，等一会儿发现原来身下的并不是老麦，而是一只石牛。早上雨雪停了，太阳出来，照在柔丝的脸上，她这才发现自己居然没拉窗帘就囫囵睡了。柔丝起床梳洗，然后穿了羽绒服、高筒雨靴，她特别想到外面走走。

公寓后面的小花园里一片狼藉，一夜的狂风雨雪，把树枝灌木打落在地上，连带着被风雪吹落的圣诞装饰。塑料彩带打的蝴蝶结、盆栽的圣诞花四散在地上，清洁工假日休息，没有人来清扫。柔丝高一脚低一脚地走着，路上有暗冰，很滑，但她还是想继续走，她沿着花园里的小路走到了柳树下。

柳树被冰雪压着，看着比平时小了很多，树周围地上有无数的碎枯枝。柔丝在柳树下站定，仰头看着这棵大树，她想起每次老麦来的时候，总停在离树不远的车位，离开时，老麦的车从树下开过去。秋天有风的时候柳枝纷披，在车灯照耀下像波动的海藻，她在楼上看得特别清楚。现在她站在柳树前仰面看，大树的枝条像密密麻麻的网罩住天空，稀薄的太阳光从光秃的枝丫间射下来，树上的积雪在一夜的冻雨后都结成冰凌，在阳光下发出炫目的奇光，像一把把透明的刀子。柔丝看得入迷，中魔一样地站着。

看着，看着，那一树闪着寒光的刀子忽然全部向她飞下来……

说时迟，那时快，一声巨大的轰鸣，像大厦倒塌又像枪响，整个地面狠狠震动两下，柔丝眼前一黑，脸上被狠打了一个嘴巴那样，一阵剧痛，一个趔趄退了好几步，最后跌倒坐下。

等到四周安静，柔丝睁开眼睛，地上一个四五米宽的裂口，从脚边延伸开去，树根像被炸弹炸过一样，从地下翻了出来，五脏六腑似的撒在四周的地面上。大半棵柳树已经齐齐地倒在她的脚下，折断的树桩有一人合抱那么粗，新断的木头雪白，断面嶙峋。柔丝吓呆了，过了一会儿她才反应过来自己还活着，低头看，胸前有血迹，伸手再一摸脸，手指上沾了鲜血，血流到手掌上，她知道脸上肯定破了，被飞过来的树枝刮到了。

柔丝脸上的伤一阵一阵钻心地痛，她挣扎着站起来，心里一阵狂喜："我还活着，活着！活着！没被柳树砸死，大难不死，我绝对是有福的人！"她小心地迈开步子，离开现场，远远地传来救护车的声音，已经有邻居拨打了911紧急电话报警求救。

她不顾脸上的疼痛，抬腿跨过地上的残枝败柳，继续往海边走，身后是越来越近的救护车的鸣笛声。柔丝不想停下来，反正没死，怕什么。

十二月冬至后天寒地冻的晴天，海滩上一个人都没有，海水的颜色是钢铁色，黑中泛出绿色的冷光。大浪轰鸣着冲向海滩，最后一刻断气似的，变成羽毛一样的白色浪花，在海滩上抚摸过去，一次复一次，像一个肺活量巨大的兽在呼吸吞吐。寒冷减轻了柔丝脸上的肿痛，她弯下腰摸摸脚边涌来的海水，把手伸进水里，洗掉手上的血迹。

柔丝起身站直了，对着大西洋伸出双手，感觉好像第一次看到大海。那双手洁净细腻，阳光照到她的头顶心，她想从心里放声大喊，又想纵情大笑，她冷得直哆嗦，不由得在海滩上奔跑起来。

（发表于《青年作家》2018年第2期。）

必经之路

《必经之路》与《司徒的鬼魂》是一个中篇小说的上下篇。

林里每天上班的路上可以看到海。那是95号高速公路在康州南部段，沿着大西洋的长岛内湾一路向北，布里奇波特市和纽黑文市交界处的一个海港，叫纽黑文港。那里是康州黄金海岸线上贫困的“下只角”，附近几个镇，居民中靠政府福利度日的占相当的比重，剩下的是蓝领底层。学区差，房价低迷不振，空有一片海景和一处处沙滩。

自二〇〇一年始，林里一直在纽黑文的工业园做数据库管理。她住在诺瓦克，每天早上，从95号高速公路向北。到了45号出口附近，在你抢我夺的车流外缘道减速，顺辅道下，在红绿灯前左转，就是向工业园去的路。

工业园前身是一个乡村俱乐部的高尔夫球场，破产后土地变卖改造成工业园。高速公路上的车声在这条小路上也听得见，变成呼呼的风啸。路的一边是绿化藩篱，初种下去时还是灌木，也有人修剪，现在已经长成参天大树。

林里每次开车开到这里，就把车窗摇下来。她喜欢飘来的海的气味，塔松带金属气的松脂香。冬天的海的寒冷，带着雪意和海腥的气味扑面而来。

路的另一边，是海，一个原油港。

沿海湾一圈筑满了巨大的储油罐，铝合金的巨无霸是没有窗户的高楼大厦，在彼此的阴影下像结伴成群的史前巨人。海面上是运油轮和机械修理船，除此以外是巨大的无垠的天空下同色的海水，没有旖旎。这段路比下面的海平面高了几米，十字路口不远处建了朝向海的观景台，其上可以停车，鸟瞰大海和礁石海滩。一条木栈桥从观景台一头铺到海边，临水的那端原来有个安全门，飓风桑迪袭击时，整条栈桥连同观景台下的水泥支架都被时速一百三十英里的暴风吹得七零八落。五年后观景台和栈桥修复，不知何故，栈桥末端的安全门却没有修，也没有人去市政府建议，大家都视而不见——这个海滩是个“三不管”的地方。

那个空缺了门的栈桥尽头，经常让林里看着不舒服，她尽量避免往那里看，总觉得会有什么从那里一直走进海里去。

海边在低潮的时候露出嶙峋的礁石，礁石上密密麻麻吸附着像贻贝一样的有壳生物，贝壳锋利得像刀子。那里鲜有人行走，贻贝生得遍地都是，伴着野生的沙滩玫瑰。初来这里时，林里还曾经穿着鞋在海滩上流连，何曾想连沙滩上都有碎贝壳掺在沙砾里，等她觉得鞋中有异，回到观景台上脱鞋细看，发现两只脚上的袜子都有不止一处割破，她细皮嫩肉的脚在海滩上走了不过半小时，经过这么一点磨砺，脚底已经出现细小的血斑和伤口。等后来那里传出枪击案的新闻，林里就再也没有海边漫步的心情了。

海即使在风平浪静时都暗藏机锋，其凶险是她这些年来亲身体会过的，更何况还有老尹的事。

每天早上，“汤姆叔叔”都前来栈桥上钓鱼，风雨无阻，今天也不例外。今天观景台上多了一个穿深红色连帽卫衣的人，只见背影，不知道是男是女，林里经过时忍不住多看了两眼，觉得那个新来者是亚洲人。“汤姆叔叔”和那人都穿GAP（盖璞）连帽衣，像同胞兄弟，只不过“汤姆叔叔”比那人高出一个头。

“汤姆叔叔”是一个老人，退休后独自住在西黑文的福利楼里，每天骑车来海边钓鱼。林里公司的同事大都知道他，还给他取了一个外号，“汤姆叔叔”，来自经典名著《汤姆叔叔的小屋》。“汤姆叔叔”其实是在康州土生土长的白人，当过兵，除了跟随美军驻扎过海外，他基本没有离开过康州和纽约这一带，也从来没有去过南方州，跟黑奴历史无关。他的肤色，经海边多年的日晒雨淋已经变成深棕色，这是称他“汤姆叔叔”的唯一凭证。

下一个路口有一家幼儿园，路边插了“儿童玩耍，车辆减速”的交通标志。这是金牛上过的幼儿园，那时她还在布里奇波特租房住，每天上班把金牛送进去，下午五点半再接出来，如此五年，直到金牛从学前大班毕业。幼儿园是一幢独栋的木板楼，外墙漆成奶黄色，红色的屋顶上有一个装饰性的钟楼，上面插着这家全国连锁幼儿园的小旗子。每次看到幼儿园门前阻挡车辆行驶的白色木栅栏，林里的心里都感到一丝安慰，像低潮时的海浪轻轻拍打栈桥下的礁石，规律、宁静。这家金牛从一岁起待了五年的幼儿园，是她的地标。

这天是儿子金牛上大学后的第一天，林里的空巢生活正式开始。今年“秋老虎”凶猛，到了九月初太阳还是火辣辣的。路边的野莓枝子茂盛到几乎要伸到路上来，那些带细刺的枝条在空中划着弧线往前野蛮生长，争夺着阳光和空间。夏天的时候，午间她还会到这条路上来采红色的野莓吃。摘了红莓后的枝子会留下一个黄色的蒂头。现在，新生的枝条把蒂头完全盖了下去，林里的目光落在路边立的一个半米见方的黑板上，上面用粉笔歪歪扭扭写着："坐拖拉机，摘南瓜，前方右拐。"旁边插着一个稻草人。

车开到小农场门口了。金牛小的时候，林里带着他不止来过一次。有一年万圣节的黄昏，母子俩周日无所事事来农场转转。那天田地里根本没有南瓜可摘，拖拉机和熬枫糖的摊子也收了。农场管理员认识她和金牛，不忍看到小儿失望，问金牛想不想挖土豆，免费的。管理员借给他们一大一小两把铁铲，让林里把车停在田边，熄了引擎，把车的大灯打开对着田地，金牛就蹲在那两道狭窄的光里卖力地挖着，他吸溜着鼻子，在冰冷的黑土里饶有兴趣地掘啊刨啊，像在找复活节彩蛋。

十一月里天黑得早，车前灯光外的田地已是黑黢黢的一片，临旁的田里原来种南瓜，收获后农场主用拖拉机把地翻耕过，残留的瓜叶被机器绞碎了当肥料埋进土里。黑色的土地在黄昏微弱的天光里像海上静默的波涛，连绵翻滚而来，地中间集中堆放几只卖剩下的大南瓜，半明半暗中看过去犹如一个平卧于水波上的人形。林里站在那里看到，吓了一跳，再细看不过是几个南瓜，但她还是立刻叫金牛收工回家。二人坐进车里，她把车的暖气打到最大一档，又拧开车上的无线电，让热闹的流行歌曲充满车里小小的空间，没想到就这一会儿她就冷得瑟瑟发抖。

林里摇摇头，仿佛要在脑海中抛开那天田里所见的幻觉，她继续往前开，金牛此刻正在大学里上课呢。他宽肩的背影，卡其短裤下健美有力的双腿，是她出了波士顿大学的宿舍开车离开时，从车的后望镜里看到的一切。只那么一个片刻，他的身影就消失在进出宿舍楼的大学生当中，车后镜里只剩下波士顿大学校园里那个标志性的钟楼，跟学校书店卖的明信片一样。他们母子在楼外拥抱告别，林里的头只到儿子的胸口，她闻到他熨烫好的衬衫上汰渍洗衣粉的味道，除此之外还有她熟悉的体味。林里心里一惊，泪立刻盈眶，她咬咬牙，硬是不让眼泪流下来，一抱后转身就往自己的车方向走。

这是十几年来少数几次，林里在儿子的身上看到逝去的老尹的影子，她忽然记起，老尹抱她的时候，她的头也是将将抵到他的胸口。

老尹去世后，多年来林里习惯了单亲生活，从来都是单打独斗，她努力不去想老尹，渐渐也就不再记得。唯有在跟儿子告别的一刻，林里仿佛觉得他们一家三口又一次一同现身，好像冥冥之中，亡者有灵……林里摇摇头打断脑海里的陈词滥调，过去的陈芝麻烂谷子想它做什么用?!

她心里泛起歉疚和伤感的奇怪组合，随之又平静下去。林里瞥了一眼车的仪表盘，发现车的油箱那格已经亮红灯，车需要加油了，下班回家路上要记得给车加油。她的车已经开进工业园区。

工业园中的大部分办公楼都像加长的汽车旅馆，林里所在公司的办公楼在离路最远的一角，她的办公室在楼的北面。这里的几幢办公楼原来是辉瑞药物公司的实验楼，辉瑞搬离后把这些楼连同里面的设备租给附近的耶鲁大学，耶鲁转租了一部分出去，承租的小公司中包括林里打工的、做数据库管理的公司。

停车场上的车稀稀落落，从来就没有停满过，这里的好多办公室多年空置，招不来租客。她沿楼梯而上，走到自己的办公室，楼梯上的照明灯泡一闪一闪地鬼眨眼，需要更换但没有人管。康州的经济自从金融危机的破产潮开始就一蹶不振，十年来并没有太大的起色。工业园的物业管理近年越来越差，有人去楼空之感。

林里用钥匙打开办公室的门，拧亮灯，把空调控制面板上的开关打开，除非夏天最热的几天，她一般只打开风扇那档。她拉开百叶窗，看一眼窗外的停车场以及停车场以外的天际，然后坐下来，打开电脑，电脑中央处理器启动时发出嗡嗡声，像一头被唤醒的动物。二十一英寸的电脑屏幕亮起，那微蓝的光像人工霞光一样照耀进她的心田。每天办公室里电脑准时亮起，给她带来真正的目的。在这里她是一个部门经理，林里觉得踏实。

在这个小公司混久了，林里在五年前也混到了部门经理的位置，薪水十万有余，年终经常有分红。对她这个单亲母亲来说，除了薪水满意，她还喜欢这里灵活机动的工作时间——不加班，金牛学校有什么事，她随时可以请假离开。她的资历、她在公司的年份，让周围大部分同事即便不敬她，至少也保持友好态度。

坐定后不久，上司查理忽然敲门现身，他神情严肃，一看就不是来上门聊天八卦的。他简短地告诉她公司已经正式被收购，数据库管理部门最快在一个月之后就会被重组。查理是一个老实人，比林里年长几岁，高大的胖子，他眼睛里的忧心忡忡不加掩饰。宣布完这个消息以后，他双眉紧锁，停了几秒钟，给林里一些时间消化这个关乎生计的重大新闻，问："你知道'重组'的意思吧？"

林里点点头。她怎么可能不知道"重组"呢？来这个公司打工之前，她的第一份工作是在一个互联网 startup（创业公司），在她拿薪水还不到一年的时间里，二○○一年年初美国互联网泡沫破裂，这家公司资产重组后解散。被一夜归零的除了她的工作，还有她递交了半年的绿卡申请，她紧急需要找工作，也需要找公司帮她办身份、申请工作签证。

查理比她负担更重，他有一个前妻和两个上大学的孩子需要支付抚养费。查理垂头丧气，似是觉得多说无益，只得把身体转向窗户，目光转向窗外那些看了多少年也不能称为风景的风景。他宽阔的双肩松垮着，肚子那块的衬衫往外凸出，好像一个篮球被切了一半，掖到他腹部的衬衫下面，整个人的六尺之躯好像被一种无形的重量压住了。"哦查理，我们都会找到工作的。"林里喃喃地说，说完她自己都觉得无力。林里伸手去握一握查理的手，很想给他一个拥抱，但他心事重重，站在那里没有反应。

这个共事多年的老板是一个老实的好人，一度老秘书琳达还挺想撮合他们俩，结果……结果他们约会了几次，吃了一顿晚饭，晚饭后亲吻告白的一刻，彼此都停住没有向前一步。但那之后，他们之间多了一层看不见的亲密和信任。

查理说："十点半公司全体人员开会，人事处会宣布具体的步骤。"

说完他转脸看牢林里，眼神可怜巴巴。这么近的距离里，林里看清他松弛的眼睑下细细的纹路，查理这几年老得蛮快的。林里回答："既然如此，我们就只能面对了，反正大家都躲不过。"兵来将挡，水来土掩，林里说得铿锵有力，但查理好像没有得到什么鼓励，蔫蔫地离开。

办公室剩下林里一个人，她的恐慌感才一点一点蔓延出来，像慢慢涨高的潮水。她脑海里飞快地算一算丢掉工作后的财务账：靠失业保险那点钱吃饭不成问题，但金牛的学费呢？给金牛买新车贷了款，每个月还贷拿什么来支付？金牛上大学的近五万块学费才交掉，她银行户头里只剩下一万多块钱了……明年的学费过半年就得交百分之五十，万一一年半载找不到工作，她那点存款哪里挨得过去？好在她在诺瓦克的联排公寓是不用还贷的，她用自己省吃俭用攒的钱，再加上老尹过世后的一点养老金和人寿保险，在几年前把房屋贷款全部还掉了……

林里盘算完财务，再次想到老尹。那时她还在读书，老尹的一份薪水是他们家唯一的收入来源，跟工作连带的还有医疗保险，还有工作带来的那种"安居乐业"的心定。老尹下岗，这些安与乐都没有了，他该是多么慌啊……想到这里，她心里不能平静，她对老尹的感同身受迟来了几十年。想到这里，她坐不住了，她借着去厨房喝茶，想去找同事聊聊，她需要人群，她怕自己一个人待着，还是和大家一起去等十点半的公司会吧。

公司大会传达的意思是，纽黑文这个地点的部门人员全部解散，遣散费按工龄计算，有一个标准公式……人事部的人清晰洪亮、有条不紊地讲述着，跟平时搞例行培训一个模样和腔调。林里心里的火噌就上来了，她狠狠地瞪着人事部经理，好像要把满腔仇恨都发射出去，转念想，人事部经理不也跟着大家一起下岗嘛！周围坐着的同事大都表情木然，林里泄气了，听天由命吧，美国的兼并潮连带着下岗潮，已经不是一天两天了。

回到办公室，林里完全没有心思做正事，拿出手机想跟平时要好的几个朋友发短信吐槽，或者等同事主动前来开口，但是大家各怀心事，无论手机上还是雅虎信箱都是一片安静。林里心神不宁地在电脑上翻看猎头网站的招工新闻。

这台电脑是一年前换的新电脑，每次更新，信息技术部门都帮她把个人文档的文件囫囵拷贝下来，再拷贝进新电脑里，多年来积累了上百的文件。林里按日期翻找，其中居然有她进这个公司时的那份履历，还有一组旧照片，用公司的扫描仪扫进电脑。看了照片的日期后，林里的手指跳过那组照片，她不想看，她知道，旧照片里有老尹：金牛一岁生日，他们全家去海边拍照，回来全家去西尔斯照相部拍全家福……

林里的指尖跳过这些文件，转到另外一个文件夹，那里存着她毕业文凭的扫描件、护照扫描件、劳工卡复印件……旧日的文件好像《圣诞颂歌》中的“昨日之我”，一张张以高清电子版的形式浮现出来。林里把目光转向电脑边的电子座钟，两个数字之间代表秒数的冒号有规律地跳动着。时间和距离……林里想起那句俗语：时间会治愈一切。时间不停息地、安静平稳地拉开她和老尹的距离，这就是她这些年想要的，越远越好，越久越好。

但再久的时间，都不能让她忘记老尹没有给她留下只字片语。“就连去超市买尿片他都会留下一张字条！他一直挺照顾人的，到哪里都记得留个信儿……”这是那几年里林里反复说的话，在心里说，也对朋友说，对家人说，质问，抱怨，感叹。除了坐火车去纽约上班或者面试工作，其实老尹很少到别的地方去，他大部分时间都是安静地待在家里，坐着或者睡觉，林里推他，他才去院子里，也是一动不动地坐着，出门唯一去的地方，就是海边……

想到海边，林里的心被搅动了一下。那个海在她的心里，是一个深渊。林里鼓起勇气打开了旧文件中的全家福照片。老尹的脸，在近二十年后的现在，乍一看比林里都年轻：乌黑的头发，光洁饱满的额头，眼睛没有皱纹。林里不敢多看他的眼睛，他的眼睛里有一抹悲哀，那是镜头前的标准笑容抹不去的。林里把目光聚到坐在他们之间的金牛身上——那个小小的人，小胖脚丫勉强套进照相前新买的小皮鞋里，脸上憨憨地笑着，毛衣的领口里还露出忘记摘下的围兜的上角。围兜在拍照前最后一刻被老尹注意到，他连忙对摄影师叫停，没有摘下围兜，而是把它掖进孩子的毛衣领口里。

这些细节，都没有忘记，林里无奈地叹口气……关于老尹的样子，她记忆犹新的是他找工作去面试时穿着一身崭新的藏青色西装，上装的背部还看得出熨烫后隐约留下的折痕。他手里捏着一个夹履历的塑料文件夹，新西装的肩膀过大，老尹整个人像缩在一个壳里。林里一直记得，老尹脸上的表情，与其说严肃，不如说是空洞，没有表情的空洞。林里记得她去拉老尹的手，鼓励他再接再厉，屡败屡战，结果他突然将身体往后一退，躲开林里伸过来的手，说“我得快去赶火车，要迟到了”，然后转身就走。

她如果当时不那么催着老尹找工作，而是像老尹希望的那样，让他在家里待个一年半载，做他一直想做的贸易网站，是不是他的压力就不会有那么大，他也就不至于走上绝路了？这个问题折磨了她十几年，此时又像幽魂一样冒了出来……

一天就这样浑浑噩噩地过去，思前想后……全公司的人好像都心不在焉。熬到下班，大家立刻取了包往外走。此时门外的天已经乌云密布，全然不是早上来时和风丽日的光景，零星的雨点已经开始往下落。公司里的人都匆忙地道声再见，闷头去停车场驱车离开，逃也似的，完全没有以往的说笑，林里心乱如麻。

回家的路比早上要堵，路上全是工业园里出来的车。林里的车在车流里走走停停，她不耐烦地打开了车窗，一股带着雨意的海风拂面而来，她深深地吸口气，发现海风里尽是汽车尾气的化学味道，不得不再次把车窗摇上去。

好不容易到了观景台那里，上高速的辅道已经排了长队，林里心想不是经济不景气嘛，上下班时间路怎么还堵成这样呢？她无奈地把车开上观景台边的停车处，想对着海站一会儿，透口气。“汤姆叔叔”已经收起鱼竿，正蹲在地上，面前铺了一张旧报纸。他拿瑞士军刀把一天钓到的鱼开膛破肚，把鱼头和鱼内脏切下来，扔进海里去。一群海鸥在他头顶盘旋着，尖锐地叫着，等着他朝海里扔鱼肠。他一抬手，海鸥们就朝海里猛地扎下去抢食，一旦抢到一块就拼命囫囵地咽下去。没有抢到的海鸥跟吞咽的海鸥争夺那鸟嘴上露出的鱼。几十只海鸥此起彼伏，起飞落下，互相扑打争夺时羽毛落下来，落在“汤姆叔叔”的身上、头发上，看上去跟下雪一样。

穿连帽卫衣的人还在那里，正在沿着栈桥，往海的那边走。林里看到他的侧影，果然是一个亚洲人——海边的风很劲，吹下连衣帽，露出他的亚洲人特有的硬质的黑头发，头发乱糟糟的。林里疑惑地看了这人一眼，觉得眼熟，又想不起来在哪里见过。她还没来得及多想，就听到“汤姆叔叔”在叫她。

“林，你想分几条鱼回家吗？马鲛鱼，挺好的，都清理干净了……”他说着，指着那个装鱼的塑料箱，见林里朝他走近，继续絮叨，“我这里有旧报纸，给你包两条带回去，拿盐和橄榄油腌一腌，撒点罗勒，在烤箱上烤一刻钟，挺好的……”林里点头谢了，站在“汤姆叔叔”身边等他取鱼出来。他蹲下身打开鱼箱，一股海鱼特有的腥味儿随风飘过来，鱼箱里堆满冰块，没有头的鱼一条条码得整整齐齐，铺在冰块上面，马鲛鱼的肚皮闪着钢蓝色的光，林里看着很开心，多好的鱼啊！她再次道谢。

“起风了，起风的时候真是激动人心！”“汤姆叔叔”取了两条大的鱼，拿报纸包好。

“是啊，佛罗里达来的热带暴风雨呢，每年这个时候都有几场大雨。”林里说。

“大雨好！大雨前钓鱼特别容易，今天是大丰收呢！”“汤姆叔叔”

站直身子，环顾周围的海，接着说，“下完大雨就是秋天了。你看看这一会儿浪多大啊，这么快，潮就起来了……”林里喜欢他的声音，男低音，带着好听的共鸣声，加上他的口音，听着很亲切，好像听老人在说故事，“汤姆叔叔”这个外号不是白起的。“汤姆”高且胖，站直身体的时候，娇小玲珑的林里就得仰视他，他像一头和蔼的大象。

林里接过鱼，“汤姆”没有立刻就走的意思，他们俩一起转向海的方向。海浪像被一架架无形的推土机推动着，一波高过一波地朝岸边滚过来，砸在岩石上，水花被风吹着落在他们身上。观景台建在海边岩石上，在飓风桑迪来时曾经被大浪拍打得散架，现在这座是重建的。天上乌云密布，林里环顾四周，刚才那么多只海鸥，现在却一只都没有了。

对着一波一波咆哮冲来的海浪，林里不由得伤感，开始跟老爷子慢慢说起今天公司重组的新闻。公司重组，看着工业园死样活气的颓相，在此地找工作不大可能，新工作肯定是在别地，甚至在别的州，这就意味着她得搬家，这个地方以后肯定会少来了。

说着说着，林里忍不住哭了：“我刚刚替儿子交了大一的学费，就出这种事?！老天就跟我开这种玩笑！”她的委屈，在大象的身边，已经不需要再掩饰了。“汤姆叔叔”沉默地听着，用粗糙的手抚平林里的背心，然后想起来，急忙把手缩回来，说：“抱歉，林，你的衬衫上都给抹上鱼腥味儿了……你现在整个人闻着都像马鲛鱼……”

说完他嘿嘿地笑起来，林里愣住，然后也跟着笑，他们笑作一团，这时，雨下起来。

热带暴雨排山倒海从天而降，仅几秒钟工夫，林里的衬衫长裤就湿了，衬衫上的马鲛鱼气味随着她的体温散发出来。

林里跟“汤姆叔叔”冲刺一样回到她的奥德赛多功能车里，只这么一会儿已经是落汤鸡般，连她的头发上都滴着水。“汤姆”坐在副座上，气喘如牛，林里连滚带爬地坐到驾驶座上，探身去取车后座上的毛巾，说先躲一躲吧，这雨下猫下狗[1]一样……

她拿了毛巾，转身递给“汤姆叔叔”一条，一边猛擦着自己头脸上的雨水。“汤姆”并没有接过毛巾，他甚至没有注意车里的动静，他正把身体往前探，全神贯注地盯着车窗外的海，然后腾地跳了起来，嘴里咒骂一句，猛地推开车门就冲了出去，连车门都来不及关上。

那一侧打开的车门里刮进风雨，再次淋了林里一头一脸。“汤姆叔叔”直直地朝观景台跑去，又急急忙忙地跑回来，他像一只巨大的海鸥，一只仰脸向人吼叫的海鸥，一双手臂像翅膀一样张开，指着海的方向，语无伦次。林里根本听不清他在喊什么，只见他双目圆睁，嘴里不停地喊 HELP（救命），HELP。

林里不情愿地推开车门，海风猛烈地推搡她，她几乎被掀倒。只听到“汤姆叔叔”在喊：“Hurry, hurry! 快！救人啊！林，电话！那个人在海里……”说着他大幅度用手臂指着海的方向，然后又往海边冲过去。

他们冲到栈桥上，往下看，发现已经涨潮了，栈桥对着海的最后

---

1 “下猫下狗”即英文俗语“rain cats and dogs”，意指倾盆大雨。

一级台阶，已经被正在升起的海浪淹没，白色的浪冲过来，又退回去，像一支军队。林里终于在浪里辨出那个穿深红色连帽卫衣的人，他的一头黑发被海水中深绿色的水草缠着，像海豹的头，这时海浪冲过来，他又消失了。林里断续听到海里传来呼救的声音，不是“汤姆”的声音，是一个中国人的声音，普通话夹着英文，这声音从海涛声里传过来，间断，微不可闻，像是受静电干扰的电波。

穿红色卫衣的人在水里挣扎，栈桥尽头的海水并不深，他努力想从水里站起来，回到栈桥上，但是他每次站起来，涨起的海潮就冲过来，狠狠把他摁倒。

林里不敢走下栈桥，她站在那里呆住，“汤姆”已经不管不顾地冲了上去，那个栈桥像一条摇摇晃晃的绳子，每一个木头接口在风里和潮水里吱吱嘎嘎地响着。

“汤姆”弯腰曲背地走着，在狂风吹打下，一个趔趄滑倒，几乎一头栽进海水，他挣扎着想爬起来，风带着浪压着他，一波一波涨潮的浪打在他背上，要坚持把他也带进海里。“汤姆”四肢着地趴在那里，整个人好像在拥抱着栈桥，他抬头对上面的林里喊：“打 911 电话啊，911，有人落水啦！快打电话！”

林里惊在那里，不敢往海边靠近一步，她哆哆嗦嗦地掏出手机，拨打 911 那三个数字。紧急救护的接线员的声音立刻响起：“请问出了什么事？……你们在哪里？……我们马上赶到。”林里气喘吁吁，带着哭腔回答着，语无伦次，但电话那头的接线员已听明白是怎么回事。

911 电话打完，这时“汤姆叔叔”从栈桥上站了起来，他浑身的衣服湿透，贴在身上，凸显出他的大肚皮和下面细瘦的罗圈腿，让他看起来像一个卡通画里的小丑。他没有回到岸上，反而扶着栈桥的栏杆再次朝海面走过去，一边走一边对海里的人喊：“你坚持住，救援马上就到达，你坚持住，hang on，you hang on……”

林里知道这北方的海水有多冷。即使在初秋，海水里的寒气会在人落进去的一刻，变成一把把微小锋利的刀子，千刀万剐人的全身，那种痉挛，被称为寒战……

老尹，老尹就是这样死的，不是吗？潮涨的时候，他跳了下去。最后一刻的老尹跟现在海里这个人的唯一区别就是老尹没被人看到，没有一个“汤姆叔叔”跳起来冲到栈桥上大喊救命，老尹的呼救声只被风接收了，朝大西洋的深处被带走，那时林里不在岸上，不在他身边……林里想到这里心都绞痛了。

老尹，对不起，我没有能救你，我甚至没有想过要说句温柔的话宽慰你。在生存压力下我跟你一样焦虑，但焦虑没有让我抑郁，而是让我变成一个无情往前冲刺的野兽。我光顾着催促你找工作，我看你坐在家里发呆，我骂你懒，我从来没想到你的心已经病入膏肓。老尹，对不起，真的对不起，我那时太年轻了我不懂啊，你比我脆弱多了……

林里哭了，她终于明白，她一直想躲开又躲不开，想忘记又不能忘记的歉疚和自责，是老尹和她之间最后的纽带，这么多年它像一场持久的暗恋陪伴着她。现在，连这个苦涩的歉疚都是那么美好，好像嵌进肉里的沙子最后变成了珍珠，这是老尹冥冥中带她走过的必经之路。

林里不再害怕，她往栈桥上迈开步子。虽然冷得浑身直打哆嗦，林里使尽全身力气对着海的方向喊着，help is on the way，help is coming，来了，救援来了……如注的暴雨鞭子一样抽打着她的脸，但她还是一遍一遍喊着，给自己壮胆，直到海上再次传来微弱的声音。

这是一个多么平凡又多么不可知的世界，水里和岸上的这三个人，在这一刻，都想活下去。

（发表于《鸭绿江》杂志 2018 年第 6 期。）

司徒的鬼魂

年纪过了五十三岁，忽然时间加快，急管繁弦似的，一年之内大事频发：先是儿子金牛高中毕业、上大学，她的空巢生活降临；然后老爸在南京中风去世；她工作多年的公司重组后解散，带来失业……除此之外，更年期的症状像细雨一样淋在她身上，林里开始时不觉得，久而久之，不仅淋成落汤鸡，而且感冒了：掉头发，睡得少，经期变长，体重增加……林里每天定时在凌晨四点醒来，需等上四十多分钟，复又再睡。

凌晨四点是一个奇怪的时间，屋外是无尽的仿佛永远不能到达的黎明，屋里的暖气叹息似的响着。林里睁大眼睛，盯着天花板，她听见自己的心跳，那颗老心像是老式机械表盘上的秒针，勤勤恳恳地努力跳动着，一圈一圈地走……再精密的时钟也会走慢停顿。那个心跳声，林里听着好像什么无形之物在步步逼近，她对自己的心脏充满怜惜，幻觉般听到自己的内心独白，苍老又假客气的声音：“真是难为你了！为我这个默默无闻的人生工作了一辈子。”

卧室天花板上的油漆有一处剥落，露出顶棚上的木材，破口不大，只有中指那么长。林里无聊地等待着，知道五点以后她可以再睡一觉。

这天林里从利文斯顿的图书馆出来，在停车场上找到自己的车，坐进去启动倒车，差点撞上一个人。这人并没有惊慌尖叫，站在那里，把手臂像武器一样举起来，还好林里及时踩了刹车，停在他面前一米处。她的奥德赛多功能车一个急刹车停稳，这个男人迈步往前，林里摇下车窗道歉，他不理不睬，直直地朝自己的车走去，那是一辆明红色的保时捷跑车。

林里狠狠吓了一跳，见他头也不回昂首而过，又很尴尬，盯着这人满是白发的后脑勺，目送他离开。白发男人高马大，背挺得笔直，目不斜视，林里心想这傲慢的男人一定又是一个从国内来的新移民，土豪……这两年利文斯顿搬来了好几家国内来的投资移民，他们几乎都是用现金买下镇里新建的豪宅，然后老公回国，太太和孩子留在这里，孩子上利文斯顿的公校，利文斯顿的公校在全州排前三名……这是朱莉说的，她是本地的房地产经纪人，林里多年的好友。朱莉的大女儿跟金牛同岁，两人都曾在利文斯顿高中乐队里拉小提琴，排练结束后朱莉经常让金牛搭顺风车回家。

红色的跑车转出图书馆的停车场，然后一个加速绝尘而去。不是说土豪老公们都在国内挣大钱吗？林里回想刚才那匆匆一瞥，土豪君上了年纪，怎么头发也没染黑？

因为不被注意加上受到惊吓，林里垂头丧气，从图书馆的停车场驱车出来，到7号路边的希腊餐厅等朱莉一起吃午饭。

希腊餐厅跟希腊没有任何关系，它是利文斯顿最大的廉价饭馆，在交通要道7号路旁边。7号路虽然不是高速公路，但连接横贯南北和东西的两大国道，路旁的希腊餐厅占据地利，常年客满。食客基本是卡车司机以及林里这种单身客，餐厅固定地卖比萨饼、汉堡、薯条、牛排、火腿起司三明治和啤酒，量大且便宜，蔬菜沙拉随便吃，汽水买一杯可以添两杯。

“开红色保时捷的华裔老头子……”朱莉想了想，扒拉一下盘里的生菜沙拉检查里面有没有苍蝇，她摇摇头，道，“你确定是华裔吗？”

“反正不是白人，也不是黑人，棕色皮肤，蒙古脸型。”林里说。

“哦，我知道你说的是谁了！棕色皮肤，司徒・奥康十六世还是二十世！应该是他，特别拉风，也特别傲慢，保时捷开得飞快！他是印第安人，我们这里唯一的原住民后代，莫西干某个大祭司的嫡世孙，所以名字后面才有多少多少世的名号，哦你居然遇到他了！”朱莉饶有兴趣地看牢女友，继续道，“我在这里住了二十多年，一共都没见过他几次。据说他继承了家族中巫师的基因，有超自然神力，神出鬼没。很少见到他，还有一个原因，他常住纽约，这里是他在乡下的房子。他好像娶了一个日本老婆，但怎么最近忽然住这里了？也没有见到他的日本老婆……他不是你的茶[1]哎。”

“不是我的茶？”林里反问。

“我觉得你眼光挺高的，他太老了，绝对超过七十五岁，反正不是你说的五六十的样子，而且极不靠谱。”朱莉认真地说，真不知道是在赞美还是讽刺林里。

“你不是说他有超人的能力，怎么又说我看不上他，我一个凡人……”

1 “某人的茶”，即英文俚语“somebody's cup of tea”，意指使某人感兴趣的人、事、物。

“他有些前科，一度还跟黑社会有瓜葛，这是镇上的八卦，无从核实哈。传得最神的是有一次他欠了布朗克斯区黑社会的钱，或者挪用了人家的钱，反正有人带着枪上门讨债，结果他在那房子里发功，披上一件什么巫师的蓑衣，在家里把带枪的小喽啰给吓跑了……”

“你说他在家里跟黑帮枪战？把人打跑了？”

“没有开枪。他家里有一件神秘的原住民巫师用的羽毛蓑衣，据说是白头鹰的羽毛织的，极大，是莫西干族传世的法宝，具有神力，披上以后可以飞起来，呼风唤雨，刀枪不入。”朱莉说得眉飞色舞，看到林里脸上讽刺的表情，自己都有点不好意思，“这些都是镇上的旧八卦。黑帮上门的事是真的，结果这些人开车回去，在 287 高速路上出了车祸。”

“你是说那次林肯车钻进十八轮大货车下面几死几伤的大事故？”

“对，就是那个事故，青天白日，那车就跟大货车追尾。”

“287 路上每天有多少车啊，出那么多事故，一次大车祸一点不奇怪吧，概率呢！”

“是也不是吧，反正谣传司徒施了法术，报复那些人。同样的羽毛蓑衣，在华盛顿的印第安原住民博物馆也有一件，所以这里的一件也是真的？这羽毛蓑衣是珍贵的文物，即使没有法力也是价值连城。说说你今天怎么见到司徒啦？”

林里垂头丧气说出在图书馆门前差点出车祸的事，朱莉目瞪口呆：“你怎么开的车？他这么大个子你会看不到！”

林里老实回答：“我真没看到。”

“你啊就是神思恍惚，没精打采，这么如丧考妣的样子怎么可能找到工作啊？”

“我怎么可能不急？明年的学费刚刚交掉，存款又是挖掉一大块……”

“强打精神啊！人的情绪是会传染的，你这样中年危机写在脸上，面试时人事部怎么可能不察觉？人家的职业就是察人知事，精着呢。”

林里点点头，说到找工作，说到钱，心里就抓狂，真希望凌空有根绳子能把她从低谷拉出来。一抬眼，对面餐厅的另一头，吧台那边，有个背影很熟悉，那不就是刚才那个保时捷男司徒吗？那人正在仰脸将一杯啤酒一饮而尽，他回头望了林里一眼，然后推门离场，还是那副昂首阔步的傲慢姿态。林里指给朱莉看，等朱莉转过脸去，人已经不见了，朱莉失望地说：“我没看到嘛。啧啧，你们一天里见两次，马上就要堕入爱河了……”

林里苦笑道：“先说我要把人撞死，现在又说要和人相爱了，你两极症啊？这么料事如神干吗不给我算算我什么时候能上班，结束这种晃荡？”说到工作，两个中年女都各怀心事，这时服务员送来了她们的午饭，两人闷头大吃。

早上林里照例六点钟起来，等她穿戴整齐开车去海边，晨光已经开始从路东边的树林里透出来。到海边需开车二十分钟，中间在一家卖甜甜圈的连锁店停一下，买一杯咖啡、一个煎蛋。北方的春天依然极冷，早上六点半天还没有全亮，连锁店里灯火通明，热气腾腾的咖啡特别暖心，墙上的电视上播放着晨间新闻，新的一天开始了，一切都是这么有序，这是每天林里最享受的时刻。服务员认识林里，每次都送给她一个甜甜圈，林里会把这额外的一个留到散步以后吃，算是美好清晨的尾巴。

等她吃完早饭开车到了海边，已经七点，那里的毒犯和瘾君子已经下了夜班回家睡觉。天气回暖，海潮吹动带来早春的湿气，阴阴地寒气逼人，“春寒冻死老黄牛”。临海的小路上只有林里一个人。她每天的固定路线是朝北走三英里，然后回头。这条小路上隔一段距离有一张长椅。

她精力充沛地走完一英里，靠近第一张木椅，赫然看见长椅边的地上躺着一个人。林里吓了一大跳，几乎想拔腿就跑，又觉得应该救人。那是一个身材伟岸的男人躯体，穿着藏青色的 The North Face（北面）羽绒夹克，牛仔裤，脚上是冬天穿的加厚的高帮风雨鞋。他侧身躺着，双腿蜷起在胸口，好像在午睡。他安详的样子，让林里放了点心，她走近，弯下腰凑近，原来是昨天在图书馆差点撞到的保时捷男，司徒。

“嘿你怎么了？你还活着吗？”林里用英文问，一边观察他的身体状态。

“我没死，”保时捷男回答，“也不记得有人对我开枪。”他说话时依然闭着眼睛，头和胸口干干净净，没有打斗过的痕迹，林里松了一口气。他回答问题时发音清晰，似乎没有脑震荡或者中风的嫌疑。

“那你能动一动吗？比如动一下手臂、腿？”林里继续问。眼前这人还是闭着眼睛，她忍不住伸手轻轻推了一下他合在胸前的手臂，他的身体动了一下，压在上面的一条腿换了一个姿势，看来并无大碍。

他睁开眼睛看了一眼林里，认出她来，道："你就是那个开车莽撞、毛手毛脚的华人妇女，昨天差点撞死我！"羽绒夹克下他的胖肚子起伏着，他把一条腿放平了，一只手撑住地，要站起来，林里想伸手去扶他，随即意识到自己并没有力气能把这么"大只"的成年男子从地上扶起来。这人看到林里缩手缩脚在犹豫，不耐烦地挥了挥手。

"对，昨天开车的是我，真是对不起！幸好没有撞到你。你能自己慢慢起来吗？我叫林里。"她对他伸出手去，那个男人还躺在地上，但气色开始恢复，他伸手握了一下她的手，说："我叫司徒·奥康，平时就叫司徒，谢谢！我这就起来，请你不要离开，我不想一个人死在这里……"说完他已经站起来，但腿脚欠灵活，蹒跚地朝木椅走过去，林里跟在他身边防止他跌倒。

"好了，现在就在这里等着吧，我的车在一英里外。我们就在这里坐一会儿，等你觉得可以行动了，我打手机叫救护车。"林里说着，陪他坐了下来。

"不用叫救护车，我一会儿就能自己走回去，我也有手机。"

"你记得起刚才发生的事吗？有人袭击你？"林里问。

司徒叹了一口气，摇摇头，道："没有人袭击。我连着几天都睡不好，吃了安眠药都没有用，今天又是三点多就醒来。等到天亮想出门走走，所以来到这里，结果走了一会儿觉得浑身无力，坐下以后开始头疼，我弯腰把头枕在手臂上……觉得头昏眼花，然后，然后就什么都不知道了……我太太两个月前去世了。"他的声音低下去。

他的声音不对，林里转头看，发现司徒正在无声地哭。林里立刻把头掉转开去，等他平静下来。她从眼角的余光看到司徒在夹克口袋里摸出纸巾，很响地擤鼻涕，然后他问："你呢？你好吗？"

林里想说："我一直找不到工作，为了显年轻，我听从猎头的建议专门花钱参加了一个年轻化学习班；年过五十，找工作的希望不大，除非去做按时计费的合同工；我儿子上大二，正是要用钱的时候，失业保险已经支付到最后一个月了……哦我丈夫多年前自杀了，现在儿子出门读大学，我守寡加空巢加失业加更年期……"一条一条的抱怨几乎冲口而出，林里想想都厌烦，决定闭口不言。

不远处的草地上雪已经融化，露出青黄色的草皮。一只知更鸟小心翼翼地落下来停在草地上，远远朝他们看，橘色的腹羽是唯一的彩色。

"春天来了。"林里说。

两个小时以后，林里坐在 7 号路边小诊所的候诊室里，翻看免费杂志：烹饪、时装、名人八卦、旅行、新闻……读得津津有味。护士已经出来一次，对她说奥康先生请林小姐回家，不必再等了，太浪费时间了。林里回说自己愿意等，不必担心她。

候诊室好过家里空荡荡的房间。空巢加赋闲把林里那空荡荡的三卧室联排公寓变成了监狱，而且是"独牢"。早上起来她做的第一件事就是开电视，不看，但是得开着，把音量放到大，求的就是那一点声音的热闹。

找工作和面试之余，林里试过去做各种义工——到医院去给病人读报，帮孤寡老人做饭送饭，去公立学校的图书馆给学前大班的儿童念故事。这些事，都因为各种原因无以为继：公立学校图书馆的义工机会几乎都被在校学生的家长们占领着，是不易获得的美差，只轮到林里做了一次；给孤寡老人送饭——Meals-on-Wheels（餐饮配送服务）是镇里老年中心组织的慈善活动，她送了两次，每次都在天气恶劣的情况下出车，车技不纯熟的她开得心惊胆战，找路和迷路让原本二十分钟就可以送达的任务，变成一个多小时，送到时饭菜都凉了，她因为开车紧张而筋疲力尽；在医院读报是她最喜欢的事，连续做了几个月，每周去陪一个老人说话，聊报上的新闻，他们几乎成了朋友，直到有一天她发现那个床铺空了，窗户全被打开，走廊里护士推着待抢救的病人一阵风似的冲过去，脚步声在大理石地面上回响着……

二十世纪八十年代，林里在南京读中学，“时代的洪流”是那时候国内中小学语文课上常见的词汇之一。但林里并不懂得：什么是时代？什么是洪流？现在夜深人静，她想起这个词不免心惊，这股看不见但摧毁力巨大的洪流带走了老尹，也带走了她的青春，带走了高中毕业去波士顿读大学的金牛，也带走了她工作二十年的数据库公司，留下的只有她自己。她像一颗河流里的石头，光荣完成使命，被大潮带上河岸，自身的重量让她落在一处陌生的地方，精赤条条，没有任何剩余价值，也没有任何屏蔽保护。她心惊胆战，不知道未来的路怎么走。

在急诊室里做了各种检查，司徒一脸平静地出来了，对她宣布：

“下星期取检查结果。医生说身体没有事，晕厥是暂时性的，因极度疲劳和压力所致。”

“这毛病还会再次发作吗？”林里问。司徒耸耸肩，把手一摊，然后指指门口，说：“走吧，我们先去吃饭，然后取车，我已经快饿死，再不吃饭又要昏倒了。”

林里开车载着司徒先去麦当劳，然后去海边取车，又尾随着他驾着的保时捷一直开到他的家——海边路不远处的石头房子。她跟随着司徒走到门口，他取出钥匙开门，开锁后先把门推开请林里进屋，说：“进来喝杯咖啡吧。”林里刚想迈步进去，又犹豫，说：“今天就算了吧，太多的事，你一定得静养了，我晚上打电话给你。”司徒伸出手握了她的肩膀，再次感谢她，然后进门去。

林里坐回自己的车里，倒像头一次送孩子上幼儿园的母亲，有分离焦虑，颇有些不舍。这热闹的一天基本就结束了，她将回家坐“独牢”，继续上网看招聘信息、发简历，想到跟猎头还有几个电邮要回，猎头要求把简历换成新格式……她忽然兴致勃勃，终于又有事可做了！

到家后不多久朱莉来电话。朱莉有三个女儿，跟金牛同岁的是最年长的，年幼的是一对双胞胎，跟姐姐相差五岁，现在是最叛逆的时期。朱莉对女儿和老公的抱怨，是她电话独白的固定话题。电话那头朱莉家的热闹跟林里周围的空荡形成对比，好像电视的内外。今天不同，林里终于有话说了。她绘声绘色地汇报司徒在海边晕倒，然后他们一起去急诊室的经过。电话另一头的朱莉大呼小叫，喊出一连串

“我的上帝啊”，“你如果不及时抢救他就没命了！我说的吧，你们很快就要约会了，照这样下去，有戏！你们就是有缘分。”

“海边早上散步的人不少，不是我发现他，也会有别人发现他。”林里还想谦虚一下，不想领这救人一命的丰功，但心里还是颇开心。

“那你晚上不给他打电话吗？看看他怎么样了……为什么不进那个石头房子看看呢？机会难得，那个房子可是海边一景啊！还有那件有法力的羽毛披风。”朱莉声音激动，一提到房子她就不能自已。

“我会打的，但不知道他电话号码。”

“查黄页啰！”

林里嗯了一声，跟朱莉说了 bye bye。她从壁柜的底层找到黄页，将信将疑，出乎意料地，很容易就找到司徒的电话。她看看墙上的挂钟，心里盘算着司徒是否午睡，什么时候打电话合适。

终于等到晚上七点，林里拨通了电话。电话接通后，她没有自我介绍，直接问：“你好吗？感觉怎么样？”

对方愣了一下，然后醒悟过来：“林里？哦是你！我还好，谢谢你今天帮忙。”

林里说了声：“好，改天再电话，再见！”她放下电话，走进卧室里躺了下来，如释重负一样。

等她起来，觉得精神焕发，走进书房打开电脑去改简历。

海边救护司徒的那一天，把林里拉回了生活的正轨。而之后的一星期，林里又慢慢脱离了那个正轨，回到了老路上——一个在家服刑的无期犯人。每天都是一样的，偶尔跟猎头通几句话，跟金牛通一个短信，其余的时间她被巨大的孤单笼罩着，伴随她的是房间里的电视声音。

最好的时间还是早晨……春天来了。路边星星点点的洋水仙冒出箭镞一样的花骨朵，已经一尺高，像是绿色的生日蜡烛；海边的灌木上有星星点点的绿芽，连翘枝条几乎一夜之间由枯黄变绿，已经冒出微小如沙砾的骨朵。林里不能相信自己年过五十还会心生感怀，每每像少女一样对这些春天的景物心生喜悦。“我是多么傻啊！”她心里感叹。

一连两天，林里早晨在海边流连忘返，结果被早春阴冷的寒风吹得感冒，不得不抱病在家，结束了每天早晨的春游。等伤风的病态减轻了，猎头来电话，让她去纽约城里面试，然后金牛打电话来，周五学校放假他将带同学回到家里。

接到“圣旨”后林里立刻行动，打扫房间，选购面试的衣服。买衣服时看到圣诞期间的礼服在清仓，她又按捺不住地买了漂亮的橄榄绿毛呢裙子套装、珠灰色的羊绒衫，顺便捞了两支口红。经过内衣部，她目不斜视地走过，又折回头，挑了一黑一白两套绣花内衣，外加一件米色的纯埃及棉浴袍……过了周末，她给司徒家里打电话，没有人接，她也没有留言，只想到第二天一大早应该去海边走走，没准会在那里遇到司徒呢，海边的连翘花应该开了吧？

那一晚上她睡得不踏实，又是凌晨醒来。没有开灯，头在枕头上转个角度就可以看到床头柜上的闹钟，因为没戴隐形眼镜，闹钟带夜光的表盘在她眼前模糊一团地亮着，她看不清楚上面的数字，但她确定是凌晨四点十四分。如果临睡前不服安眠药的话，她会准时在那个时刻醒来。过了一会儿，林里伸手取过闹钟，贴近了看清表盘，果然又是四点十四分。林里困惑地看着秒针一格一格地跳动，但她分明觉得时间停止了，进入了一个死循环。

她把闹钟贴在耳朵上，听着秒针嘀嘀嗒嗒地走过，惴惴不安地听着，等着这个时间过去。不知过了多久，或许她已经睡着了，忽然听到咔嗒一声，再看看闹钟，果然已经五点了。林里的神经放松下来，睡意慢慢来了……

连翘花开了一路，到处都是明亮得像阳光一样的嫩黄色。林里的车转进了海边停车场，路边停的第一辆车就是红色的保时捷，司徒坐在车里，戴着飞行员式墨镜，向她招手，林里心里一阵喜悦。司徒见林里来，下了车来迎接，目光注视着她走近。林里走路的鞋子在车的后备厢里，她不太好意思当着他的面换鞋，只好穿着皮鞋踩着停车场上的泥泞，高一脚低一脚地走过去。穿了厚厚的滑雪裤，戴着冬帽，在司徒的目光注视下，林里觉得自己笨拙得像一头骆驼，步履蹒跚，幸好车没有停太远，走过去也就十来步路。

旭日东升，在海上折射出强烈的光线，司徒对林里说“早！”，打开车门示意她坐进车去，然后他再绕到驾驶座这边，开了车门坐回驾驶座上。坐定后他脱下墨镜，笑眯眯地看着林里。

“周六所有的检查结果都出来了，一切正常，近期死不了。”司徒说到这里，得意地笑了起来，露出洁白整齐的牙齿。

“你想不想跟我一起吃午饭？去希腊餐厅。”林里也很高兴，直接邀请他。

听到她提议的地方，司徒扬起一条眉毛，笑道：“希腊餐厅？那个油腻腻的地方，只比麦当劳好一点点，你还没吃够？”林里脸上发烧，她节俭惯了，一年难得几次出门吃大餐。

“我们今天一会儿先一起吃个午饭。改天好好计划，去海边的珀托菲诺，那里环境不错。”司徒老练地建议。

林里点点头，司徒说：“下周二我傍晚六点来接你。”

“你不跟我一起走路了？我可以慢慢地走。”

司徒摇摇头，医嘱说现在还是少活动，也防止感冒引发肺炎，他天真地说：“你走路，我可以在车里等你。”

林里继续跟他汇报一周来的活动，去纽约面试工作，又说起金牛回来了，她兴奋得像个放学的小学生。司徒安静地听着，道：“你运气好，孩子听话，我儿子在加州，好几年都没有来往了。”

林里脱口而出问：“为什么？”话一出口立刻就后悔了。司徒脸色变了：“他不愿跟我来往。”

车窗外的海上被太阳照得一片金光，海鸥成群地在海面盘旋着，远方的海岸线上出现长岛的轮廓。幸好车里的无线电新闻台还开着，晨间新闻的播音传出来，填满这两个人之间的沉默。

司徒说：“我儿子是同性恋，跟一个男人住在一起，像夫妻那样。我不赞同。他恨我，过去他母亲在的时候，母子还能沟通，现在我们不会再来往了。”

“你晕倒的事没有打电话告诉他？”

“告诉他?！告诉他又有什么用？他母亲的葬礼上，他居然带着那个男人前来，都没有跟我说一句话，葬礼后拔腿就走了，也不跟我告别。”保时捷车小，司徒的嗓音在提高后干燥刺耳，带着老年男人特有的尖锐，充满着那小小的空间，重重地撞在林里的脸上。

“他恨你……”话一出口，林里看到司徒的表情，吓了一跳，他的黑色瞳仁里迸发出怒火，还有哀伤，加上宽宽的颧骨，整个脸忽然变得有点狰狞。“对不起！”

“不用道歉，不是你的错。也没有什么，我习惯了。你幸运，还会有孙辈，基因还会传下去，我的基因到我这里就完蛋了，最后一个莫西干人。”说到最后一句，他苦笑了一下。

林里打开车门，说“我去走路了，半个小时以后就回来”，说着挥挥手里的手机，表示随时联系。司徒有气无力地说：“我在这里等你，我这一天也没事。”

晚上林里回到家，给朱莉电话汇报，朱莉祝贺她已经成功约会印第安酋长的后代。

“这算什么约会？这不过是两个孤独的半老人约定在一起吃顿晚饭，消磨时间。”林里气恼地反驳。

“孤男寡女芳心孤独，一起晚饭，这就是标准的约会啊！”朱莉打哈哈。

林里没有跟朱莉提她跟司徒那天已经在一起吃午饭了。他们在海边附近的农民市场买了新鲜的沙拉和面包外卖，司徒提议回到他在海边的家去吃："回家喝杯热茶，在室外屁股都要冻掉了！"

司徒那著名的石屋，建于二十世纪六十年代，由美国一个著名的建筑师设计，上过建筑同业杂志的封面，至今门口竖着美国国家文物保护的牌子。石屋外形奇特，整个房子像一个陡坡，朝海的那面有两层楼高，墙是全玻璃，屋顶由高到低一整块，直落前门的低矮处，前门凹缩在屋顶下面，屋顶末端低得接近路面。陡坡一样的大屋顶上密密麻麻铺着青色页岩切割成的石片，石片间嵌着彩色玻璃，天长日久，这些青灰色的石片和玻璃连成一片，像一只巨大蜥蜴身上密密的鳞片。近看石屋的外墙并不是石砌的，是用普通的美洲香柏木建的，日晒雨淋后红色的香柏木已经变成浅灰色，跟房顶的青灰色页岩辨不出差别。

围着石屋的墙基，种着寻常的北美草木——爬地松、杜鹃花、绣球，它们原本都是灌木，年头长了茂盛芜杂，长高过顶，花木枝叶挡住窗口部分，最近被人用电锯齐齐地锯掉，露出白色的枝丫断口。

司徒和林里拎着午餐外卖走到前门，司徒取出钥匙开锁后，推门请林里先进去。林里迈步进门，石屋里老房子特有的阴凉之气扑面而来，空气中还有一种奇怪的草药味儿。林里的嗅觉警觉起来，仔细辨认，想猜出那种让人安心放松又带点淡淡迷茫的植物气息是不是大麻，闻了半天她也分辨不出来，似乎并不是大麻，但也不是烟草。进门后厨房在左，客厅在右，因为屋顶的斜度，林里以为厨房里光线会很暗，她进了厨房才知道并非如此——房顶的鱼鳞瓦是半透明的材料，可以透光，石片之间填的玻璃也透光，太阳光一缕一缕进来，室内的光线虚虚实实，这种奇怪的光线在哪里见过，林里一时想不起来。环顾四周的陈设，白色实木的壁橱碗柜，一整套最新的Sub-Zero（萨博）厨房电器——大冰箱、带通风机的四眼灶台、烤箱、洗碗机，跟美国普通豪宅里的陈设并没有什么不同，林里暗中松了一口气。

司徒把外卖放在厨房正中间的白色岛台上，转身去烧水，又取杯子，从冰箱里取了已经开瓶的半瓶白葡萄酒倒进杯子里。待他忙完后，电壶中的水也开了，沏茶后他们面对面在岛台边坐定，司徒举杯跟林里手里的葡萄酒杯小碰一下，然后仰头大喝一口，喝完满意地打开自己面前的外卖盒子。

林里一边吃手里的三明治，一边注意地看岛台正中的两个镜框，镜框里的彩色照片颇有些年头，柯达彩印的颜色已经泛黄。一张是司徒和一个亚洲女人的近影，两个人都穿着夏威夷式彩色大花衬衫，女人戴着大墨镜、大草帽，大半个脸都在草帽下的阴影里，但还是可以看出她脸上的笑意，旁边的司徒看上去只有三十出头，留着乱乱的长头发，像一个嬉皮士。另一张照片也是大头照，林里没有认出来，她好奇地举起照片凑到眼前细看，照片上的人头发梳起，自头顶心扎起来，露出整个额头和发际线，脸的上部横涂着一道宽宽的明黄色的油彩，一双眼睛用墨线勾了黑眼眶，眼角各画了一根线，向上飞起，鹰一样。林里看了又看，放下照片问："这是你吗？"

"当然是我啦！跑瓦[1]的聚会，画了脸你真的看不出来？"

1　跑瓦（pow wow），指北美洲印第安人的歌舞聚会。

林里看看照片，又看看眼前的这个人，还是摇摇头。

司徒想想，说“你等下”，他放下手里的刀叉，举起双手，把自己的头发拢在一起，往头顶心处吊上去，随着头发往上扎，整张脸上松弛的皮肤慢慢绷紧，这下他的脸庞线条分明，显示出阳刚的棱角。林里盯着他看，点点头。这样过了一两秒钟，司徒把手臂放下来，整张脸恢复原来的慈祥，他呵呵笑了两声，说：“地心引力，所有老年人身体上的肉都往下垂。”

这个相框是双面，翻过去后面还有一张照片，是中远景的全身照，照片中的司徒赤膊，撒了红色颜料的上身披挂着彩色羽毛饰物和兽皮盔甲，背景是红色的荒漠，有几座四方形平顶、红土垒的房子，林里猜这是美国西南地区沙漠中的风景。“在亚利桑那州？”

“差不多，在新墨西哥州，那一带地理景色都是这样的。这是印第安人最大的跑瓦聚会，有近万人来参加呢。”

“跑瓦就是跳舞？”

“对，跳舞、喝酒，当然还有别的友好活动……”司徒说到这里狡猾地笑了起来，不再继续，他转移话题，“林，你呢？你是进入美洲的最新移民啦！美洲这么大，先是白人来，带来黑奴，也带来流感、枪炮，然后更多的白人来……几百年过去，现在是中国人来，我都注意到镇里多了好多中国移民，纽约城里的中国年轻人和游客就更多了，有个时髦的词……”司徒语塞，轻轻摇了一下头，愣在那里，林里笑着接他的话说：“全球化！”

“对，全球化，就是这个咒语！”司徒哈哈大笑，道，“就跟魔术师从帽子里掏出小白兔一样，念一声‘全球化’，你就在我面前了。”他再次举杯，跟她的酒杯碰了一下。

“你过世的太太是日本人？”林里问，意思是说那不也是全球化吗？

“是，但她是夏威夷土著日本人，在那里好多代了。”司徒说着用手画了一个圈，指其年代久远，不算全球化这一波里。

岛台的另一边，铺着一层薄薄的塑料布，上面晾晒着十几个像仙人掌又像青西红柿一样的青果，大部分已经干瘪失去水分，有的还挂着尖刺或者干枯的暗红色花骨朵。林里鼻子嗅嗅空气，意识到进门时闻到的那股奇怪的香味，就是这十几个多肉植物散发出来的。

司徒顺着她目光看过去，起身去取了一块植物过来，递给林里：“你很好奇，亲爱的林，你的嗅觉还真好！这种植物是仙人掌类，叫佩瑶提，晒干可以泡茶喝。”林里看着手里的东西，团团的青色的多肉植物，大小和质地都像半熟的青柿子，除了那股奇怪的气味没有任何特别。

司徒又笑起来：“我现在切一个泡了水给你喝，几分钟你就会走进一个新世界。”

“致幻？”

“对，但这东西在高原上野生，很稀少，跑瓦的贵宾才可以喝这个。”

“有些毒蘑菇也可以致幻。”林里没头没脑地说，“野生毒蘑菇吃下去可以看到遍地的小人儿……”

“咦？你还吃过毒蘑菇？这么有经验！蘑菇的毒如果没把你毒死，的确可以致幻，但是佩瑶提茶的好处是不会致命，也不让人上瘾，没办法批量生产，毒蘑菇可能让你一命呜呼……”

司徒起身，取了一只青果，用刀切片，放进茶杯里，将冷热水混和后倒进去，一边说：“这个不比茶叶，不能用太热的水泡，需泡一晚上药性最强烈，但现在泡上后过半个小时喝，你或许也能喝出味道来。因人而异，第一次喝佩瑶提有的人会很敏感，我这种‘老烟枪’不行了，百毒不侵，泡多久喝都不会有太多反应啦……”切开的佩瑶提溢出强烈的气味，林里任由自己的嗅觉带领着自己，进了石屋以后她还没有这么放松过，宾至如归。

过了半小时，司徒把茶端来，杯里的茶水已经变成浅褐色，司徒满意地点点头：“好孩子！这果子不错！”他将茶分成两小杯，一杯给自己，一杯给林里。他默默地小口喝着，一边静看林里喝，等她的反应。林里喝了一口，茶水酸涩，并无任何特别，她饮尽杯里的茶，一小块果肉留在杯底。林里实在好奇，用手指把果肉拈起来放进嘴里慢慢地嚼，司徒来不及阻止她，果肉已经被她吃了下去。

林里吃罢，杯子完全空了。她放下杯子环顾四周，并无异样，唯一的变化是屋顶透下来的阳光被放大了，五光十色地在周围跳动，仿佛万箭穿心，阳光中每一个颜色都带着植物的气味。她再抬头看司徒，他除了身形比原来大了一圈，并无异样，唯一的变化是他说话的声音忽远忽近……

林里低头看自己的胸前，她赫然看到自己胸腔中一颗跳动的心脏，带着疲惫，带着全部的力气在拼命工作，每跳一下，那颗上了年纪的老器官都累得呼哧呼哧直喘。胸腔上的骨骼和肌肉像墙一样把老心囚在其中，老心像一个服刑的囚徒，林里心里觉得抱歉极了……远远传来司徒的声音，像是洞穴底部传出的："林，感觉怎么样？有没有醉酒的感觉？一般人喝了佩瑶提以后觉得很快乐，会兴奋起来。"

林里道："我没有觉得快乐，相反，比平常还要悲哀……"

司徒夸张地摇摇头，又问："你还看到什么吗？"

林里道："我可以看到自己的心脏，所有的颜色都带着味道和气味……"她听到自己的声音也仿佛从洞底传来，好像自己变成一个渐行渐远的人，在离开，在离开……

林里醒来的最初几秒钟，像得了遗忘症一样，不知道自己身在何处，也不知道自己是谁，甚至搞不清自己是否在家里，她费劲地确认自己身下的长沙发不是自家客厅里的那个，窗外的潮声不是早晨垃圾公司的卡车倒车的响声……躺在石屋客厅的小沙发上，她举起手机看看，时间下午五点，手机上一连串来电未接的提示和几个短信，林里猛然间想起下午还有跟猎头约好的电话会。客厅另一侧，司徒躺在壁炉前的地毯上打盹儿，鼾声如雷，林里风风火火地起来，把他摇醒，告别，出了门开车就往家奔。

晚上跟朱莉通话，林里不敢跟她直说佩瑶提茶，没说几句朱莉就有客户的电话打进来。林里意犹未尽，又给金牛打电话，说起司徒的儿子因为同性恋的原因，几乎父子断绝关系。"这不是很容易理解吗？

同性恋者有他们的权利和尊严啊！”金牛淡定地说，他对母亲的新朋友没有任何兴趣，一句不多问。

“好像你见过很多似的……”林里又不耐烦了，“要是换了我，你会这样对待自己的母亲吗？”

金牛在电话里哈哈笑了起来，说：“妈妈你要多交朋友，多社交……”口气老道。

林里生气地说了句再见，挂了电话，金牛也没有再打回来，过了一会儿他发了一个短信来：“我去上课了。”林里心里的气才平。那一晚她睡得很沉，凌晨时居然没有醒来，一觉睡到早上八点。

海边的意大利餐馆珀托菲诺是本地的高级餐馆，林里只来过一两次。记忆中这家餐馆的窗户窄窄的，帘幕低垂，气氛很神秘。林里跟着司徒进门，大吃一惊，这完全是新地方啊！珀托菲诺重新装修，用了流行的极简风格：对海一排大窗，原先华丽的带大流苏的布艺窗帘都换成防紫外线的白色自动卷帘，在灯光下外面的海景影影绰绰；原先繁复老派的水晶灯统统拆掉，换成几何图案直线条的白灯罩，配上橘红的桌布；连屋子中间烟熏火燎的壁炉，都换成烧煤气的自动壁炉，蓝色的火苗在镶大玻璃的黄铜防火门后面跳动。没想到这家老店现在时髦得像售楼处的样板间，林里有点手足无措。

很明显这是司徒的地盘，一进门酒保就跟他打招呼，问是不是要一贯点的金酒加汤力水。司徒点头，他很开心，花白的头发洗过吹干了，抹了发蜡，在头上梳得一丝不乱，他换了干净的烟灰色羊绒毛衣，雪白的衬衣从V字领口翻出来，衬着小麦色的皮肤，精神抖擞。司徒那身打扮，忽然让他变成了一个白人，除了肤色深一些，举止、神态就是美国东岸比比皆是的有钱的老年白人的模样，他身上喷了古龙水，盖住了那股怪怪的植物味道。

他们是店里晚间的第一对客人，进门后服务员为他们打开店里的音响，细细的爵士乐顷刻间在店里弥漫开来。好像为了配合店里优雅高级的气氛，司徒脚步轻快，对林里的动作也更亲昵，在她入座时按了按她的肩膀，赞美道："你今晚看上去很美丽。"

那天晚上林里打扮得里外一新，新购的裙装和内衣都穿上了，出门前她化了淡妆，用上那支迪奥的新口红。林里特意换了一副带珠子的长耳坠，换下平时戴的一副小钻石耳钉。那副形状繁复的耳坠很重，她耳垂小，戴上之后颇不习惯，但看着镜子中的自己焕然一新，年轻了七八岁，林里愿意忍受长耳环的重量。她把镜子上的灰尘用湿布擦干净，把镜子前的台灯调到最亮，仔仔细细地扑粉，描眉，画眼影。看看镜子里那个陌生的盛装女人，林里又开心，又鄙视自己：跟一个老头子去吃饭，看把自己激动的！

落座后女招待问林里要喝点什么，她老实地回答冰水就可以，结果司徒自作主张，要了一瓶二〇一四年的加州纳帕谷的霞多丽。待他们的酒水送来，他举杯跟她碰杯："喝吧喝吧，美酒佳肴，趁着我们还年轻！"司徒朗声说。

他举酒杯的手骨骼突出，汗毛很长。嶙峋的手指上汗毛尤其显得长。他的那几根长手指不停地把玩高脚杯子的曲线，林里看得眼花缭乱，忍不住笑着伸手把他的手止住。司徒乘机握住了林里的手，林里的手本来就小，忽然被五根超长的手指握住，像落进陷阱的白蛾子。林里吓了一跳，拼命往回抽手，司徒只好把手松开了，正好餐前菜送来："赶紧吃鲜牡蛎。"

葡萄酒和牡蛎下肚，司徒谈兴起，说本名叫伊图——印第安莫西干一支传世的名字，说着拿出手机打字给林里看，用谷歌搜了网上百科。进大学以后他特别反叛，不要做印第安人了，一定要改名，取名"司徒亚特"，从此"司徒"这个地道的盎格鲁-撒克逊白人的名字就像牛皮癣一样跟定了他一辈子……"种族就是一个人的基因，不是说改了名字就能变的。"司徒自嘲地说。

"镇里的人都传说你可以施法力呢。"林里说。

"嗯，传说成就了一半的法力。"司徒很得意地回答，对林里眨眨眼。

"还说你披上羽毛蓑衣可以飞……"

"利文斯顿是个白人小村子，像我这样一个印第安土著住在这里，白人居民们都会编故事，不是把你说成超人，就是把你说成怪物，反正是异类，不是正常人。利文斯顿在白人来之前，叫莫希瓦卡，在莫西干语里是'水边的地方'。"他喝了一口酒，再喝了一大口，问道，"林，你呢？全球化把你从中国带到这里，你的故事是什么？"

林里回答："二十多年前作为留学生落地美国时，还没有'全球化'这个词，我随身带着黑市换的一百多美元，借钱买一张国航的单程机票，提着一个硬尼龙行李箱，来到美国……"

司徒伸过手来怜惜地拍拍她的背，他的大手在她的后背上停留了一会儿，道：“林，谢谢你救了我。”

“谢谢你的佩瑶提茶，我平生第一次尝这个，哈哈！”林里说出自己的真心话。

“嗯嗯，你不会忘记这第一次！你是唯一一个喝了佩瑶提觉得悲哀的人，太奇怪了。它应该是兴奋剂啊……”

“印第安巫师作法时会喝？”

“那当然啦，所有在场的人都会喝一点，掺了酒后力道很猛的，否则巫师也不敢跳崖跳火……一定得先兴奋才行。”

“跳崖跳火?!这么危险，那巫师不就牺牲了吗？”

“对，可能会出事故，信是有代价的。但人不能没有信，没有信的人会抓狂。”司徒认真地说。

“信什么？”林里脱口而出问。

“这个因人而异啦，印第安人相信祖先的神力，基督教相信人死会复活，落进土里的麦子生生不息，总之生命不是白白度过……《星球大战》看过吗？”

林里摇摇头。司徒继续说：“《星球大战》里说‘愿原力与你同在’，生生不息，不惧不怕……”

“巫师是做什么的？”林里问。

“巫师就是灵媒，人与原力之间的中介。抱歉，我得去洗手间了，回来接着解释，原力没有让我的前列腺永葆青春……”

这一顿饭吃下来，司徒去了四五趟洗手间，林里心里暗笑，也有点悲凉，岁月不饶人，膀胱是伪装不了的。等服务员把免费送的点心——两只装了巧克力慕斯的大酒杯放在桌上时，他们都颇有些恋恋不舍。司徒送林里回家，进门前在她面颊上轻轻一吻，但手上却很使劲地抱着她的腰，几乎要把她抱起来。他的手力隔着她的呢子大衣腰间的褶子传过来，让林里浮想联翩，想象这对大手抚摸在她赤裸的皮肤上是什么感觉。

林里回到家，把那一对长耳环脱下后放在床头柜上，床头台灯下耳坠上金丝镂花托着一颗珍珠，晕出浅浅的珠光，给卧室增添了些许的浪漫气息，这是极难得的。林里舍不得脱下身上的盛装，好像多穿一会儿，那套带金纽扣的呢子套裙能把刚才美好的一晚留长一些。她思绪万千，最后决定给金牛打一个电话。金牛正在准备第三个季度的期末考试，支吾应付着，没有心思听母亲絮叨。

电话这头林里愣在那里，她本来想趁着酒兴，趁着这浪漫夜色的尾声，跟儿子交心，聊聊今晚的约会，谈谈自己在中年和已经不远的老年如何度过余生。结果交谈不到一分钟，就变成记录儿子两周以后回家的计划要添什么东西……

结束了金牛的电话，林里不甘心，又给朱莉打了电话，接通后她直接说“我们吃过晚饭了，在珀托菲诺”。电话那头朱莉嗯了一声，倒是没有再打趣她，问感觉怎么样。林里说：“一般吧，我倒是花了不少钱置办衣服。”朱莉立刻道：“你早就该置办衣服了，人都要挂蜘蛛网啦……”电话里朱莉的语调像极了林里的老母亲，耳提面命。

过了两天，天气回暖，温度在一天之内上升了华氏十五度，人们脱去冬衣，纷纷以春装现身。林里跟司徒约在小镇中心地带的日餐馆里吃中饭。司徒心绪不佳，脸色颇是疲惫。林里穿了一件由上班穿的人字呢外套改的马甲，一进门就暗自后悔，周围全是春天的颜色，鸭儿黄、莲青、粉绿，她身上秋冬季标配的人字呢显然不合时令，无论颜色或者式样都很落伍。果然司徒见她坐下，挑剔地上下扫了她一眼，扬起一条眉毛，他没有说什么，但他的表情林里看在眼里，颇是恼火。司徒倒是按季穿了米色的单层风衣、卡其长裤、粉色的衬衫。但是忽然减了羊毛衫和羽绒服，他有点伤风，或者花粉过敏，吸溜吸溜地吸着鼻子里的清水鼻涕。

话也不投机，林里碰翻了桌上的蛋黄酱瓶子，脱口而出说了句sorry，司徒立刻板着脸教训林里："不要总是道歉，I am sorry，I am sorry，你没有对不起谁！我们上门来吃饭，碰倒一瓶东西算什么！"

林里笑着看着他，点点头，再次说sorry。司徒无奈地叹口气："你们亚洲女人都一样，我过世的太太也是喜欢一口一个sorry，但平时她很凶。"

两人之间忽然没了话说。一只苍蝇嗡嗡地飞落在他们那张小桌中间，停在桌面上，试探着爬几步。林里伸手去赶，过了一会儿，苍蝇又飞回来了，嗡嗡之声特别响，像微型直升机。司徒眼睛盯着苍蝇的方向，嘴里在问林里找工作的情况，他拿着桌上硬纸做的菜单，想拍死那只苍蝇，但屡打不中。林里说了什么，他似乎也没有听到。吃完一碗日式猪骨汤拉面，林里找借口离开，司徒无精打采，不停地用纸巾擦鼻子，也不挽留。

面试的机会多了起来，几乎每天都有猎头打电话给林里，日子开始忙碌，用朱莉的话说，林里一跤跌进云彩里啦，时来运转，交了新男朋友，又要开始上班。林里道：“哪有那么容易转运的？面试又不是聘书！我都面试了几十家了，到现在不也还在面试吗？”

的确，一个总部在纽约的大型网上猎头公司已经面试了她三次，但就是不肯下决心录用她，理由是她的电脑编程技术落后，编程证书已经是五年前的。网上猎头是近年来的热门行业，用大数据技术集中处理海量的简历，归类、分项，林里的数据库知识，可以用在机器分类简历后的第二阶段——人工细分和纠错。林里想到又要去学新编程语言考新证书，心里就发怵，老狗学不了新花招啊！

司徒说“你当然可以啦”，林里摇摇头，司徒说“你就是不相信自己”。林里说：“你不懂，上一次学新的编程语言已经是七年前的事了……”两个人像老夫老妻一样几乎吵了起来。那天他们下午在海边的小路上走，司徒走不快，气喘吁吁，因为花粉过敏不停地打着喷嚏，林里停下来等他，后面慢跑的人一个一个超过这对老人。

最后，那家猎头公司给了林里一个临时工职位，按小时计工资，每天八小时付四百美元薪水，没有别的福利。他们急需懂数据库的人，但对林里的技术水平还是不放心，许诺如果林里能在半年内拿到最新的编程证书，立刻转正。林里没有别的选择，只好接受。她开始了每天去纽约的通勤路，早上五点起来赶火车，下班以后再在附近的城市大学读夜校补习编程，课上她不停地打瞌睡，编程作业做得非常艰难……

她跟司徒的约会，因为她的忙碌而一再拖延改期。终于到万圣节的前一晚，林里推掉公司里的派对，赶回来跟司徒喝酒。等她下了通勤火车奔到酒吧，司徒已经等候多时，他坐在吧台边，面前放了高高低低好几个空玻璃杯。吧台上摆着陶瓷质的南瓜形烛台，里面点着紫色的蜡烛，酒吧的天花板上吊下各种应时的塑料小装饰——金币、黑色小蝙蝠、骷髅头、海盗头饰……司徒低头喝酒，林里就座后，他懒懒地咧开嘴对她笑了一下，并没有起身拥抱她，只是伸手示意她入座，然后高声叫酒保添酒。他两只大手拍击着桌面，低声地哼唱着什么小调调。此时正是用餐高峰时间，酒吧里客人多，声音嘈杂，丰满肥胖的女招待举着摆满薯条、汉堡和啤酒的托盘，脚步沉重地穿梭其中。前一桌客人吃完饭后洗碗工飞快地推着小车跑过来，打仗一样把狼藉的杯盘撤下桌子，后面饥肠辘辘而不耐烦的客人不等领座员，已经自行入座，整个餐馆人来人往，人声鼎沸。林里举手跟服务员打招呼，他们也不理不睬，好像根本没有看到她一样。林里很生气："这些人把我们当空气啊！服务也太差了！"司徒把食指竖起在唇边，做了一个神秘兮兮的动作，然后亲密地握住林里的手。

好不容易晚饭来了，司徒侧过脸来亲吻她，在她耳边说这个地方不能来啦，太吵了。一股浓烈的酒精味儿随着司徒的脸凑近，飘过来。林里细看他的脸，他已经有七八分醉意，灰白的头发很长很乱，随着他摇头晃脑的哼唱而披散到脸上，宽宽的黝黑的脸上皱纹松弛着，皱纹压迫着眼皮，颧骨突出，司徒现在完全就是历史照片上印第安原住民的样子。林里注意到他长袖T恤的前襟上落了几块明显的污渍，一颗纽扣的线松了，纽扣挂了下来。林里心里不忍，拉起他的手，亲了亲，问：“你还是走不出来，思念你 wife ？”

司徒表情费解，好像听不懂她的话，慢慢说：“我只思念死者。”说完又去喝酒。林里听着觉得不吉利，去拉了他一把：“你没事吧，不要再喝了。”司徒放下手里的杯子：“过两天要去新墨西哥州参加跑瓦，你想不想跟我一起去？我们可以驾飞机去，单引擎的小飞机，我有驾机执照……”林里以为他喝醉了说大话，也不想点破，结果他真的从钱包里掏出驾机执照放在吧台上，给林里看，酒吧里灯光太暗，林里看不真切。

那天以后，林里一直在等着司徒叫她同去，甚至提前跟公司说好了休一个长周末的假，但是司徒并没有来电话。圣诞前的一周，林里公司休假，她收拾停当，带上在纽约的豪华百货店给司徒买的礼物开车前往石屋。这些日子司徒身体不好，不停地感冒，每天请了钟点工来照顾。林里到达时，钟点工离开，留下两个人的午饭。林里把自己的提包往厅里的桌上一放，急匆匆往主卧室奔。

司徒还睡在床上，靠在几只大枕头上，像一个真正的老人，大肚皮在羽绒毯子下鼓起来。他静静地看着林里朝他走过来，笑微微地轻声细语：“林，我一直在等你，你好美丽啊！你坐到我这里来。”正午的太阳照在他的大床上，他的脸在阴影里，比上次见面时瘦了好多，肤色更深，眉骨突出，像画像里的印第安人。阳光照在房间的旧墙纸上，泛出老房子特有的灰尘的味道，主卧的樱桃木家具擦得一尘不染，阳光照亮的地方可以看到灰尘在飞着。整个房间有一股松木的香味，几乎像在森林里。

林里在床头靠着他坐下来，房间里的空气像静止了一样，她仿佛来到另外一个世界。窗边的丝绸窗帘有年头了，几处流苏花边已经脱线。窗外一度茂盛的杜鹃花早就落叶，长青的柏树枝叶萧疏，露出树下的黄土和枯枝。

透过窗户的上半部分可以望到远处的大西洋，海上风平浪静，白色的浪花无声地一遍一遍扫过海岸。林里看看司徒，在他脸颊上温柔地轻吻一下，又回头去看那窗外的风景。司徒的体温带着老人特有的气息传过来，他喘着气，坐直了，手臂环绕林里。

林里的目光落在床正对面的木墙上，那是一面没有窗户的巨大的墙，挑高至少十五尺，整整一块，像一座纪念碑。整个墙面铺了红杉木，原来砖红色的实木已经褪色成浅灰，密密地镶嵌在整个墙面上，木板之间出现深褐色的裂纹，像是森林的切面图。整个墙散发出樟木箱子一样的香味。在墙的正中间，挂着一件羽毛蓑衣披风，近两米宽，上面插满白色的羽毛，毛尖上是黑色，像一把把排列整齐的匕首。

林里看了又看，问："这就是传说中的莫西干酋长施巫术用的羽毛披风吧？羽毛全部来自美国白头秃鹰的羽毛。"

司徒看了看她，又看了看墙，脸上现出一丝笑意，这笑意慢慢布满全脸，他忽然朗声大笑，笑个不停，最后猛烈地咳嗽起来才止住了笑。

"亲爱的，你真的是个小孩子，我还有一颗银子弹呢，你信不信？"说着他又大笑起来，林里恼怒地看着他，不知道自己刚才的话哪里说错了。

司徒止住笑，道："你知道整个哈德逊河谷总共有多少只白头秃鹰吗？整个康涅狄格州西部森林有多少白头鹰？这两个地方加在一起，不会超过一百只。就算有一百只吧，把这一百只都逮住杀了，也不够做这件披风的，一只白头秃鹰的羽毛只有一小部分可以用来做蓑衣……又不是填进羽绒服。"说到这里他又得意地狂笑起来。

"那这件蓑衣上到底是什么羽毛？"

"野火鸡的羽毛啊，把羽毛尖染黑了……哈哈哈哈哈哈，那些个愚蠢的白人都被骗了，还被骗了好多年！"

"那华盛顿印第安原住民博物馆的那件羽毛蓑衣呢？"林里不服气，追问。

"那也主要是火鸡羽毛，只有领口的几根羽毛来自白头鹰。白头鹰是美国珍稀鸟类，贩卖白头鹰羽毛若被抓到，一根罚款两万五千美元，没有人敢做这个生意。"

"林，白头鹰的羽毛、火鸡毛，这些都是道具，都不重要！重要的是你信，"司徒凑近看看林里的眼睛，他的手把她搂紧，继续说，"信仰是真的，你一定要信，知道吗？这是最重要的。"

"我信什么?!我这个年龄，进退维谷,I am stuck（我被困住了）！"林里委屈地说。

司徒点点头，说"我知道我知道，我们都是这个状态"。

过一会儿，他用手紧握住林里的手，林里再次轻吻他的面颊，他眼睛里的脆弱让他苍老的脸像一个小孩子。林里把自己的手放在他的胸口，他的心跳在她的指尖下波动着，像一面鼓。

林里贴着司徒躺了下来，把脸贴近他的肩膀，司徒的胳膊松松地挽住她。此刻，没有别的时间了……她慢慢地解开毛衣前细小的纽扣。

这老旧的松散的肢体，这苍白的毛孔粗大的皮肤下的欲望，这灰白毛发下遮蔽的器官，它们饱含的欲望和依恋，一点不比青春期坚挺细嫩的身体弱。司徒棕色的手臂上皮肤松弛，满是皱纹，他抚摸着她的脸，她脸上的脂粉在剧烈的摩擦和气喘吁吁的迂回中落在床单上，枕头上。

林里想起那么多年来无数虚度的夜晚，这一次，她不会再犹豫了。司徒和她萍水相逢，这又有什么关系？她翻身抱住司徒，他们赤裸残破的身体贴在一起，像两片被秋风吹打得即将凋零的树叶，合在一起，时间的洪流从他们身上流过，榨取残剩的一切。

那天晚上她给司徒做了鸡汤面、香菇炒青菜，两人一起吃了。饭后司徒服药后昏昏欲睡，林里答应第二天中午再来看他，她怕金牛晚上会往家里打电话，决定不过夜。

回到家，林里上床后愣愣地坐着，半天不能入睡，回味刚才发生的一切。

这天夜里她睡得并不踏实。窗外起风了，风把楼前的橡树和枫树吹得哗哗地响，那些落光叶子的树枝也发出那么大响声，像是火车驰过。林里在睡梦里觉得自己的床都在摇动，像海涛上的小船。

她醒来，浑身发热。林里以为自己感冒了，准备清醒一点再起身去厨房倒杯热水。虽然意识昏沉，但明显地感觉到房间里还有另外一个人，她想翻身起床，但觉得身体被什么很重的东西压着，那个重量不在她的胸口，而是在她脚上。

林里挣扎着坐了起来，拧亮台灯，赫然看见在床的另一端，司徒和衣侧身躺在那里，面朝着她。他看着她，又没有看着她，就跟林里第一次在海边见到他时，他躺在地上的样子一样，唯一的区别是，现在的他眼睛是睁开的。他目不转睛地看着林里，他的眼睛里有另外一种非人的东西，林里不知道是什么，那目光定定的。

林里知道这是司徒的鬼魂，她的心突突地跳着。

司徒慢慢地站了起来，他披着那件羽毛蓑衣，站直后开始旋转，起先是试探性的，大肚皮在蓑衣下露出来。然后他越转越快，快到看不清他的脸。他和蓑衣完全一体，变成一只巨大的鸟，翅膀掀动卧室里的空气，窗框和窗户上挂的木片百叶窗哗哗直响，墙壁上挂的画、镶了金框的儿子的高中毕业照片砰砰直响。司徒这只大鸟撞向卧室的天花板，冲天而去。

破碎的石灰和木板四散开来，万千片白色的羽毛，毛尖带着黑色，像雨一样地落下来，雪片一样落在她的枕头上，落在她的床上，林里的耳边再次响起司徒的话："你要信，信仰是最重要的。"

"我信什么呢？"

"你会知道的……"

天花板上有什么落了下来，砸在她的身上，她并不觉得痛，也不觉得害怕。凌晨的冷风向屋里灌进来，她打了一个寒战，随即似乎听到咔嗒一声。

林里抬头望去，破裂的屋顶中露出星空，这星空就像球体，一刻不停地转动着，无名的星座在球形的天幕上组成岩刻一样的形状，流星划过，留下一道道依稀可辨的洪流。

上次在深夜望星空，是什么时候的事了？林里记得老尹工作后第一次买新车出门的那次。六月末他们拿到车，随后是“独立节”长周末，老尹突发奇想，把车开出去，一直开到纽约跟宾州交界的大熊山里。因为是小长假，沿途所有的汽车旅馆都客满。唯余一家旅店还剩一间蜜月套房，因开价过高而无人问津。那天已近半夜，路上一辆车都没有。老尹把车折回，停在那家有蜜月套房的旅店前，拉着林里的手：“别肉痛钱啦，就这家吧，我们也补过一回蜜月吧。”说完下车去旅店前台登记。林里站在车边，目送着他的背影。没有月亮，夜空里群星灿烂，不远处的溪涧流水声伴着蛙声，萤火虫一明一灭，天上飞过一道道流星，正好在老尹背影的方向。林里深深地吸一口夜的空气，夏天山里那甜蜜清凉的空气，她安静下来……

那时金牛还没有出生，他们都还年轻……

想着想着，东方既白，曙色像潮水一样瞬间淹没整个天空，星星完全消失了，代之以玫瑰色的云霞，从林里躺的地方，看不见日出，只看到周围的一切被新的光线照亮。早晨的空气带着湿重的寒意，鸟鸣争先恐后，新的一天即将开始……

这时听见哔哔几声锐叫，林里惊得完全醒了，双手捂住耳朵。多年独居，这住处的门窗和屋顶都缠了防盗的警报线，每天晚上睡觉前她打开警报器，警报器有线路直连着警察局。现在屋顶断裂，触动了警报。果然哔哔几声预警后，报警声高了几十个分贝，又尖又利地嚎叫起来。林里听得心里恼火，又起不来去关警报器，前胸剧痛，双腿好像也失去知觉……片刻工夫，楼外到达的救护车和救火车的引擎声已经轰响成一片……鲁智深一样的消防员就要拿着斧头破门而入……

林里在医院苏醒时，金牛已经从波士顿赶来，他开口第一句话就是："妈妈我早就跟你说了屋顶再不修就会塌的！"她不理金牛的马后炮，低头看着胸口的伤口，胸腔没有骨折，只是机械性损伤。金牛以为她在发愁费用，换了一种口气安慰道："保险公司赔偿所有的修屋费用，还有医疗费，妈妈你不要担心钱啊！房顶住了什么鸟有这么大一只鸟窝呢？把房顶都压塌了……消防队的报告说现场好多白羽毛！都上晚间新闻了！"林里听到"白羽毛"，放下心来，证明那晚所见不是幻觉。

林里住院的那一星期朱莉来过几次，带来一张《世界日报》的剪报，地方新闻版有一则报道："利文斯顿居民房顶被鸟巢压塌，屋主仅受轻伤，幸存。"还附有一张羽毛的特写照片，注明了尺寸比例，照片下配了长岛大学鸟类专家煞有介事的评论："从羽毛看是野火鸡，但野火鸡群居于林中，并没有屋顶筑巢的习惯。什么样的大鸟，其巢重量能压塌房顶呢？除非是史前巨鸟……"朱莉念完报道，摇摇头，忧心忡忡地看着林里，说："你这一年有太多的奇遇了，先是跟莫西干后裔约会，现在连《芝麻街》的 Big Bird[1] 都上门……"朱莉脸上没有一点笑意，她端详面前这个老朋友。

---

1 《芝麻街》是美国的一档儿童教育电视节目，大鸟（Big Bird）是其中的一个主要角色。

林里忍不住问起司徒，朱莉答道：“只有你才知道司徒，全利文斯顿包括我自己起码有十年没有见过这个印第安人了！他要是真活着，现在的年龄绝对是八九十岁。”

从此后林里也没有再见到司徒，周围也没有人提到他，连镇里有关他的谣言都渐渐不为人所知，或者他真的是被前来讨债的黑帮做掉了呢……石屋依然默默地站在海边，没有挂牌出售，也没有易主，那个房产、那片私人海滩一直是印第安人的祖地，被托管给了印第安部落的信托基金，房外的草木一直有人收拾，打扫。

林里相信司徒没有死，而是像传说中所有的印第安巫师那样，最后飞向了天空。

（发表于《青年文学》2019年第2期。）

无尽里

我妈去世后，无尽里的那群猫让我很头疼。

无尽里位于南京城南，是一条长不足四百米的小街，在水西门、三山街和七家湾围起回民老区里，接邻红土桥。无尽里有几栋二十世纪九十年代建的国营厂宿舍楼，我爸妈的家就是宿舍楼中的一套两居室，他们在那里住了近三十年。

喂猫是我妈独居后开始的。我爸去世后她到美国跟我们住了两年，实在不习惯，决定回南京住。独住影响健康，养宠物是一个办法，养猫最省事。猫的数量很快从一只变成几只，加上邻居晚上偷偷地把不想留的小猫崽扔进我们家的院子里，后院在一年之后吃饭时间就固定吸引了二十多只猫。每次我对她抱怨，或者转达邻居的抱怨，她都辩解说真正养的猫只有两只，大咪和二咪，其他的是流浪猫，前来吃白食的，并不属于她。她每天定时喂猫，早晚各一次。

猫粮来自邮购，网购不发达时，她托一个原来的学生在超市买了送到家里来，这样过了几年，直到这学生患乳腺癌去世。然后国内开始出现网购，我帮她开通了网银，又设置了淘宝账户，她可以在 iPad 上通过淘宝自己购物。账户的昵称是“无尽里的猫王”，像是朋克摇滚乐队的名字，她是第一代淘宝网的黑钻客户。热心的快递哥代替我这个远在美国的女儿尽了搬运的义务，帮她把成箱的猫粮搬到屋里靠近后门的位置。每年春节前我妈会给相熟的几个快递员每人准备一百块红包。

就这样，我妈变成一个勤勤恳恳喂野猫的独居老人。我每年一次回国探亲，在无尽里遇到山子，他会干笑一下，谅解地说：“老人嘛，寂寞，不怕花钱，买那么多猫粮喂野猫……”说这话的时候他的眼睛看着别处，表情不尴不尬的。山子与我同岁，是家里的独子，他考大学落榜后复读一年，考上南京审计学院，毕业后顶替父母在二钢厂上班，做到厂长秘书，后来二钢厂倒闭，他凭着厂秘的职位分到一笔钱，买了商品房。他父亲过世后，离婚后的他搬回来跟他老妈妈住。

我妈去世后的几天，我住在无尽里，进进出出办善后事宜。我在街上叫了收破烂的来，把家里的破锅破碗、缺了腿的椅子、旧被褥、棉花胎都搬走，再叫清洁工来打扫。做这些的时候，有时在不经意间会听到我妈哼歌的声音。我一开始以为是耳鸣，后来发现不是。甚至山子也说老听到我们家里传来收音机的音乐节目声，放的还都是些老歌，其实家里早就不用收音机了。

老妈在家一直有哼歌的习惯，尤其是她独居的那些年。她准备猫粮，打扫院子，会唱个小曲儿，唱着唱着有时会声音很大，神神道道的。过去我们每周两次定时通电话，基本都是她说，我在听，说的都是猫事。她会说小黑今天很开心，小白好像感冒撑不了几天了，老黄还是喜欢欺负小猫，它自己的独眼都快瞎啦……我会问：“去年冬天你不是说小白已经挂了？变成猫干尸了？”她道：“叫小白的有好几只猫呢，猫干尸每个月都有，我不记得你指的是哪一只。”

不是每一只猫都有名字，大部分野猫极其胆小，吃饭时尽量不靠近人。流浪在外，加上没有做过节育手术，母猫不停地生养，先天病残的小猫比比皆是。院子的墙角边有五六盆天竺花和月季，打扫时会在花盆下翻出猫的干尸，僵硬得已经像一块皮革，猫的眼珠已经被蚂蚁吃掉，只剩下空空眼眶。野猫的寿命短，只有两三年，生与死飞快地在这些野猫身上轮回。

这些没有名字且活着的野猫，会在吃饭时间瞬间布满我们家后门外那个小小的院子。它们低头围着装猫粮的塑料面盆，个头大的老猫知道绕过娇弱的小猫，不会把食物一抢而光，总是留一些下来，留给等在后面的小猫。整个小院子猫头点动，像是铺了一张飞毯，黑白猫的图案像形状简单的地图，狸花猫的棕灰色条纹是带花的草地。老妈过世后我在无尽里第一次独自喂猫，这些会叫会动、臭烘烘的小东西不停地用头蹭着我的腿，我手里已经打开的猫罐头发出马肉和鱼粉的腥味儿。真是腻心，我赶快放下罐头，猫们一拥而上，甘之如饴，争抢但还算有序。

我不可能永远留在这里喂猫，葬礼后我在南京住几天就必须回美国。山子劝我不要再喂猫：“你越喂，它们就越多，猫崽生得越勤。把野猫赶走，关键是中断食物来源！”这个简版的马尔萨斯人口论听着很有道理。我决定不再喂猫。到了晚上，饥饿的猫彻夜在门外抓挠，不屈不挠地哀叫，那声音鬼哭狼嚎一样，抓心挠肝。我彻夜未眠，第二天一大早决定去超市买猫粮，至少和平度过在南京的几天。

最近的超市在七家湾，路上经过李桥牛肉锅贴。这时店里早点档已经开始，一个店伙计在门口切菜，旁边敞口大盆里是肉红色点着葱花的牛肉馅，另一个伙计在生炉子，一阵的白烟和黄烟过后，随着炉子的对流效应，火势顺着炉膛往上走，浓烟在店门口的空地上散开，白烟中带出牛肉锅贴出炉的香味。我犹豫着是不是先吃早饭，买一碗牛肉馄饨加一两半锅贴。

我朝店里走，这时白烟里走出一个老太太，是我妈的模样，准确地说是我妈十年前的样子，瘦瘦小小，背微微哈着，穿着从美国买的宝蓝色摇粒绒外套。她手里提着一客锅贴外卖，外卖装在极薄的塑料袋里，挂在手腕下面。她冲我安静地笑笑，点了点头，无声地走过我的身边，朝无尽里的方向走去。我目送她离开。也许这就是一个长得像我妈的老太太，在无尽里这一带这样的老太太好多。她的走路姿势很特别，带着慢性腰椎病患者典型的一肩高一肩低的样子，我盯着那背影看，确信这老太太就是十年前的老妈，连她手里的锅贴外卖，我都知道是带给老爸的，因为他起得晚。

她认得出面前的中年人是她唯一的孩子吗？此时我饥肠辘辘，一夜无眠后面黄肌瘦，因缺觉眼袋青黑。我坐进店里，里面只有一两个顾客，我把小票交给服务员，过了一会儿一碗牛肉馄饨和一份锅贴就端上来。海碗装的馄饨漂在牛肉清汤里，满满一碗，汤上密集地撒着葱花和芫荽叶子。我用塑料勺子兜起一个馄饨，凑近嘴边吹了吹，倒进嘴里，热汤热饭让我的大脑清醒了一点，刚才那个老人真的是我妈吗？如果是，她怎么可能不认我？

在无尽里人们仿佛可以永远活下去。

我的计划是尽量利用这几天处理旧物，然后决定是否把两居室卖掉。跟我商量是否卖房的人，除了山子，还有我的中学好友许静。这两人都反对我卖房子，理由是这套两居室应该留着，有升值潜力。

许静说："你又不住在这里，你远在大洋彼岸，隔几年回来，收收房租钞票，又有什么不好？"我被问得哑口无言。但我真的不想待在这里，住在无尽里的几天，我不分昼夜地看到长相跟母亲类似，走路一肩膀高一肩膀低的老太太，听到哼歌的声音、猫叫，夜里邻居家传出的呕心沥血的咳嗽声……魂归土，魂真的归入土了吗？还是她归入水流、土地、空气中，不停地再循环回来？

回到美国后很久都没有再跟许静通过电话，我们不停地在微信里错过，留下有一搭没一搭的语音留言。这几个月跟南京的联系就是这些断续的只言片语。但她从来没有提到过"猫"，我觉得很奇怪。有一天跟她约定视频通话，两人都没有爽约，我们终于在手机屏幕的方寸之间面对面。

"我叫阿沙去无尽里的房子里看过，没有问题的，你放心。"阿沙是许静手下的房产中介。

"猫呢？没有人喂，那么多只，怎么办……"

视频上许静伸手把手机摆正了，道："阿沙真的每隔一段时间去你家，但他从来没有看到过猫。他的车后备厢里一直留了一包猫粮，还是你在南京时买的那一包……"

"阿沙都是什么时候去的呢？会不会正巧他去的时候猫不在呢？"

“中午时去过，傍晚时也去过，都是猫吃饭的时间啊。”说到这里，她的脸上现出一丝笑意——“猫吃饭”是我们小时候玩过的动作游戏，比画摇头和洗脸的动作。

“要是我回去，猫就会回来吧。”

许静摇头说：“真的没有那么多猫啊！小叶你还不相信吗？没有一只！阿姨走的时候近九十岁了，一个七老八十的老人，怎么可能坚持喂那么多年猫呢？没有食物来源，那些野猫不也就散了嘛！”

“好吧，好吧，谢啦！等我十二月圣诞假期的时候回南京看吧。小静你还好吧？十二月时需要我带货尽管说哈，我除了换洗衣服没有什么大行李，你知道的。”

这次通话并没有让我安心，那些旧房中不再出现的猫变成我的梦魇，在夜里随着母亲的灵魂一起来到我的梦里。半夜我会突然醒来，听着北风吹过屋顶，想象南京即将到来的冬夜，我歉疚得想哭，毫无办法……那些孱弱的、因饥饿和生病走路歪歪倒倒的小猫，像《植物大战僵尸》游戏里的饿鬼，一波又一波地、坚定地朝我走过来……

有时我会从睡梦中猛然惊醒，发现独自睡在主卧的床上。自从五十岁以后，老公因为打鼾的问题越来越严重，不得不跟我分床睡。为了减少打鼾，他甚至换了可以升降的新床垫，但还是不能解决问题，我失眠越来越严重。母亲如果在的话，她肯定会说我娇生惯养：“打呼又有什么关系？你爸爸打呼一辈子不都活到八十岁啦？我们也没有分床睡啊！”

她比我勇敢。她会毫不犹豫地把太多的新出生的小猫溺毙，这是春夏猫崽繁殖的高峰期减少野猫数量唯一的办法。母亲找来一大一小两只水桶，往大的那只水桶里加了大半桶水，丢进猫崽，把小水桶桶底向下扣进大桶里。母亲骨骼粗大的手用力按着小桶，往下压，水桶下传出细弱的猫叫，几秒钟就没有声音了。如果我正好在家，她会一边用力按住水桶，一边侧头向我微笑，那个姿势跟她包饺子前揉面团一样，上身微微前倾，让身体重心压在手上。

跟许静视频后过了两天，她给我发了留言："小叶，我仔细问了阿沙。他说开始的几星期去无尽里，那里的确有不少野猫。没有你说的那么多，十只不到，没有二三十只。后来他再去就越来越少，每次两三只。对的，就是这个数，他可以保证。"

我听罢很开心。猫的数量越来越少，这绝对是个进步。可见这些小东西没有食物来源也就散了，马尔萨斯理论起作用啦。

过了一会儿，她又发来语音："天气开始冷了，南京这个秋天寒气足，又是风又是雨，在外面过夜的野猫寿命短，不会活到年底。"我听完更满意啦，但不好意思说自己喜出望外。

那些野猫让我不胜其烦，我恨不得有办法立刻把这些东西赶尽杀绝。为了把野猫赶走，我甚至请山子拿气枪打猫。若打死几只，其他的猫看到同伴死得很难看，也就不敢来了。这个办法最后是否实施，不得而知，我每次给山子留言问他，他都含糊其词，用南京白话说："不烦神！不烦神！"

十二月底回到无尽里，阿沙已经按照我说的，把剩下的家具都处理掉了，只留下一张小床、一张小桌、一把椅子。墙壁也按我的要求重新粉刷，旧的布窗帘都换成新的实木百叶窗，旧房的气味少了很多。除去了家具，两居室看着空荡荡的，比原先敞亮，像流行的极简主义的室内布置。我一抬头，发现客厅墙上的旧挂钟还在，钟盘上落满了灰，秒针一动不动。

我去取这只停摆的旧钟，伸手刚触到它，它突然当当地响起来，响了好多下，过后又无声无息，秒针打摆子一样抖着，过了一会儿彻底停顿。外面开始下雨了。

南京的冬雨极寒冷，屋里没有暖气，工房的墙壁薄得像纸，小街上人声车声听得一清二楚。我冻得不行，打开父母卧室里的壁橱想在里面找一件厚的冬衣，壁橱的门随着我手轻轻一拉脱落下来。壁橱里空空荡荡，母亲去世以后她的衣物完好的基本都送人，破旧的都烧掉，现在壁橱里只挂了一件羊皮袄，外面罩着一件呢子中山装。中山装是父亲留下来的，毛呢的料子，父亲非常爱惜，只舍得在重大场合穿，结果一生都没有穿过几回。羊皮袄是女式中装，也是我妈少有的几件值钱的衣服。

我取了羊皮袄穿上，外面又加了中山装，毛呢料子和羊皮的重量瞬间压在我的身上。是我年过五十以后钙流失身高缩了，还是母亲年轻时比老年时高很多？羊皮袄穿在我身上大小正合适，这两件几十年的旧衣服居然还很挡寒，我的后背像被人抱住一样慢慢热了起来。羊皮袄和中山装里发出樟脑丸气味，夹杂着旧纸张的霉味。我低头看壁橱的底部，果然那里还堆着十几本旧挂历，那是父亲退休后收集的国内各省博物馆的挂历——铜版纸，印刷精美，可以当文物画册欣赏。

我双手托起掉下来的木门，把它照原样安装回去。

通向院子的那道铁门外传来微弱的声音，有点像小婴儿，仔细听是猫叫声。我走过去拉开铁门，院子里除了几盆枯死的月季和天竺花什么都没有。洋灰地上放的几只装猫粮的塑料盆空空如也，盆底积了肮脏的雨水。院子的顶棚是绿色的玻璃钢，雨下得很大，楼上阳台的排水道汩汩流下雨水，打在顶棚上，发出轰轰的响声。离上次我回来奔丧已经又过了半年，院子的地上很干净，看不到猫粪猫毛，猫的气味也散了。我站在那里松了一口气。

过了一会儿，院墙上很快蹿上几只小小的影子，先是一两只，接着越来越多，差不多十只的样子。它们在墙头站定，竖起耳朵，试探着喵呀喵呀地叫。站了一会儿，确定周围并无危险，这些野猫姿势敏捷地跳下墙，慢慢朝我走过来。这些幸存的猫大概以为这个穿中山装羊皮袄的人又是以前定时发放猫粮的那一个。时光倒转，它们又可以回来混吃混喝。

野猫们在离我半米的地方站定，默默地仰脸望着我。黑暗中它们的瘦脸上眼睛显得又圆又大，瞳仁晶莹发亮，过去的幸福岁月又回来了。

（发表于《香港文学》2018 年第 7 期。）

桥水

婉姨把牛奶倒进她面前的咖啡中，加了三块方糖，端起咖啡喝了一小口，皱了皱眉，然后继续往咖啡中加更多的方糖和牛奶，直到咖啡变成浅棕色，几乎溢出那个小杯子，她才满意。她翘着兰花指夹起那附送的曲奇饼干，抿着嘴唇咬了一口，小手指和无名指上各戴着一枚戒指，K金戒面上的碎钻拼花一粒一粒的，跟曲奇上撒的糖粒一样，在星巴克店内的暗灯下闪光。

“现在流行喝苦得像胆汁一样的咖啡，北京也是，一小杯，像喝毒药一样，还贵。我受不了，我喜欢原来喝的咖啡那样……”

我跟婉姨喝的平生第一杯咖啡，是速溶的海南咖啡粉加热水冲的，三十年前在温州解放路的食品店里。咖啡放在一个保温的滚筒里，滚筒下有个龙头，交了钱以后给服务员递上小票，服务员打开那个龙头，滚热的深棕色液体就落进纸杯里……

一周前婉姨空降到波士顿，她到达的第二天整个美国东岸开始下雪。那是我们从南方搬到波士顿的第一个冬天。婉姨说她要来看看冬天的波士顿，顺便来办件事。我跟老公面面相觑，这个天寒地冻的时候来做客，又有什么可看的？

婉姨是长辈，我言听计从。婉姨大名章婉青，跟我没有血缘关系，是我奶奶家在温州多年的老邻居。奶奶的娘家是温州的望族，曾祖在民国时期做过温州市的市长，盘根错节，半个温州市都跟奶奶是故交。章家也是瓯江一带的名门大户，婉姨的母亲跟奶奶是手帕交。所以，这个小青阿姨，第一次见面起就待我不薄，那时我在南京读初中，暑假回温州故乡。

小青阿姨当时被奶奶家一个表哥追求着，夏天订婚，亲上加亲。小青阿姨和表哥都是温州造船厂宣传科的文员，负责编辑厂报。小青阿姨家孩子多，四姐妹穿同一块面料裁出的、样式大同小异的布拉吉，莺莺燕燕从院子里走过，是夏天的一道风景。晚上我跟着她们去逛温州的解放路小市场，小青阿姨拿科室里发的电影票带我去看电影。那时我笨手笨脚，是个十足的书呆子，连自行车都不会骑，坐在小青阿姨的自行车后座上，一手战战兢兢抱着她的纤腰。温州跟上海一样，是海洋性气候，并没有南京火炉般的暑热，我跟着奶奶坐在院子里水井边的树荫下，巷子里传来“古榄古榄”的叫卖声。古榄者，橄榄，温州当地出产的青橄榄……多年来小青阿姨是少数坚持叫我小名岚岚的人。一晃我来到美国已经二十多年，小青阿姨嫁了又离了。她做生意发达，我们一直保持着友谊。我生了麦琪以后，她专门在蒂芙尼香港网站上订了贵重的银调羹银杯子，刻上麦琪的生辰八字，送给小婴儿，她从邻家的“小青阿姨”正式升级为“婉姨”，麦琪的姨奶奶。

从南方搬到这里，我的工作并没有变，只是从跨国公司的一个分公司换到另一个，在家上班，同事每周在网上开会碰头，全球办公。我白天大多数时候得在电脑前盯着，并无太多余暇，婉姨到来后，白天她独自百无聊赖地在家里晃。公寓里的安静让她不安，出门又怕滑倒或者受凉。家里没有中文电视，看平板电脑她又怕伤眼睛，她只能不耐烦地反复翻看几本过期很久的中文杂志，还有星期天版报纸附赠的彩色广告。经常有她的电话，她举起手机贴在耳边，胖胖的身体快速从客厅走回卧室，小心地关上门，然后在卧室里哇啦哇啦地用温州话聊天。

宅了一星期以后雪终于停了，我带她去查尔斯河边的星巴克喝咖啡。一进星巴克，婉姨仿佛回到了她熟悉的文明世界，熟门熟路地用中文告诉我她要喝什么，吃什么点心，让我翻译成英文告诉店员。等落座后，一杯咖啡下肚，她满意地眯着眼，对我的脸审视一番，问起她送我的BB霜是不是用了，然后她才转到主题："我这次到波士顿来，最想去的是北面一个叫桥水的地方。"

我还真不知道。

婉姨继续道："那里有马萨诸塞州立大学最北的一个分校。"

"去那里干什么呢？这个季节除了雪还是雪，没有什么可看的。"我问，马萨诸塞的北部和西部都是地广人稀的苦寒之地。

"找人。"

说到这里婉姨停下，她盯住窗外查尔斯河上的风景：河面早已冰冻，小孩子穿着彩色的雪衣雪裤，在冰面上蹒跚地走着，带孩子出门的全职太太，有些还带着金毛狗，在旁边跟着。冰上都是这样三三两两的母子母女，几乎都戴着今年流行的毛线帽，帽顶上结一个不同颜色的兔毛绒球，在冰天雪地里花团锦簇，婉姨盯着这番风景发呆。

婉姨收转目光，继续道：“我想去桥水，找我大姐的女儿。”

“大姐？哪一个大姐？”我努力想从记忆中那群莺莺燕燕中辨认出一个来，婉姨到底是排行第二，还是第三？她今年是六十五还是六十二岁？我的脑子一片模糊。

“小梅，你知道的，前年从温州电力局退休的。”

“你有一个叫小梅的姐姐？我怎么不知道？奇怪，我完全不记得……”

婉姨道：“家丑啊，又有什么值得说的……”

“要是一直在温州工作，怎么会有一个女儿在美国？”

“她跟我一样，离了婚。离婚几年以后老公出国，后来给女儿办了移民来美国。”

“那……找她前夫不就找到女儿了吗？怎么还需要找女儿呢？”

“老汪的确很容易找到，就在波士顿附近的皮科斯镇……”婉姨回答。

“老汪？！”我问。

“对，小梅的前夫也姓汪。”

“那，你要我带你去皮科斯镇吗？皮科斯镇离我们住的地方开车不过二十分钟的路，这还不容易！”

婉姨摇头道：“不去皮科斯镇，就去桥水，就我们俩去……”她眼圈红了，近乎哀求，她委屈的样子像一个小姑娘。我心里还是有好多疑问，但婉姨伤心的样子，让我不想多问，反正我若陪她去桥水，这一路她肯定会说实话的。

她说话时耳朵上的钻石坠子在鬓发间一闪一闪，配着脸上精致的妆容，一尘不染的羊绒衫领口露出白腻的颈项，颈项上挂着同款式的钻石项链，完全就是阔太太的做派，难怪麦琪在背后叫她“阔人奶奶”。

带婉姨出门去桥水，唯一的机会是带她去参加我公司的年会。那个十二月中旬开的年会其实是一个年度派对，由公司出钱在波士顿远郊的北岸包下几个临海的小旅店，在那里开十分钟的会，然后喝酒狂欢。离开北岸再往北部开，几个小时应该就能到桥水了。我把这个计划说给她听，婉姨欣然同意。

出门的那天麦琪的学校开一对一家长会，跟每个家长只谈十五分钟，然后学校早早收摊。麦琪中午坐校车回来，放假半天让她很爽心，她一边吃零食，一边用平板电脑跟小朋友视频通话，宣布“妈妈即将跟一个阔人奶奶去北边开会”。我和婉姨拉着箱子出门时麦琪并无离愁别绪，她礼貌地把我们送到门口，跟我拥抱告别时手里还举着平板电脑。

就这样我驾着吉普车上路了。我们没开出去多久，太阳就被低垂的铅云挡住，多云的阴天取代了晴天。高速公路上的积雪被推到路的两边，路面虽然清理干净，却窄了许多。车在雪堆之间缓缓蛇行，走得极慢。冬天高纬度地区天黑得早，下午三点就是近黄昏，婉姨对着窗外越来越浓的黑暗，不言不语。

窗外这时已经什么都看不到了，雪亮的车灯照出前面的路和路两边脏雪堆成的矮墙，路边田地里偶尔出现一棵扎满圣诞彩灯的圣诞树，在一无所有的旷野中孤零零地亮着，像被世界遗弃了一样。离波士顿市区不过一小时的距离，风景已经这么荒凉，马萨诸塞的北部小镇，那个叫桥水的小镇，还不知道要荒僻到什么地步呢。

车前方的高速路边的绿色指示牌上，显示出“北岸”的字样。我们去的那个地方叫格洛斯特，是“北岸”在大西洋沿岸上的众多渔村之一。我打右灯，并到辅道上，下高速。

格洛斯特依山而建，车下了高速转上近海的路，路的一侧是小码头，另一侧是几家小旅店。夏天时码头里停满大小各异的私家游船和渔船，送游客出海钓鱼或者看鲸鱼的船每天有好几班，游人渔民络绎不绝。这些熙熙攘攘现在消失殆尽，夜幕渐合，即将下雪的天幕低垂着，没有一颗星星，海上没有灯光，也没有船只往来。码头边的水上船位上原来停满的船也通通收回仓库，水边栈桥在风中摇晃着，木头榫头发出单调的声音，好像生锈的车轮压着路面。远处的海浪拍打着码头外的水泥防波堤，发出单调的轰鸣声。

开在我前面的车上的司机回头跟我们打招呼，看胖胖的轮廓应该是我的老板格里格，没想到他居然从洛杉矶飞到这里来参加年会。现在格洛斯特这个小渔村行人稀少，路上除了饭店的工作人员，就都是我们公司来参加年会的员工，从美国东岸各地奔赴盛会。即将到来的聚会让我心情大振，我开始跟婉姨介绍格洛斯特和北岸。

小酒店离码头最多五百米远，两栋外墙刷成白色的木板建筑，三层楼高，临海，风景绝佳。虽然风景好，但这家酒店的基本设施和高速路边的汽车旅馆差不多。格里格的沃尔沃车跟我的吉普并肩停在一起，他下车后就过来跟我拥抱。格里格像给婴儿喂食后拍打后背那样，拍打着我。

“你为什么来波士顿了？”

“公司年终活动啊，也来看看你。”他说，然后拼命对我和婉姨抛着媚眼。

“每周在电话会议上还看不够？”

“真人线下活动才算。”他打着哈哈，又道，“我自己掏机票飞波士顿的，来给我岳父祝寿，顺便来这里喝酒。”

未等我介绍，他已经热情地向婉姨伸手，作自我介绍，然后往酒店前台走的一路就听到他朗声大笑，夸婉姨年轻，这几分钟他跟婉姨熟络得像闺蜜。

我给婉姨单独订了一个房间，这样我跟同事喝酒闹得很晚不至于太打搅她。整个酒店这两天被公司包下来，入住的房卡也包括了一日三餐，我解释可以直接刷房卡在酒店的餐厅吃饭，她点头谢我，然后我们就各自刷卡进房间。进了房间才发现我们之间的隔墙上有一个门可以打开。

我进屋，脱下厚得像棉裤一样的雪裤，抹了一把脸，略施脂粉，换了派对穿的衣服和皮鞋，正要出门，就听见敲门声，伴随着门外过道上的嬉笑喧哗，还有人用英文叫我的名字。那些声音一听就是我那些话痨的同事，平时在公司的电话会议上七嘴八舌。我特意拿出婉姨送的超长珠链戴上。隔壁的房间静静的，听不到婉姨的一点动静，不知道她是不是在小憩。开门后同事涌入，彼此拥抱，立刻有眼尖的女同事注意到我的新珍珠项链，坚持让我取下来把玩欣赏，她们夸我穿戴阔绰……就这样闹哄哄的，大家朝准备了酒水的大厅走，我很快就忘记了隔壁的婉姨。

晚宴从餐前鸡尾酒开始，龙虾、蟹肉饼、海鲜浓汤……到正餐时大家六七分饱，已经吃不动了。窗外暴风雪又开始了。公司派对的亮点在餐后：吃完后桌椅挪开，乐队上来演奏，请大家跳舞。这时所有人都有几分醉意，酒精和人气让大家兴奋得不行。格里格第一个跳进大厅的中央，一扭一扭地，脚步准确，他的身后像拖螃蟹一样拖着整个组的员工，他们随着乐曲前后摇晃着胖瘦不一的身体。我的双脚不由自主地跟着鼓点打拍子，几分钟以后我也哧溜进了“鸭子塘”。全场灯光如昼，忽然灯光熄灭，然后彩色的激光像闪电一样跟随音乐的节奏，在我们头顶的黑暗中跳动，每个人的脸在忽明忽暗中浮现……

大厅里有一个生着熊熊大火的壁炉，热浪从那个一人高的壁炉里辐射出来。我跳累了，站到落地窗前，屋外大朵的雪花被风吹得打着旋儿，壁炉的热浪把窗玻璃都烤热了，雪花打在上面，瞬间融化成水珠落下来，水汽模糊了落地窗的玻璃。我醉眼蒙胧中看到窗外雪中的路灯下有一个背影往海边走，深一脚，浅一脚，那个背影戴了阔边的呢帽，穿着长过膝的羽绒衣，但还看得出来是婉姨。我心中纳闷，凑近落地窗想看个仔细。格里格满脸红光地走过来，黑色西装打着白领结，正装的他像一头漂亮的帝企鹅。他递给我一杯香槟，跟我碰杯庆祝即将到来的圣诞佳节。震天的乐声阻止我们交谈。他的圆脸发红，脑门上冒汗，跟我干了手中那杯香槟后，他停了片刻，然后仰脸伸脖，把脖子上的领结松了松。

我接过香槟，跟他碰杯，只喝了一小口，就着五颜六色转动的彩灯看那细长的酒杯中金粉红色的液体，杯底升起一串串细小的气泡。我盯着香槟里的气泡看，想起婉姨和她送的项链，还有那个失散的女儿，她多大离开家的？离开自己的母亲，跟再婚的父亲来到一个陌生的地方，说陌生的语言……我愣愣地想着，酒精让我的脑子变得很迟钝。一杯香槟喝完了，手机在口袋里振动，我拿起来看来电显示，是家里打来的，我走到大厅外，接通电话：

"妈妈，你好吗？"麦琪娇声娇气的声音从电话那头响起来。

"我很好，你呢麦琪？你还不睡觉？"

"妈妈，我想你！"

"嗯嗯，妈妈也想你，过两天妈妈就回家了。爸爸呢？"

"爸爸也说你快回家了，我知道，但是还是想你……圣诞节你给我买一个 iPhone 好吗？"

"哦，你不是已经给圣诞老人写信了吗？你问他要手机了？"

"我不觉得圣诞老人会给我去买手机，爸爸也说不会，圣诞老人没有钱买电器……"

这时电话里传来老公的声音："麦琪，让爸爸跟妈妈说几句……喂？老婆你是不是又喝高了？"

"嗯嗯。"我含糊其词地哼了两声，我酒精过敏，沾酒必醉。

"你悠着点哈，意思一下就行了，不要太当真，不要太热情……"

他婆婆妈妈地嘱咐我，好像我是他女儿。

“知道，知道。明天年会结束，我想带婉姨再去一个地方……”

“她要求的?!我就知道她有事要你办，到什么地方去?去多久?”

“最多一天吧，过两天我们肯定回家了，她难得来我们这里，应该好好款待她……”我听到老公在电话那头跟女儿在说什么，女儿反驳，说：“现在我能再说几句吗?你不是说过只说一句话就把电话给我吗?你已经说了好多句了……”然后老公学着她的口气嗲声嗲气地争辩，这是每天晚上麦琪睡觉前的固定节目，我默默地在电话这头欣赏着。

我回到房间，已经是深夜两点半了。过多的香槟酒在我血液里沸腾着，太阳穴突突地跳，我困得眼睛都睁不开，进屋倒了杯自来水一口气喝下去，上了厕所，然后踢掉鞋子，三下两下脱了派对穿的礼服，倒在床上睡着了。

不知道是酒精的作用，还是那天在车里跟婉姨说了太多的话，我睡得并不沉。睡梦里我老是觉得有人开了那个通向隔间的门进来，走到我床边，坐在床边的单人沙发上，对着我一声一声地叹气。再醒来时已近五点，口渴，起身倒了一杯水喝。我盯着那扇门看，但睡眼蒙眬中看不出门究竟是否开过，隔壁房间还是静悄悄的。

早晨的光线从没有拉严实的窗帘缝儿里透过来，一两声海鸥的叫声从墙外传过来。

突然，一刹那，不知哪里传来一声号哭，不能确定是谁的声音，也搞不清声音的方向，谁会在这清晨时刻哭泣?只有那一声。待我努力细听，只有海上吹来的风声，隆隆地、不停息地碾压着陆地上的一切，间或有一两声细碎微弱的鸟叫。我仔细听，并没有什么别的声音，我翻身，希望再多睡一会儿，但是脑海里情不自禁地琢磨刚才听到的那声号哭。不知过了多久，我慢慢又睡着了。等我醒来，又记不清晚上发生了什么，只觉得胃里不舒服，想吃东西，于是坐起来，穿上毛衣，然后去洗手间洗漱，我准备下楼去餐厅吃点面包，喝点牛奶。

餐厅在一楼，餐厅的雕花木门关着，并没有上锁，我推门进去，一个人正好从门里出来，彼此都吓了一跳。

“哦，岚岚是你啊！”婉姨说，一楼走廊光线朦胧，她穿着大毛衣，下着细花的绒睡裤，手里握着一杯茶。

“对不起，婉姨，我以为你还在睡呢，这么早……”

婉姨惊魂未定的样子，站到门一边让我进去，道：“我睡不着，知道这里餐厅晚上不锁，下来吃点东西。现在几点了？”

“六点差十分，你跟我一起再吃点，坐一坐。”我拉她一起回到餐厅里。我取了羊角包、几片奶酪，冲了杯茶，坐在靠窗的桌子边。婉姨过去把窗帘拉开，她对着窗坐在一张硬靠背椅上，呆呆地看着窗外。雪已经停了，窗玻璃上结了冰花，早晨的光线通过窗玻璃上那层薄冰照在她脸上，她的脸朦胧发光，像照片美颜软件的效果。婉姨没有上脂粉的脸，即使在这柔和的光下都尽显出疲态，眼袋松松的。她疲惫地叹口气，说道：

“我睡得不好，总做噩梦。”

“你昨晚是不是出门踏雪了？”我问，模糊地想起昨晚见到的窗外背影。

她点头，说："是啊，我就是想出去透口气，雪下得那么大，我站在雪里根本找不到方向，没走多远只能顺原路折回。"

"昨晚的暴风雪那么猛，很容易就走失，困在雪地里。"

手里的羊角面包，就着伯爵茶嚼着非常好吃，有淀粉的甜加上奶油的香味。过了一会儿，婉姨幽幽地说："……就是我的女儿，我应该多关心她一点，不是吗？早就该联系了，而不是等到现在……"说完拭泪。

我听完，过了几秒钟才明白这就是我心里一直在等待的"另一只鞋子"，它终于落了，这就是婉姨的秘密，她是来找自己的女儿的。

"贝贝刚出国的时候，经常给我们写信，虽然只有几个字，那时她还不太会写信，中文字认不得多少，但她反复写的就是那几个字，想家，想回家。我们每次回信都跟她说再坚持几个月就会好了，再坚持半年我就飞到美国去带她回家。过了两年她不怎么写信了，即使写也只用英文，下面用中文随便写几个字……"婉姨说到这里定定地看着空中，好像那些二十年前的信，一个五岁儿童写在信纸上的字，又幽灵一样飘出来。她又转头定定地看着我，道："然后，然后就没有信了，再也没有了……"

"你跟前夫联系了吗？他怎么说？"

"联系了，这几年一直在联系。他什么都不肯说，他不希望我们见面，老汪的态度一直就是这样，他就怕我去告他……"婉姨气恨恨地回答。关于这从天而降的失散的女儿，我有满腹疑问，只等她继续说下去。果然过了一会儿，婉姨继续道："女儿被带出国时文件中的一份，是假造的。当时一心想让女儿出国，从来没有多考虑后果，也就在那份文件上签字了，现在老汪怕我们家人来找麻烦，怕我们告他文件造假，所以躲着不肯见……”说到这里，婉姨停下来，抬起头，一双没有化妆的衰老的眼睛定定看着我，眼角的鱼尾纹即使不笑都清晰可见。她脸上震动又伤痛的表情，好像要在那份作假的文件上再签一次字一样。我暗自在心里算时间，这孩子现在多大啦？

窗外起了大风，吹动酒店外的针叶林，那声音轰轰的像火车驰过，婉姨侧耳听着，说：“好像雪已经停了，只有风。”

“是的，雪停了我们就可以上路了。”我回答，尽量想找些话来安慰她。来美国，在那个年代是多少中国人的梦啊，我不也是这样出国的吗？毫不犹豫地抛弃国内的一切，漂洋过海……可是当时的“正确决定”，对于现在，又有什么意义呢？唯一能安慰婉姨的办法，就是陪她去桥水。我把决定告诉她，她精神好很多，使劲点头，然后起身说：“我再去拿点苹果、橙子、三明治，我们路上可以吃。”

吃完早饭，我跟婉姨在酒店的一楼走走，公司的同事陆陆续续也起来了，其中几个家中有事的趁雪停了已经准备离开，他们把箱子拖到前台旁边的小客厅里，在那里互相告别。

我在一楼盘桓，等着格里格出现，打算跟他告别后就带着婉姨出门北行。几个小时前蝴蝶一样无处不在的胖子，现在却不见踪影。我在前台站了一会儿，看着拖行李纷纷离开的同事，酒店里的人群渐稀，我决定不等格里格了，趁着天光还亮着，雪没有下，马上就往桥水开。

我载着婉姨再次上路。越往北走，路上越荒凉，整个世界几乎就我们一辆车在独行，过很久路上才会看到别的车。波士顿地区还是丘陵地形，往北去就是一马平川——漫漫无尽的雪野，针叶林像史前巨人那样静默着，在阳光下树上挂的冰凌折射出冷冷的虹彩之光。

“怎么打听到是桥水这个地方的？”我问，也是出于开车久了的无聊，我其实并不想知道婉姨家的这些旧事，那个时候中国穷，哪家没有一点悲欢离合。

“我在香港花钱请私人侦探打听的，她现在在桥水分校的国际学生办公室工作，过去读大学时是半工半读，她花了七年时间才把本科读完，现在毕业了就在那里上班。”婉姨道。

“上班做什么？”

“文员，处理学校国际学生的文件。我在学校网页上查她的工作职称，就是 Associate（初级员工）。”

“这个女孩儿现在叫什么名字？”

“原来名字叫贝贝，汪贝贝，后来她自己改了名字……”

“改了名字?!”

“对，她成年后跟老汪不再往来，搬出来住，也改了名字，这就是为什么那么难找。”婉姨说到这里，抹抹眼睛，停了一下，接着说，“她想在经济上独立，上大学全靠自己挣学费，过得很艰难。你想想，在学校国际学生办公室打工，可能挣多少吧……”

“她现在叫什么名字？”

“贝琳达。”

“她怎么跟老汪闹翻的？老汪不是她亲生父亲嘛……”

“当初孩子在国内，老汪给她办移民时，在母亲一栏上填上了再婚后的老婆的名字。贝贝小的时候并不知情。等懂事后慢慢发现了真相……”婉姨说道，车里的暖气不足，她的声音有点发抖，我伸手把车上的暖风扇开到最大。

“那她没有想过找亲生母亲？”

“她刚刚到美国的时候给家里写过信，我们都想让她安心在新大陆待着，不常给她回信。”

婉姨摇摇头，把头转向窗外。不知过了多久，婉姨又用那种自言自语一样的声音，轻声说道：“她出国时五岁，并不想走，我们都劝她，到美国去！到美国去！大好前途，比在国内混好多了。当时温州人削尖脑袋往外国钻，这种送到手里的移民美国的机会，又不花钱，哪能放弃！我跟孩子许诺，到国外不好还可以回来的，去一年就带她回温州，就这样，连骗带哄……”

“我们这么突然赶过去，从天而降，你肯定贝贝愿意见面吗？你为什么不先打电话，或者发个邮件？”

“打电话、发邮件，都试过，就在你波士顿的家里我还拨过她的手机号，换了号了，不是她接的，是另外一个不相干的人。贝贝一直有抵触心理，她不想见我们温州老家的人，她恨我们，觉得我们遗弃了她。但是我真的想见她一面，这才想搞突然袭击。我并不图什么，我都有一家上市公司了，又有房子，股票都涨得不错，现在找女儿能图她什么？贝贝成年了，我能叫她怎么样吧？我就想看看她……”

“大学的官网上基本都有员工的照片的。”

“我查过，但那是几年前的旧照片了。私人侦探给我的，也是州立大学官网上截屏下来的照片。我就想看看真人什么样……”

过了一会儿，婉姨从车后座上取过一个黑色的手提箱，把它轻轻放在膝盖上，对了密码，掀开一点箱盖，给我看：“我带来了现金，也带了支票，还有一条一模一样的珍珠项链，还有一个最新的平板电脑，一套迪奥化妆品，一条爱马仕丝巾，都是送给贝贝的。”箱子里的宝贝，婉姨用手摩挲过，一件一件举起来欣赏，每一件东西都是她精挑细选的，我赞了又赞，婉姨很开心，恢复了自信，这几乎是这两天来她心情最轻松的一刻。她开箱子取宝的样子，让我想起杜十娘开百宝箱，这是祖母绿，这是红宝石，这是羊脂玉，这是纯金的手镯子……话到嘴边，我忍住没有吱声，那个比喻不吉利。

车到达桥水镇之前，一直沿大西洋的海岸线开。最后一段路是跨河大桥，桥的一面是海，另一面是内陆流出来的地上水和地下水，在这里汇总成河，长桥架在河的入海处。北方的河这个季节都完全冻住，这条河也不例外，从车里稍稍侧脸，就可以看到河中心的凝冰下透出打着漩儿的水流。桥水镇的这条河实在太宽了，中间的沙洲把河分成两个部分，冬天水线低，沙洲在河的中心露出来，形成一个狭窄的心形，冰冻的河面在阳光下闪着蓝光，那颗心冻在一片蓝白色的冰天雪地里，没有飞鸟，没有人迹。桥很窄，枕木铺就，吉普车开在上面发出吱吱的声音。对面一辆车开来，不敢跟我们对驰，在桥的那端停下来，等我们过了桥再上桥行驶。

我小心翼翼地握住方向盘，慢慢驰过，跟对面那辆车里的人招手致意。那是一辆旧的福特皮卡，司机是一个小巧的年轻姑娘，毛线帽把头裹得紧紧的，帽子下露出黑色的披肩发，她的脸被帽子包裹着，只露出一个圆圆的轮廓。车经过，她也盯着我们这边看，同我四目相对的片刻，她友好地冲我笑笑，露出雪白的牙齿，此时婉姨正好在看车另一边的风景，没有太注意，等她转头意识到那是一个亚洲女孩时，车已经走远了。到达的喜悦让婉姨很激动，她指着不远处红色的钟楼说，那里就是州立大学的校园，她在网页上看过无数次。

进桥水镇后的第一个红绿灯口，有“州立大学”标记的交通牌就出现了。这所大学基本是小镇唯一特色。过了几分钟，我们毫不费力地找到了大学，路上的行人多起来，都是大学生模样的年轻人，穿着羽绒衣，戴着绒线帽，几乎都背一个双肩包，走得飞快，或者把车骑得飞快。我们只问了一次路，就找到国际学生办公室。下车前，婉姨拉开副座上方的镜子，掏出化妆盒，飞快地用粉扑和腮红抹了几下脸，又掏出口红把双唇描了描。我把车停好，她准备就绪。

国际学生办公室在一幢米色的木板楼里，楼形方方正正，毫无装饰，非常实用。为防寒防风的缘故，前门有两道，两道门之间是一个狭窄的“盒子”。婉姨走在我前面，兴冲冲拎着手提箱飞步，进了第一道门后她没想到还有第二道门，止步，站在那个灌满冷风的“盒子”里。第二道门的两扇门板边缘贴了半寸宽的塑胶夹垫，关门处夹垫彼此挤压，严丝合缝，杜绝楼里的热量跟外面的冷空气产生对流，一直生活在南方的婉姨从来没有看到过这种门。“搞得跟宇航舱一样的……”她评论道，我解释是为了节省暖气。我走过去把门推开，她才小心地迈步进去，好像跨过一道无形的门槛。

我们进到被暖气烧得热烘烘的走廊，进门处的墙上贴着各种校务办公室的列表，婉姨毫不费力地在一堆英文名字中找到国际学生办公室，她用手指点点那个名字后的房间号：“就是这里啦！”我瞄了一眼，赶紧说对的，自从进了桥水镇，婉姨的动作都比平时快半拍。

走廊里的地毯蓝不蓝，灰不灰，地上很干净，但还可以闻到一股旧地毯的味儿。头顶的照明是节能灯，那惨白的光线下我俩的脸色都不好看。走廊两边的墙在高处各挖了一个小窗户，这时中午刚过，窗框里的一小片蓝天像剪纸，没有阳光照进来。

国际学生办公室的前台是一个金发碧眼的女生，穿着枣红色、带着州立大学字样的连帽卫衣，嚼着口香糖，眼睫毛上刷了厚厚的睫毛膏，长睫毛忽扇忽扇地，掩映着一双大眼睛，她好奇地上下打量我们这对飞步走进来的亚洲人。婉姨结结巴巴用英文问：“贝琳达在吗？”

女生摇头，说：“她刚刚回家了，今天学校部门可以提前下班，国际部的员工几乎全部走了，就我一人在这里。我是来这里打工的，过一会儿我也关门离开了……”

婉姨呆呆地看着她，女生以为她没有听懂，放慢语速又说了一遍，婉姨回头向我求救，我用中文解释。

婉姨听完我说的，点头，她冲着我问：“你问问她看，明天贝贝一定会来吗？”

我转述给女生，女生摇头说：“不会的，她明天不来。明天我来打半天工，就放假了。这两天是学校寒假前最后两天，学生考完试就回家过节，各部门过了中午也将关门，新年以后开学大家才回来……”说着她扬脸看看墙上的挂钟，说：“再过四十分钟，我们这里将结束办公。”

“要是有紧急事呢？”婉姨脱口而出用英文问。

“什么紧急事？校长办公室有紧急事务处理程序的……”女生回答。

婉姨卡住，她拉拉我，眼神焦急。我赶紧跟女生解释，我们远道而来找贝琳达。女生听罢，移步转向电脑，玉指在键盘上轻敲几下，伸手取了近旁的小纸片，写下一串数字，递给我们，她说：“贝琳达的手机电话，这是国际学生办公室的公开信息，如有紧急情况，可以找到她。”

婉姨接过小纸片，瞄了一眼，面无表情，机械地说了声谢谢，她慢慢转身往门外走。我跟女生道了一句节日快乐，跟在婉姨后面。

“那个电话号码是公开信息，婉姨你一定早就有了？”我傻傻地问，婉姨胡乱点点头。楼道里照明的节能灯闪了几下，发出嗡嗡声，然后熄灭了。整个走廊暗极了，唯一的光线来自楼道尽头的小窗……整幢楼里感觉只有我们三个人。

婉姨走在我前面，胖胖的背影仿佛比进门时矮了一截，她的背不再挺直。忽然我听到一声压低的哭泣，声音不大，像受伤的动物，我追上去，昏暗中也看不清婉姨的脸，只看到她木木的脸上湿漉漉的，眼睛呆呆望着那个走廊尽头的小窗户。我伸手搂住她的肩膀，另一只手接过她手里的百宝箱。她转头看住我，双目圆睁，声音嘶哑，说："贝贝在最后一封信里问我，她是不是拖油瓶……我居然没有立刻否认！我这个当妈的该死啊！"说到这里她又呜咽不能语，我用手拍着她的后心，搂住她往门口走。推开那道沉重的严密关闭的内门，进了没有暖气的"盒子"里，扑面而来的冷空气让婉姨全身哆嗦。

出了楼，婉姨脸色煞白，我扶着她在路边的木椅子上坐下，顾不得那椅子还结着冰，她也不挑剔，立刻落座，全身的重量好像哗地卸了下来。室外是大太阳，但温度最多只有摄氏零下五六度，寒冷考验着婉姨，直到她实在受不了，不得不站起来活动身体。她不想立刻回到车里，她要多看一眼这个大学。我们走上积雪的草地上唯一一条清扫过的羊肠小道，小道由枕木铺就，上面撒了沙土和化雪的盐，两边的雪堆得近半米高，染成蓝色的盐粒在枕木上一粒粒的像沙子。

踩着那些蓝色的沙子，小道在我们脚下缓缓上升，我们拾阶而上，它通向国际中心小楼后面的山坡。在坡顶有几棵落尽叶子的白桦树，映衬着天空。我们踩着结冰的路面气喘吁吁到达坡顶，往回望，发现这里可以鸟瞰全镇，镇口的大河与长桥在远处与海相接。白桦树下有一个小小的红砖铭牌："纪念乔治·安德森 1991—2014"。下面有一段话，引自罗伯特·福斯特的诗，《桥下之水》。婉姨问我是什么意思，我逐字逐句翻译给她听：

"那苹果树下的青春与哀愁，仿佛桥下之水，浩荡向前，奔流到海不复回。"

婉姨听罢，望着远处的海与河，沉吟片刻，道：“巧了，一九九一年也是我送贝贝出国的那年，我们坐船先去上海，去码头的一路，也经过一座桥，那是温州的瓯江大桥，那时机场路还没有修呢。当年我巴巴地说服她去美国，我说只要她愿意，我随时可以飞过去见她。现在我又巴巴地来找她，只要她愿意，我随时可以飞过来见她，她要什么我都愿意给她……”

“婉姨，嗯，若你见到她，又能怎么样？”我问。

“见到嘛，在一起吃顿饭，把我带来的东西给她，表明我们家里的心意啰。”说到这里婉姨似乎高兴一点了，说，“见与不见，就差这么一点点！但是人就怕见面啊，一见面就会峰回路转……”我们说话的这几分钟，热气从嘴里冒出来，白烟一样，她用戴着皮手套的手挥了挥：“这么冷，北极一样！谁能在这鬼地方住这么多年！”婉姨低头盯着那块砖雕上的铭刻，看了又看，嘴里默念着那几句诗，她忽然抬头问我：“桥下之水？就是这个镇的名字的出处？”

“是啊，桥水就是‘桥下之水’，英文里的成语。”

“桥下之水是什么意思？”

“已经过去的不可改变的事。”

“那……只能是命了！”婉姨喃喃地说，嘴唇哆嗦，眼圈又红了。

我的手机响了，我忙把手里的百宝箱递给婉姨，让她抱着，我脱下手套去掏羽绒服口袋深处的手机。那个手机仿佛知道我们这头的忙乱，一直不罢休地响着。掏出来看果然是麦琪打来的视频电话，麦琪的圆脸占据整个屏幕，手机随着铃声在振动，好像一旦我点击屏幕当中的那个通话键，电话就会满血复活，麦琪会像阿拉丁神灯里的精灵呼之欲出：“妈妈，妈妈，妈妈……”

这么近，这么远。

（发表于《小说月报·原创版》2018 年第 7 期。）

啊新泽西！

一

每次到纽约，凯文都喜欢跑到曼哈顿最西边第十二街的码头上，隔着哈德逊河眺望对岸。这个时候，他很想敞开嗓子吼几声二十世纪九十年代流行的邦乔维的歌《新泽西》。邦乔维的歌调门都拉得很高，凯文怕自己吼不上去，从来没敢开口，只是站在波涛汹涌的灰绿色的河边发呆。若回到二十年前，他能唱得一字不差：

"明天，明天我们会做什么样的梦，明天，明天我们会遇到什么样的人……啊新泽西！"每唱到这里他的心都会抖一下。

说起来凯文算半个泽西人了。他来美国留学的第一站，就是新泽西，在那里他一共住了十一年。苦读三年后，他从新泽西的史蒂文森理工学院计算机系毕业，找的第一份工作是在华尔街一家小基金公司做中后台技术支持。因为要办绿卡，他领着部门最低工资，一做就是七年。这七年里，每天早上他从泽西城出发，坐通勤大巴，穿过荷兰隧道，过哈德逊河来纽约上班，晚上下班坐大巴返回。

泽西城破旧不堪。出了公交总站，迎面是高速公路飘下来的汽油味和垃圾的怪味，到处是通勤大巴和火车专用的高架桥。桥下的金属支架和水泥桥墩把街道切割得四分五裂，街墙上喷满广告漆画的鬼画符，画面上他只认出像茄子一样卡通化的阳具，顶天立地。行人走过，鸽子啪啦啦贴着头顶飞出去。车站门口有一个拉美汉子开的报摊兼食店，报摊早上卖玉米面饼子摊鸡蛋，撒一点黄色塑料一样的奶酪，两块钱一个。

每周一早上，凯文从赤膛脸的墨裔汉子手里接过早点，再要一杯纸杯装的热咖啡，说一句“格拉希亚”[1]，去赶六点五十八分去曼哈顿的汽车。车一过曼哈顿隧道，出了地狱来到人间，满眼时髦男女，高楼大厦的阴影下连讨饭的都有气派，给一个美金都嫌少。

那时，凯文、左丽和柳琴在哈德逊河对岸的泽西城分租一个三卧两浴的联排公寓——“白宫”。“白宫”不白，更不是宫殿风格，被称作“白宫”只因为房东姓华特毫斯，跟英文 White House（白宫）发音相近。“白宫”离公交总站仅二百米远，从总站坐车过河到曼哈顿华尔街，不过二十分钟……

二十世纪九十年代末，柳琴是纽约新泽西一带中国留学生和年轻白领中有名的美人。在“白宫”合租的时候，总是不断有陌生男子打电话找她。那时大部分人没有手机，找人只能往家里一遍遍打电话。

柳琴接电话时，坐在厨房吧台边的高脚椅子上，右手扶着电话，左手食指绕着一绺垂到胸前的卷发，彬彬有礼地一问一答，那表情既不耐烦又克制。柳琴是大家闺秀，对来电者在电话上没有不礼貌过。她在通用电气公司做财务。

1　“格拉希亚”是西班牙语中“谢谢”的音译。

她有一个奇怪的坐姿习惯，坐久了一双长腿慢慢像藤一样盘着椅子腿，使劲地绞在椅腿上，在夏天她穿短裙时，赤裸的膝盖就笋芯一样突出。因为用力，膝盖的皮肤被绷得薄薄的，隐隐透出青筋。短裙的下摆褪上去，露出大腿上矫健的股四头肌，还有大腿侧面种牛痘的疤痕，像一枚小小的肉里的贝壳。

打电话来的男士，基本都是华人，中国留学生背景。柳琴每次用普通话聊电话，凯文若在家就会竖起耳朵听。打来电话的人多少都能跟柳琴扯上一点社会关系，山西老乡，或者研究生院的同学，或者小时候住一个科研所大院的。柳琴不在的话，凯文会帮着接电话并记下留言信息。这时他心里就泛起轻微的醋意，怎么这些男人都跟柳琴有了瓜葛呢？其实他何尝不是算跟美女扯上关系了？合租一个三卧室的房子，共用一个电话机和一根电话线，分摊订阅一份《世界日报》。

柳琴有时一边接电话，一边随手在吧台的记事本上写下来电人的信息：张三，清华电子系八五级，普渡大学金融工程硕士；李四，上海人，交大博士，普林博士后，父母山西七一五所退休。写完了，记事本并不拿回屋里保存，就随意丢在厨房里。左丽看到，开玩笑说像《世界日报》上的婚恋寻友分页广告。柳琴会说："烦！婚恋广告是花钱刊登的，这些人都是自己送上门的哈！我根本不认识他们！我有男朋友了。"

左丽三十好几了，初到美国经历过一段短暂的婚姻后就一直单身。她对柳琴的好运气是真羡慕，当然偶尔也犯酸，每每听到柳琴抱怨追求者太打搅，就忍不住说："随便哪一个听着条件都蛮登样的啊！柳琴你这么轻易放弃真的不可惜？”柳琴把头摇得像拨浪鼓。左丽原来是英文系的，到美国拿了一个电脑硕士后，顺利地在朗讯营运部工作了三年，眼看就要升迁了，朗讯却被收购，一大批员工下岗。她只好跳槽到花旗银行的中后台，已经干了两年。她是三个室友中早上出门最早、回家最晚、加班最多的一个，在泽西家里待的时间最少。秀气苍白的长圆脸上，一双水杏眼下总有青色的眼袋，抹不去的疲倦感让她看上去有四十多岁。左丽偶尔打电话是一周一次给国内的父母，十分钟之内就说完了。

柳琴有男朋友倒是真的。只不过他很少上门来。如果来留宿，基本没有过夜的，总是在半夜前离开。柳琴说他像辛德瑞拉那样踩着子夜的钟声离开，理由是他有严重神经衰弱，必须独睡。

柳琴第一次打电话来找房子，那个电话是她男友打的。八月初，左丽跟朋友去北面的缅因州阿凯迪亚国家公园度假，凯文独自在家。电话那头是一个温和好听的男中音，说英语时带着一点口音，一听就不是华人。他彬彬有礼地解释，不是他要租房，是他的女友。然后就听到背景里一个清脆的女声：“让我来说，我来说。”电话转成这个女人在说中文，标准的普通话。她同凯文约好傍晚时来看房子。

傍晚下了雷阵雨，门铃响后凯文去开门。这时恰好一个炸雷响过，门口那对挤在一把大伞下，一个高大的西人撑着伞，搂着一个小巧的华人，像一对父女。华人女子的披肩长发发梢滴着雨水，在电闪雷鸣中小小的鹅蛋脸一脸惊恐，她的眼妆被雨打糊了，熊猫似的黑眼眶越发显得她楚楚可怜。

进来的就是柳琴，柳叶的柳，钢琴的琴。西人叫芮内，瑞士人。电话里那奇怪的像唱歌一样的口音原来是芮内的德语口音，现在当面听他说话，凯文觉得越发像唱歌一样。凯文陪柳琴上楼去看房间，芮内并没有跟上去，他在楼下的客厅里看欧洲杯球赛。凯文跟在柳琴后面，她的头发被雨打湿，像披肩一样堆在背上，聚在后心两片蝴蝶翅一样的微微凸起的肩胛骨之间。她穿着粉色镂空纱的连衣裙，连衣裙的背面露出颈项以下光洁的后背，夏天太阳晒过后金赤的皮肤，光滑得像白脱奶糖。凯文跟在她身后走，盯着她背上那块裸露的皮肤看，想用手摸一摸。好像感觉到背上的目光，柳琴转身，差点跟他撞到脸。她问：“楼上只有两间卧室，你住哪里呢？”

她在爬楼梯后脸红扑扑的，说话的前几秒钟娇喘着。凯文把目光移开，往后退了一步，回答：“楼下客厅边的书房改成卧室了，我就住那里，平时不跟你们共用洗手间，我那间带了浴室。”柳琴满意地点点头。

柳琴原来住在康州的诺瓦克，就在当地的通用电气上班，最近调到新泽西分部，下个月开始。柳琴站在楼梯边跟凯文说话，一边不时拿眼睛瞟着坐在客厅的男友。

厨房进客厅的拐角，那面墙凹进去一块空间，原来是放餐边柜的地方，现在空着。小凹间里的天花板上有三只小小的射灯，柳琴把射灯拧开，她站在那里，墙壁的青白色，加上头顶上直照下来的光，让她的小脸看着有点变形。“这地方好奇怪。”柳琴注意到那个凹间外门框的墙上有一个圆环，“那是干什么用的？”凯文说那里本来挂了一个木雕装饰，柳琴点点头，说：“老房子的这种小地方还挺特别的。”说着从提包里掏支票本，交定金。

他们离开后房间里似乎还回响着柳琴的声音。凯文忽然想起来中国有一种乐器就叫柳琴，他好奇地上网搜索：

> 柳琴是梨形，四根弦从狭窄的琴颈部拉下来，跨过一根根竹子做的水平琴柱，紧紧绷在圆形的琴体中部，那 24 根短短的琴柱自上往下排列得像是一串脊椎骨。琴弦左边和右边各有一个半圆形月白色烤漆装饰，像两只眼睛。

刚才看到的柳琴的背影，赤裸以后应该也是这样的梨形，中国女人腰长，从肩到腰是完美的内卷弧线。凯文想象自己的身体压在那个梨形后背上的感觉，一手攥着她的头发，一手按住她的薄薄的肩膀……刚才柳琴男友看欧洲杯时全神贯注，似乎对丽人根本没有什么心思。“真是猪八戒吃人参果！”他心里泛酸。

那时正是凯文的空窗期：刚刚工作两年，开始办绿卡，拼命加班不敢有闪失，下班后并没有多少空余时间，唯一在家的娱乐是在网上泡着，要么打牌，要么看毛片。柳琴让他想起他的前女友，徐小琪，他们处了两年，直到她从工学院拿到电脑硕士文凭毕业离开。她读电脑专业的一半编程作业，出自凯文之手。

小琪是别人的老婆。她像从曼哈顿下凡的仙女，落到史蒂文森理工学院这个糙地方。第一次看到她，他就知道这位浑身名牌的可人儿不是跟他一样的穷学生。那时凯文在学院的餐厅打工，一个中国女生买了凯撒沙拉，只尝了一口，吃不惯，立刻把整盒的菜倒掉。过了一个小时之后这个女生就在“电脑 101”的课上，拿出崭新的笔记本电脑，茫然无措地瞪着教授上课的板书，一个字记不下来。凯文坐在她后面，看得清清楚楚。

在他们开始交往后，小琪借口课程重，在学校附近租了一个公寓。那个公寓很快成为他们约会的地方。最后一次约会是在小琪搬家回纽约前，卧室里已经堆了十几只印着搬家公司名字的纸箱。小琪在凯文身体下面，侧着脸，目光的焦点落在那些纸箱子上，轻声说她老公几个小时后就来帮她搬家。凯文会意，与她并排躺下来。没有几分钟，她已经轻松地起身，赤身裸体，手里拎起衣裤走进浴室，顺手把门带上。凯文看着收拾得空空荡荡的公寓，知道这必是他最后一次来这里，他以后不会再见到小琪了。

二

柳琴和她的男朋友是安静的一对。他们在“白宫”的时候，基本待在楼上柳琴的房间里。凯文慢慢知道她从意大利超市买回的洋食，都是给芮内准备的：挪威产的烟熏三文鱼，做沙拉用的芝麻菜，泡在橄榄油里的西红柿脯，羊奶奶酪，帕尔玛起司，奇臭的带条纹的蓝起司，蘸面包片吃的松露橄榄酱……

芮内来和去，都悄无声息。除非凯文看到他那辆钢蓝色的跑车停在楼下，否则根本不会意识到公寓里多了一个身高六尺的大男人。凯文的房间在一楼，两扇窗户一扇对着后院的停车道，一扇对着门外的小街。房东给一楼的窗户都装了滤光用的白纱帘。

有一个周六，凯文破例熬夜，从网上下载毛片看，忽然听到窗外刹车的声音。他把台灯关掉，起身站到临街的窗前，透过窗纱往外看。九月下旬，外面一轮满月把空无一人的小街照得清清楚楚，一辆深色的汽车停在“白宫”前，柳琴独自从车里出来。她冲着车里的人挥手，车继续往前开走了。柳琴拎着手袋站在月光下，穿着风衣，风衣下露出裙子的下摆，像一圈泡沫围着裸露的小腿，跟她的披肩长发构成精致的背影，她就这样一动不动地目送着轿车离开。凯文从窗户前转回，关了电脑躺到床上。门外台阶上响起脚步声，然后是钥匙开锁的声音，前门打开，脚步声一路从客厅到楼梯，柳琴轻手轻脚回到屋里，把门关上。凯文的一颗心这才放下来。

从此以后，每到晚上柳琴出门约会，凯文都睡不沉，会不由自主地竖着耳朵听窗外路上的动静，直到柳琴半夜进门，轻手轻脚地上楼。他听得真切，默默地一直听到她开门进屋，再关上门，他才可以继续睡觉。

对徐小琪有过这样的关注吗？凯文有时不禁自问。徐小琪本来就是别人的老婆，她“劈腿”跟他好，是作为免费课程辅导的交换。她的毕业设计都是出自凯文之手。徐小琪的模样跟柳琴比起来，并没有差到哪里去。年轻，充满弹性的皮肤，洗完澡后身体发出的自然的香味……把她搂在怀时，她呼吸急促，眼睛惊恐地盯着他，但是身体却兴奋着，积极顺从地配合着，脸上慢慢显出红潮。这时凯文喜欢放肆起来，他把拇指插进徐小琪微微张开的红唇里，她温顺地吮着，双目微合，像一个摸索的盲人。

自从柳琴搬进来以后，凯文常做春梦。奇怪的是这些春梦里的人很混乱，有时会变成柳琴和芮内，有时他甚至搞不清有几个人、到底是谁同时在一张小床上。他一紧张，也就醒了。

争吵是从芮内的生日开始的。有一个周五晚上，柳琴回家带进大包小包的烘焙材料，还有一个厨用电动搅拌机。一晚上厨房里飘满柑橘和香草的味道，柳琴一边哼着歌一边开心地在厨房忙活，吧台上放着一本公共图书馆借来的烘焙知识速成。等蛋糕烤好了，芮内来电话，柳琴的快乐也就到头了。晚上左丽加班回家，厨房一片狼藉，桌上是一个切开的蛋糕，柳琴木然地在客厅看电视。

之后就到了感恩节前一周。柳琴被通用的同事邀请参加感恩节聚会，但是芮内借口陌生人家他去了不自在，不肯去。柳琴闷闷不乐。过了感恩节就是残年急景，下午四点太阳就落山了，凯文回家时天已经漆黑一片，寒风凛冽，把枯树叶吹到车上，像磁铁上的铁钉一样一片一片地粘住，等过了一会儿风停了，树叶又哗地落在地上。路边黄色的钠灯照出冰冷的空气，零星有雪花打着旋飘下。凯文一推门就听到柳琴和芮内的争吵声从楼上传出来，一会儿是她的哭声，夹杂着断续的英语。

接着就是东西打碎的声音，有什么东西在地板上被撕扯、拖拽，发出几声闷响，然后就安静了。凯文在楼下走也不是，劝也不是。最后决定上楼问问。他一路踩着很响的脚步上楼来，敲了敲柳琴的房门，问："柳琴你们还好吗？"屋里鸦雀无声，没有回答。凯文只好又踩着很响的脚步下楼，用脚步声表示自己已经离开。他回到自己的屋里，把门关上。他的脑海里一遍一遍地想象着柳琴和芮内和好的样子……柳琴在他怀里赌气不肯就范，他用力亲吻她，他的舌头慢慢撬开她的双唇，解除她的武装。柳琴在他的力气下顺从地回吻……想到这里凯文浑身燥热——柳琴和芮内身体重叠波动，在他的脑海里，甚至分不清那两个白色的裸体谁是谁。站在浴室里，淋浴的水柱下他抚摸着自己。水花四溅，打在他赤裸的皮肤上，像无数的小嘴吮着他，咬噬和撩逗着他的疼。浴室顶的灯照下来，凯文在水蒸气里对影成三人，他下腹部一热，浑身像被电流击中，他的身体已经化成千万朵水花飞了起来……

等过了半夜，凯文很饿，心怀鬼胎地去厨房找吃的，果然撞上柳琴。她刚刚洗完澡，身上包着一块蓝绿色的沙滩巾，正从冰箱里取酸奶。柳琴潮湿的头发胡乱缠在头上，还在滴水，水滴在她赤裸的肩膀上、手臂上。出浴后满带湿气的脸喜滋滋的，泛着红晕，映出她乌黑明亮的双目，她赤着双脚一路轻快地上楼，避免跟凯文打招呼。

过了一天，凯文又在厨房看到柳琴。大清早，柳琴穿着印着卡通图案的绒布睡衣，在等水烧开，她转身对凯文说早。凯文注意到她嘴角还留着一滴白色的牙膏沫。柳琴道："前天的事，对不起！太吵了！”柳琴一开口，脸上的微笑就凝固了，她的目光固定在脚前的地板上，忽然眼睛慢慢红了，双唇努力抿起，凯文以为她又要哭了，赶快过去拍拍她的肩膀。

黑色星期五以后，柳琴决定去多伦多的表姐家，欢天喜地地去梅西百货抢购节日礼物，血拼回来把东西摆在客厅给室友看。凯文悄悄问左丽：“芮内跟她一起去多伦多吗？”左丽摇摇头，低声回答：“好像就她一个人去，圣诞时他回欧洲了。”

柳琴不日飞多伦多，左丽跟朋友飞迈阿密坐邮轮度假。凯文在公司主动承担了年末值班的任务，十二月二十五号圣诞到新年元旦的那几天，股市只开半天，下午两点就收市了，实际只上半天班。那段时间不停有同学朋友家的聚会，他可以去蹭饭，几乎每晚都不在家吃饭。

十二月三十一日公司中后台部门年末结账，照例要加班，加班后老板给员工一人发一瓶法国香槟、一个礼品篮子。凯文抱着大包小包踩着积雪从地铁站走到家，已经晚上十点多。天上又开始飘雪，冻得他脸疼。隔壁几家新年派对的音乐传了过来，隔着夜晚听得分外真切。凯文把门口信箱中的信都收了，取钥匙打开前门。

屋里静悄悄的，凯文把信和香槟礼物都放在厨房的吧台上，房间里很热，他一边脱外套，一边用手拨拉一下看看都是谁的信。大部分信都是给柳琴的，彩纸信封上印着雪花和星星的图案，连同前几天的信，快有十几封了。凯文决定先打扫房间，把厨房收拾了，干干净净过新年，然后把这些室友的信送到她们各自的房间。

柳琴房间的门关得严严实实。凯文在推门前，习惯性地敲了一下门，然后静静地立了两秒钟。开门后，屋里却是意想不到的简单，一床、一桌、一柜，一个立地灯，都是房东配的家具，一条米色的地毯上印着棕色格子图案。

房间里唯一的窗户是上下拉合式。窗户外是防火楼梯，把窗的下半部分托上去，空出的空间正好可以容一个人探身出去，一纵身就可以跳到防火梯上。秋天天气好的时候，凯文不止一次看到芮内从这窗户爬到外面，站在防火楼梯上抽烟。见凯文下班回来，他还会扬起夹香烟的右手打招呼。芮内在阳光下惬意地眯着眼睛，扬起脸，脸上似笑非笑、半揶揄半玩笑的表情，跟他平时与柳琴在一起时言听计从、模范男友的样子判若两人。凯文没有见过嬉皮士，觉得应该就是他那样。柳琴并不喜欢男友抽烟，芮内在防火梯上做嬉皮士不多久，就会听到她在屋里叫唤："你不是说已经戒烟了吗？"十足 wife 的口气。

柳琴入住后，凯文帮她在那扇房间唯一的窗户上端钉了一个窗帘架。钉好后，柳琴喜滋滋地挂上一块白色提花的窗纱，把旧窗的"衰相"挡一挡。过了几天，厨房岛台上多了一个彩纸小包，纸包上一根丝带打着漂亮的蝴蝶结，蝴蝶结下面压着一张小卡片，写着凯文的名字。他从来没有收到过这么精致的礼包，过了一天才舍得拆开，里面是邦乔维的摇滚专辑《新泽西》的唱盘。

现在凯文站在那窗前，柳琴临行前忘记把窗帘拉上，透过窗户玻璃能看到防火梯上的积雪、街上昏暗的街灯，沿街两边停满汽车，其中一辆本田车是凯文的。就这一会儿工夫，雪比他进门时下得更大了，雪花被风吹成斜线密密打在窗户上，窗框底部已经整齐地积满一道白雪。

屋里整洁有序，看不到一丁点儿屋主人的个人痕迹，唯一的例外是桌上的一条丝巾，应该是柳琴临行时匆忙决定换下来的。凯文把信放在桌上，他盯着那条杏色的丝巾，伸手把丝巾拿到手里。丝巾上有一股幽幽的橘子香，凯文想起柳琴平时从身边走过，飘来的就是这股香气。

凯文把头埋进丝巾里，让那股香气水一样没过自己的脸。

他意识昏沉，走到床边坐了下来，床上铺着一床山东出产的拼花工艺床罩，彩色的布条纫在白色布底上，组成整床的几何图案，玫瑰色、湖绿、鸭黄、雪青……柳琴的身体躺在下面，被那些机织的彩带五花大绑……颈项、肩膀、手臂、胯骨，在彩带下呼吸着，起伏着。凯文化身变成那些几何图案，覆盖在柳琴身上，慢慢收紧，收紧……

他飞快脱下自己的衣服，赤身裸体，他闻到自己的体味。他忽然意识到房间里只有他一个人，凯文的欲望没了。他把衣服穿上，胡乱倒在床上，慢慢进入梦乡。

楼下电话铃响。凯文一个激灵清醒过来，像给人抓住的小偷那样，跌跌撞撞发足狂奔至楼下，进厨房接电话。还没等到他拎起电话，对方已经挂了。凯文赤足站在地板上，他彻底醒了。他进了客厅，捡起遥控器打开电视。电视里正在直播时代广场迎新年的十万人狂欢。只见那彩灯围成的大苹果图案有几层楼高，商店招牌一样在闪耀着。还没有到十二点，旁边有倒计时的电子钟，阿拉伯数字在有节奏地跳动，随着广场上人群的欢呼，一秒一秒地减少，凯文定睛看。电话铃又响起来，凯文惊得差点跳起来，他又奔进厨房。

拎起电话，没有声音。凯文疑惑地招呼：“哈喽？哈喽？喂？”还是没有声音。

凯文低头看看电话机上的“来电显示”，一片空白。凯文更奇怪了，以为是多伦多打来的国际长途信号不好，他高声问：“柳琴，是你吗？你在哪里？”这时对方又挂了电话。客厅的电视里传来巨大的欢呼声，礼花爆炸声，口哨声，他转身，电视屏幕上是无数炸开的礼花，随即“1998”的字样，定格在整个屏幕上，新年好！

三

新年早上，雪已经停了。午饭后凯文带上公司发的香槟酒和礼物，开着自己那辆本田车，去新泽西中部的“马菠萝”（Marlboro）镇朋友家聚会。街上尽是节日聚会探亲访友的人，每辆车里都坐得满满的。凯文也带了朋友小赵和老汪，这两个都是在瑞士银行做中后台技术支持的，凯文这才想起来，芮内也是瑞银员工。一听说美女的男友竟然是同事，两个单身汉就更来劲了，情报汇总，说得八九不离十——他是瑞银的交易经理之一，离婚，离婚的原因好像是婚外情，他为了追求一个女人寻死觅活，女友并不是柳琴这样年轻漂亮的单身女性。

凯文听得疑神疑鬼，但小赵忽然住口。老汪在车后座闷声补充：“他追求一个中年女人——华人，已经结婚。瑞士人是个情种，为了那个女人离婚，中年华人女的丈夫到公司里来闹。”

“后来就不知道了。都是八卦，三四年前的事，反正那女人不是你的室友。”

“也许他跟柳琴是新感情，还没有公开。”凯文说，说完三人都不作声了。凯文想起他那双深邃悲哀的眼睛。

车很快转上新泽西收费高速路。高速路上的雪已经清扫干净，新泽西公路离纽约近的这段，附近集中了炼油厂和化工厂。公路两边赭红色的烟囱在冬阳下静默地矗立着，对着稀薄的寒天冒出白烟。化工厂附近特有的硫化物的气味通过汽车的排气系统传进来，路边的排水沟已经结了薄冰，肮脏的积雪和水沟里的流水也是赭红色。除了烟囱、排水沟，还有储油罐，一只一只无窗无门圆桶形的巨无霸。车开了一个小时才过了工业区，高架路两边是闲置的湿地，被污染的河滩池塘呈现荒漠一样的景色，唯一的活物是水边一丛一丛的芦苇，在冬天的积雪中被寒风吹得向地面倾倒着，吃力地保持那个姿势不变。

小赵无聊地拨弄着车上的收音机，每个台都在搞年末金曲回放：《风中蜡烛》《想念你》《你是我的》……凯文听了一会儿很无聊，把调频广播换成车里的唱盘，唱盘是他听了无数遍的《新泽西》——“明天，明天我们会做什么样的梦，明天，明天我们会遇到什么样的人……啊新泽西！”凯文开心地跟着唱。

那晚他们喝高了，半夜等酒醒了，小赵提议去大西洋赌城，新年第一赌。凯文第二天午夜回家，他不仅花光了赌赢的两百多块钱，出发前带的现金也打了水漂。好在信用卡没有透支。大西洋赌城给凯文唯一的纪念品，是一个一米多高的绒毛玩具，一只巨乳丰臀的兔头人身美女，脱衣舞表演后抽签送的。

把两个单身汉送回住处，凯文回到泽西家里。凯文分别给北京的父母和亲朋好友打贺年电话，然后洗洗睡，准备节后上班。

电话铃响了好久才把凯文从梦中惊醒。他实在不想起来，第一次电话铃响他没有接，希望它自己停止。哪想到过了十分钟电话铃又不依不饶地响起来。凯文只好起来，迷迷糊糊走进厨房，希望电话停响，这样他可以继续睡觉。但是电话还在顽强地响着。凯文无奈地拎起电话：“喂？请问是哪一位？急事吗？”凯文睡眼惺忪中直接说的中文，他瞥见厨房墙上的挂钟指向一点五十四分。

“请问柳琴在吗？”电话里传来一个温婉纤柔的女声，说中文，听不出年龄。

“她不在这里，要过几天才回来，请问你是哪一位？”

“我……我是她朋友。我叫安娜。我能问问你的名字吗？打搅了。”她还是不紧不慢地说着。“哦，我是凯文。要是没有急事我让柳琴给你回电话吧，太晚了。”凯文拿起笔准备记下对方的电话号码，对方犹豫了一下，报出自己的电话号码，然后问：“柳琴去了哪里？”

“她去加拿大看亲戚。”凯文耐住性子回答，对方柔和幽怨的声线让他不忍打断。

“哦，是去加拿大，好的。谢谢！再见！”那个声音重复着，仿佛释然，声音里的忧郁忽然一扫而空。

第二天早上起来，凯文穿戴整齐，边狂吞牛奶麦片边紧张地盯着墙上的挂钟，怕误了班车。他旁边座位上蹲着那只巨无霸绒毛兔，深夜那个电话言犹在耳，他拨拉岛台上的留言本和报纸，并没有什么纸片记下新的电话号码。

上班前他特意去柳琴的屋子里看了一看，确认床铺重新铺好，房间没有弄乱的痕迹。

过了两天，凯文下班到家，左丽已经回来。厨房里放着她从中国超市购回的菜，塑料袋里塞满豆芽、小油菜、芹菜、豆苗、百叶、烤麸、蛋饺、肉馅、饺子皮、甜面酱、刀切面。左丽度假后晒成金棕色，精神焕发，腰板挺得笔直，穿着围裙在厨房里煲牛尾汤，忙进忙出。客厅和楼梯都用水拖过，散发出清洁水的味道，整个公寓一尘不染。

凯文心中暗喜，这下又可以蹭饭吃啦，他喜滋滋地进了自己房间，换了衣服，躺在床上，准备利用吃晚饭前的时间小睡片刻。躺下不久，听到门外的脚步。

“找你的！”左丽的声音，她探身进门，把电话给他递过来。

“你好！我是安娜。”又是那个忧郁的声音，从电话那头传来，瞬间他又回到节日的孤独中，一个人，对牢一个空空无人的公寓，屋外是漫天大雪，肮脏的街道。

“哎，你好！柳琴还是不在，明天晚上回来。”他说完就准备挂了。但电话那头却沉默了，除了几声轻微的叮当声，好像冰块落在玻璃杯里。凯文忍不住说：“喂？”

“哦我是来找你的，找你问问，希望你别介意。”那个声音呷了一口什么，沉默了一会儿，然后幽幽地说，像调情一样，“凯文你在吗？

你愿意听听我这边的故事吗，我跟芮内已经好几年了……”

“芮内是我的情人，他为了我离婚，我们相爱……”

她的声音时断时续，千回百转。凯文沉默地听着，他恨不得按下电话的免提键，让左丽也一起来分享这个素未谋面的女人的人生故事。但是她的声音里的伤痛、酒醉后的无助，止住了他“恶搞”的念头。

不知过了多久，忽然安娜停止说故事，问："柳琴和芮内，他们是不是男女朋友？请你诚实告诉我。”

凯文的直觉告诉他这个答案事关重大，他几乎是一个字一个字地说着："是的，柳琴和芮内两个是男女朋友关系，已经两年了。”

电话那头传来一声奇怪的声音，凯文不敢贸然挂电话，他等了一会儿，等到对方平静下来了，说："安娜，安娜，你还在吗？你为什么几次三番往这里打电话？”

“因为我爱他！我爱芮内！”电话那头的人脱口说。

凯文啪的一声把电话挂掉，三步并作两步，把电话送回厨房，放回机座。回到屋里，还不放心，又走回厨房，这时左丽已经忙完了晚饭，人不在厨房里，凯文毫不犹豫把电话线拔了。凯文垂头丧气地走出厨房，差点撞到前来的左丽，她吃惊地盯着凯文，眼睛都瞪圆了，一叠声地问："哎哎你没事吧？谁打来电话？你脸色那么难看！”

让凯文伤感的，是“爱”这个他久已忘记的字，到美国这么多年来他第一次听到。像遥远的寒夜不期然遇到一堆篝火，暖得他心痛，他麻木的手脚和触觉在这个字面前回暖复苏，有了新的存在感。这些年来他睡过不止几个女人，都跟这个字无关，也从来没有人把他跟

“爱”放在同一个句子里说。在异国他乡粗粝的生活，跟这个字代表的一切温情柔软毫无关系，在美国打拼需要强大坚强的身心，竞争，出人头地，成功……所有适者生存的谋生之道中，独独没有这个字存在。

安娜幽怨地、决绝地、斩钉截铁地说出爱的时候，即便不是对他说的，凯文忽然意识到，与爱关联的一切诗意、美好、恒久、善意，原来都是存在的，都是可能的……

晚饭跟左丽一起吃牛尾汤，凯文心不在焉，把胡椒粉撒得太多，辣得他直打喷嚏。这么一闹，也好，左丽没有再问电话的事，房间里恢复了安静。晚饭后他洗碗，左丽去客厅看电视。凯文再次确认电话座机是离线状态。

临睡前凯文找出在朋友家过节时带回来的五粮液，没有花生米，只好就着早餐用的脆麦片，坐在厨房一个人独饮。左丽临睡前进来倒杯水，看到他，再看看旁边的酒瓶子，诧异地说：“到底出了什么事？过了一个新年都酗上酒啦？”她清脆的北京腔，把两个人都逗乐。左丽回屋后，他把电话又接上线。怕什么？这酒还真壮胆。

在他把酒放回壁橱上层的时候，凯文注意到冰箱和橱柜之间那个不到一寸的缝隙处，落了一张记事便签，不看他都知道，那就是遍寻不着的记着安娜电话号码的纸片。他用笤帚把那小纸片划拉出来，放在厨房的台子上，跟最近两天收到的邮件放在一起。

那天下班后凯文没有回家，跟着同事去酒吧喝酒，下城一个叫“牛与熊”的酒吧。一月中旬的黄昏，纽约已经夜幕低垂。车辚辚，雨潇潇，车灯下的行人紧紧裹着冬衣，戴着厚厚的围巾和帽子，个个面目模糊，不像新年新气象，倒更像残年急景。街边等出租车的人排起长队，满街的黄色出租车都是“已载”标志，没有一辆停下来。他们只好步行去“牛与熊”。人行道上湿漉漉的，地上撒着撕破的礼品彩纸、破碎的圣诞装饰，常青树枝和忍冬藤编的圣诞花环都成捆地丢在路边。

那是星期一的晚上，橄榄球联赛总决赛前最后一轮淘汰赛，纽约的“巨人队”对新奥尔良“圣徒队”。酒吧里挤满了喝得醉醺醺的男人，七八台电视声音开得山响，面对电视机前的位子都坐满了人。凯文不懂橄榄球，他把好位子让给同事，自己选了一个面前有立柱挡着电视的座位坐下。立柱的四面自上到下镶着镜子，酒吧里灯光很暗，他坐在镜子旁，正好可以通过镜子看到酒吧的入口。“巨人队”进球，周围响起欢呼，人的声浪像海涛一样让他漂起来，凯文在其中也觉得很兴奋。

醉眼里他无聊地看着镜子。酒吧门被推开，进来一个女人。她戴着黑色阔沿的呢子礼帽，遮住了大半个脸，只露出一个尖尖的下巴。黑色的长发从礼帽下垂到背后。她披着黑色的披肩，款款走进来。女人极高，披肩镶着貂皮边，她一边走，那些貂皮穗穗像水波一样动着，露出披肩下米色的长裤和白色的毛衣。酒吧里热烘烘的，人声鼎沸，酒气混杂着上了一天班的人头发和外套上的油腻味道，在这一片混沌中，忽然出现一个雪女王一样的人物，凯文目不转睛地注视，努力想看清她的脸。她确定目标后，转身走到酒吧另外一个角落。那条黑色披肩上绣着一条暗红色的龙，从她的后颈处一直延伸到后背的下摆。

随着凌波微步，那条红丝线绣出的龙像在她背上活了一样，凯文看得呆住。

只见龙女走到酒吧一个男子面前停下。那个男人已经看到她，张开双臂把她搂进怀里，凯文看过去只见那条红龙一下子进了那个男人的怀抱。这一对无所顾忌地长时间拥吻着。凯文定睛看着他们。他忽然心跳加快，心里升起奇怪的预感，他猜到这女人是谁，拥吻她的男人又是谁了！好像要向凯文证实他的预感是对的，那个男子抬起头，亮相般，那一瞬凯文看清他。

柳琴到“白宫”的时候，已经过了半夜，芮内开车从机场接她。他把她的行李箱拎进前门就离开了。柳琴进屋后，翻看厨房桌上的信，看到安娜的电话号码，她的手迟疑了一下，说：“这人我不认识。以前有个卖人寿保险的就叫安娜。美国这些垃圾信件广告可真多！”看完信，茶也喝完了，她满意地伸个懒腰，笑盈盈地娇声说：“谢谢你，凯文！晚安啦！明天我给你们看小侄子的照片，我还带了两瓶冰酒回来。”

四

那些天凯文主动留在公司加班，很晚回家，避免跟柳琴照面。周五晚上加班结束，凯文跟他们去“牛与熊”喝酒，凯文要了小杯的威士忌，扬起脖子一口饮下。这样平安无事地过了两个星期，周六上午睡懒觉，听到柳琴在厨房打电话，商量着去哪里吃午饭。早饭后凯文取了一筐待洗的脏衣服，走到地下室去洗衣服，分类，洗衣，烘干。地下室仅容得下一对洗衣机和烘干机，一个放杂物的破桌子。凯文搬入后在街上捡了一把邻居搬家丢弃的椅子，也放在这里。

凯文站在洗衣机边发呆，柳琴肯定又捯饬得“山青水秀”地出门了，等她离开“白宫”，他再上楼。没想到他一转身，柳琴已经进来了，就站在他身后。她额前的刘海用电吹风吹过，蓬蓬的，还喷了发胶。她手里拿着无线电话。

“刚才有人打电话来。”她说。

“不奇怪，不是经常有人给你打电话吗？”凯文回转身，低头拨弄着他已经按照深浅颜色分开的衬衫，他不想看柳琴脸上的表情。

“是一个叫安娜的女人，她找芮内。”柳琴继续说，“说是芮内过去的老朋友，离开瑞银后从马里兰打电话过来。”她走到那唯一一把椅子边坐下，把电话放在腿上，扬脸面对凯文，凯文不语。

“但是我知道他没有朋友住马里兰，他根本没有去过马里兰。”柳琴的声音变得很硬，语速很快。凯文还是忍住不响。

“好吧，我一会儿就去问他。”柳琴站起，朝地下室门口走去，手里攥着那只电话机，在凯文眼里它就像一枚定时炸弹。忽然柳琴转身，跟他四目相对，她问：“你记得那个叫安娜的人是什么时候打的电话吗？”

“记不太清了，新年前后吧，你们都不在家。”

“她到底跟你说了什么没有？”

“没有啊，她什么也没有说，我让她等你回来再打电话。”凯文说，他觉得口渴。

“她说找芮内，怎么电话打我这里来？芮内现在不就在纽约？你不觉得怪怪的吗？”

“什么怪怪的？”凯文问。

“她打电话过来也没有来电显示，电话机上是空白。”

“这又有什么奇怪的！有人就是喜欢搞‘来电不显示号码’，你干吗要知道得那么清楚？”凯文懦怯地说。

“我就想搞个水落石出，不行吗？”柳琴忽然烦躁地打断他，调门提高，把她自己都吓了一跳，说完她抱歉地对他笑笑，上楼去了。

凯文吸了口气，不让那个秘密像瓶子里的巨人一样溜出来。地下室里的空气带着燥热的灰尘，夹着汰渍洗衣液、布料柔化剂的气味。她爱他，安娜说着……他拎着洗好的衣服上楼来，立刻出门。

晚上跟小赵去看电影，回来时已经快十一点了，进门时凯文心情愉快，完全没有注意到柳琴正坐在客厅等他。柳琴换了件黑色的套头毛衣，咖啡桌上的茶杯旁有三个用过的茶包，显然她坐在那里等待了一会儿。她平静地说：“凯文，你跟我说实话。你明明跟我说她打电话来是找我的，但今天下午她又跟我说是找芮内的，这不是矛盾吗？”

躲不开她的目光，他开始紧张，脱口而出：“她她她不止打了一次电话。”

说到这里，凯文知道完了，一不做二不休，和盘托出：“她几次打电话给我，喝醉了，还哭。”

“她几次打电话?!还哭……”柳琴重复着，这几个字似乎让“白宫”里的空气都凝固了。柳琴面无表情，目光停在凯文的脸上，好像要把凯文的话和他的模样记住似的。

片刻，柳琴爆发：“那你为什么一开始不跟我说清楚?!你就给了我一个电话号码，问你你也惜字如金，凯文你到底怎么回事？”柳琴的声音高起来，她的两只手捏紧成拳头，眼睛里冒出火花。凯文以为她会过来揍他一拳，本能地往后退了一步。

第二天凯文睡到很晚才起来，出门时柳琴的房间门还紧闭着。他跟小赵他们约好，先去唐人街理发、吃火锅，然后去看电影，挨到晚上十点后去第七大道一家按摩店，可以那个的。他开车载着小赵和老汪过荷兰隧道，周末这个时间进出隧道的两个方向都堵。汽车上的收音机里是新闻话题秀，正在聊着最近曝光的克林顿总统与白宫实习生莫尼卡·莱温斯基的偷情。小赵坐副座上，翻着刚才从“白宫”顺出来的周末版《世界日报》。报纸头版是两张并列的照片，一张莱温斯基的大幅彩色档案照，另一张是她和克林顿拥抱的那张。莱温斯基眼睛朝上望，正在跟总统“熊抱”，她上仰的脸露出浑圆的下巴，整个脸依偎在总统穿着深色西装的肩膀上，眼睛里满是崇拜和欢喜。

老汪从后座伸长脖子也在看，一边看一边评论：“这娘们真肥，够分量，胸肯定大，头发好，密密的看不到头顶心！”

小赵不屑地说：“哼一个美国总统，什么样的超模、电影明星不能找，想要谁就是谁，偏偏找这么难看敦实的，我想不明白。”

老汪：“你有什么不明白的？也许克林顿就想找这样正常的呢，普普普通通，可以说说话，唠嗑，聊晚饭吃什么啊……”

小赵斜眼睛看看开车的凯文，说：“没错，找个女人不能供着吧，老婆孩子热炕头，还是要平常的。”

凯文：“你看我干吗？白宫绯闻跟我没关系吧。”

老汪：“你不要以为你不说我们就不知道你那点心思，你就是暗恋你们那个什么琴。”

终于盼到了晚上，他们三个摸到三十九街第七大道，一座棕色砖房。看着门口站的几个五大三粗的黑人，凯文心怯：要“打飞机”去法拉盛不行吗？干吗非来这个是非之地？

他们三个走近门口。那几个黑人笑嘻嘻地看着，白牙一闪，一股酒气飘过来，这股酒气一直伴随他们进了按摩室。前台一个细腰的越南女人用娇滴滴的声音跟他们打招呼，然后把三个人引进单间。所谓单间，其实是一个房间里摆了三张床，床之间用帘子隔开。

屋里点着几支香烛，香味儿还是掩盖不住屋里的酒气和人体的气息。按摩床上铺着毛巾，颜色旧旧的，凯文觉得上面的污迹都没洗干净，他努力想把脱了衣服的身体躺得绕过那块污迹。按摩床很窄，仅是一个成年人身体的宽度，他躺上去后又觉得很舒服，也顾不得那么多了，他像一块洗干净平放在案板上的肉。

一个高大的波多黎各中年女人进来，对凯文“嗨”了一声，算打招呼。凯文很失望，原来替他按摩的不是前台那种娇滴滴的细腰女人。她把屋里灯光调暗，暗黑的灯光下她身形高大，双肩宽阔，看着绝对有四十多岁，双峰像小枕头一样，有股慈祥温暖的肉感，凯文几乎想叫她阿姨。从某个角度看，她宽宽的脸、厚嘴唇，还真有点像他在老家河北蓟县的亲戚，一个远房姑姑。小时候，每年春天，农村青黄不接的时候，这个姑姑会带一些野菜土产到北京亲戚家走动，借点钱物。姑姑带来最多的是“野鸡脖子”韭菜和马兰头。马兰头有着细细的紫红色茎，吃之前，姑姑把马兰头长长的白色须根剪掉。马兰头在开水里焯一下，切碎了加点香油拌豆腐干，“野鸡脖子”韭菜可以包饺子。凯文想着过去的事，房间里安静了，他慢慢放松下来。

波多黎各女人的一双宽大有力的手按在他肩上，凯文可以闻到她手上抹的妮维雅护肤霜的气味。这个气味更让他想起那个姑姑，她的抹了大宝面霜的手和脸。每次进门，她都会摸摸凯文的头，用河北话说：“又长高啦！”想到这里凯文已经后悔让这样一个老阿姨来服务了。来之前在车里，小赵跟他们交代过：“打飞机”是额外收费，如果你想“打飞机”，就把内裤脱了，如果你不想，就留着内裤，“她们”知道的。现在凯文下身光着，在洋姑姑面前他觉得特别害臊，好像做了不该做的事马上要被大人抓住的孩子。

现在他只想按摩，在那股妮维雅护肤霜的香味里慢慢睡着。帘子那边传过来小赵舒服的哼唧声，听着觉得好笑。但是洋姑姑的手按摩起来的确很舒服，像一条温暖的毯子在凯文身上揉过来揉过去，周围的黑暗也很适宜，他在那双粗糙有力的大手下像回到了子宫里，很快他就睡着了……

一个多小时以后，他们三个从按摩店出来，心满意足地坐进车里，三人都是安安静静的，好像洗了一个热水澡，浑身痛快。老汪只嘟囔了一句，怪不得克林顿要找莱温斯基呢，胖女人有胖女人的好处。出城的车流没有下午那么堵，出了隧道是泽西城破旧的街，看上去竟然有回家的亲切感，金窝银窝不如自己的狗窝啊！

自从柳琴发火，她和凯文在“白宫”里很少照面，照面也是讪讪的，目光不接触。周六的上午，平时三个室友都在厨房里吃早饭聊天。现在柳琴基本不在客厅和厨房里停留，连喝茶也回她自己的房间。要不是左丽提起很久没有见到芮内上门，凯文都不会想起来。他只觉得冰箱里空了很多，那些稀奇古怪的洋货过了保质期后被处理掉了。

偶尔见到柳琴，她的脸色不好看，不再细心化妆，双目下的黑眼圈暴露着。她总是陷入沉思的样子，避免跟室友对视。她和凯文，谁都没再提起过那个陌生女人安娜，安娜也没再打电话过来。柳琴还是每周几次在外面吃晚饭，如果不出门约会，她点一个三明治外卖，“宅”在家里混一天；到了周末，柳琴一大早就出门去曼哈顿，深夜方归。

转眼到了二月。又到了星期一，这一天照例是凯文一周工作最忙的日子，凯文过了晚上十点才到家。他进门就看到柳琴端坐在客厅，羽绒服放在一边，随时准备出门。

“我能不能麻烦你开车陪我出去一趟。”

凯文没有多问，立刻去取车钥匙。

二月的夜晚，没有月亮，街上的雪被压平了冻住，地面又滑又硬，人走在上面踩出很响的脚步声，在夜里回响着。情人节过去一星期了，路上的垃圾桶里不时可以看到一把一把干枯的红玫瑰。凯文的车停在两个街区外，柳琴指指河对面，说："过荷兰隧道，然后去上西区，我一会儿告诉你地址。"

车很快开到曼哈顿上西区的八十七街，在一幢看不出特色的公寓前，她说就是这里了，你把车停在路边。

他们走进门厅，守门的黑人穿着绿色的制服，正在读《纽约邮报》体育版。他认出柳琴，礼貌地叫她"柳小姐"。柳琴点点头："晚上好，曼尼，我上楼找芮内。"说着他们已经穿过门厅来到电梯门口，柳琴熟练地按着电梯开关。在电梯里她对着轿壁上的镜子端详自己的仪容，整理头发，她的眼睛很亮很警觉。

电梯停在第十五层。出电梯，柳琴领着凯文沿着铺地毯的走廊一直往前走，走廊两边是一扇一扇公寓的门，都漆成厚实的高光黑色，贴着鎏金花体字的门牌号。柳琴在走廊尽头最后一扇公寓门前站住，开始按门铃。柳琴一边按门铃，一边用手拍打门，说："芮内，请你开门，是我。"

门内还是沉默。柳琴把头贴在门上，一边手上加大力气使劲拍着，厉声说："芮内，请你开门。安娜来电话找我，不止打过一次电话。"说着说着声音越来越高，声音在发抖，她泣不成声，最后让人只能听清"开门"这句。

门里传来脚步声，然后是拴门的金属链被卸下的声音。门开了，门后是芮内的脸，戴着黑框近视眼镜。芮内站在门口，他穿着深灰色的 GAP T 恤，一条旧牛仔裤，赤着脚，老实普通的模样。他面无表情地看着柳琴，放她进去，然后他冷冷地对站在走廊里的凯文说："请你给我们一点隐私，我不能让你进来。"

"我不想进去。"凯文回答。

公寓门在凯文面前关上。走廊里，其他公寓里传出动静，有几家把门打开，各种肤色的邻居探头朝这边看。

芮内公寓里传出闷声的哭叫，家具被推倒，夹杂着玻璃器皿被打碎的声音。柳琴带着哭腔的叫喊从门那边传过来，又是英文又是普通话："你们两个！你们两个！背着我！芮内，你为什么要骗我！我今天杀了你！……你说啊，说实话！……"

凯文进门不得，又怕柳琴吃亏，正在急得团团转，这时走廊那头的电梯叮一声响了。电梯门打开。一个头发花白的犹太老头手里攥着一大圈钥匙，朝这边走过来。"我是公寓的管理经理，邻居打电话抱怨，说这里在打架斗殴。请问你是谁？"

"幸好你来了，我叫凯文·陆。"凯文看到老头来开门真是谢天谢地。老头在芮内公寓门前站定，飞快地找钥匙，一边问："你们晚上来这里干什么？你是……丈夫？"

"不是，我们是室友，朋友。"

老头敲门，一边对着门里说明来意："我是管理员，请开门，邻居抱怨了，请你们开门让我进来，否则我自己开门了。"

门打开，里面灯光大亮，狼藉的公寓像切开的鱼肚那样一清二楚：走廊里的书架全被推倒，书架上的书和摆设倒在走廊的地板上，一只显然是书架上跌落下来的瓷花瓶碎在地上，地上一摊水，鲜花、小盆绿色植物打翻了散落在地上。走廊的左手是小厨房，右手通向一个客厅和两间卧室，客厅的玻璃拉门外是阳台，远处的大厦顶上的霓虹灯一闪一闪。

客厅摆了白色的长沙发，沙发前地上铺着浅灰色的地毯，一对小小的酒杯形状的原木咖啡桌已经被推倒在一边。客厅的一角站着一个高个子的女人，穿着白色吊带背心，黑色的灯笼裤，她的脸对着阳台外面，听到外面来人，她转回身飞速地向他们扫一眼，凯文认出她是酒吧里的龙女。柳琴正蹲在那张浅灰色地毯上抽抽搭搭，头发披散开来，遮住了她一半的脸。她在摆弄着地毯上的玻璃花瓶碎片，她的手被碎玻璃割破，但是她全然不知。柳琴的头发上和黑色的毛衣上蹭着白色的墙灰，沾着花瓣、撕碎的书页的纸屑。

凯文急忙过去把她拉起来，四顾找东西给她割破的手指止血，最后找了一团纸巾把手指缠上，让她用另一只手按住。

门口传来一阵报话机响，进来一个矮胖的黑人警察，腰上别着手枪，警棍在皮带上挂着，拖在屁股后面，无线电报话机咔咔地响着。进了客厅，警察就说了一句晚上好，认出柳琴是屋里唯一受伤的，走到她身边问："有人报警说是有家暴，你是不是挨打了？需要我叫救护车吗？"

柳琴摇头否定，说"我自己弄的"。说着眼泪飞快地流下来，满脸羞愧，像一只闯祸的小动物。警察带她去厕所验伤，然后出来填写报告。管楼的跟芮内说这次事件他会收到一个正式的扰民警告，得罚款，说完退场。芮内取来扫帚、浴巾、塑料垃圾袋打扫现场。凯文走到客厅一角的女人前招呼："你就是安娜吧？"那女人点头，然后扬起夹香烟的细瘦的手指，朝柳琴方向做了一个手势，问："你是她朋友？"

"对，最好的朋友，我爱她。"凯文被自己这个回答吓了一跳，立刻改口，"我们爱她。"安娜回头看了他一眼，她的吊带衫里没有戴胸罩，细长的脖子上坠着一条细细的金链子，上面镶着一颗单粒的钻石，随着呼吸在锁骨之间起伏着，两只细小的乳房透过白色的衣衫若隐若现。听到"我爱她"这几个字，她有点吃惊，把夹烟的手放下，重新打量面前这个年轻男人。

柳琴第二天没有去上班，第三天也没有去上班。下一周的星期一凯文下班回来，柳琴已经下班回家，在厨房里煮面条。她穿着睡衣，脸虚白地肿着，最吓人的是她定定地看着半空中的眼神，好像魂给摄走了。凯文不敢造次，很快回到自己的房间，竖起耳朵听。厨房里除了炉里水沸腾的声音，忽然一声号哭，像受伤野兽的号叫，尖利得像石子划在玻璃上，然后又没有声音了。这边厢他心惊肉跳，过会儿又去厨房，柳琴在那里收拾冰箱，把那些剩下的橄榄酱、鱿鱼沙拉、羊乳奶酪一起扔进垃圾桶。

那几天的深夜，凯文常常半夜醒来，他觉得楼上传来压低的哭泣声，就那么轻轻一声，在静夜里传得格外远，只有他一个人听到。虽然事情照他预期的方向发展，他却没有一点快乐，相反他觉得自己变成了一个合谋者。

又过了一星期，星期五是出门的日子，凯文所在的公司每年这个时候去赌城拉斯维加斯搞团建。早上他收拾了行李准备出门，在客厅愕然看见左丽提着行李箱也要出门。“这个周末是CFA（特许金融分析师）年度培训，不能错过的，否则执照没了。”左丽说。

“去多久？”

“四天，周二回来，下周见。”左丽说。

凯文的心沉了又沉：走了两个，“白宫”就剩下柳琴。他打开大门让左丽先走，跟在后面拎着小行李箱迈出门，大门的自动锁在他身后咔嗒一声关上，那声音听来犹如一声巨响，诀别一样。

坐在飞机上，凯文心里升起莫名的不安，那个不安像空气里的灰尘，被吹开，又飘回来。他在“威尼斯人”酒店赌钱、吃自助餐、看脱衣舞表演时，这粒灰尘总是飘回到他眼前，让他心不在焉，抓心挠肝。晚上他们公司的一行人去赌“二十一点”，他盯着发牌员的一双手出神，完全忘记计算自己押牌的点数，发牌员用中文提醒“先生你押的牌已经爆了，超过二十一点了”，凯文才回过神来，木然地把面前的筹码都推到桌子中间，在同事愕然的眼神中起身离开。

熬到一天结束回到客房，他给新泽西家里打电话，没有人接。他等了两个小时，再打，还是没有人接。第二天早上一觉醒来，又继续往“白宫”拨电话，还是无果。那粒飞进他眼里的灰尘，已经变成他头顶上的乌云，完全把他笼罩。如果不是因为集体活动，他几乎想立刻改机票飞回新泽西。

他相信，在他和左丽出门的这几天，独自在泽西的公寓里，柳琴会走上绝路——凯文想象她就在厨房旁边凹处，那个圆形榫头上挂绳上吊。等到他回到家，打开前门，柳琴僵硬的身体将在拱门下悬空荡着，精致的头颅像折断的花蕾那样耷拉在细细的颈项上，一双赤脚已经惨白僵硬。不远处是一把椅子，椅子边的地板上落着她死前挣扎时踢掉的、在家穿的红绒拖鞋。站在这把椅子上，她踮起脚把打好结的尼龙绳套挂在榫头上，然后双手攀住绳子的下缘，使劲往下拽一拽，看看它能否吃重。检查满意后，她就把颈项套进尼龙绳，踢开椅子，奋力地往前一跃，像出茧的蝴蝶，飞身投入另外一个世界。一阵剧烈挣扎，几分钟，还是十几分钟？然后她的身体如同报时后的钟摆，静止下来。偶尔掀动那个身体的，是地板上的暖气口冲出的热气流……

这个景象让凯文恐慌。柳琴柔软小巧的身体、她活泼爱笑的脸，变成无物，一个空洞的无物，朝他这个罪人压下来。这是他所希望的结局吗？在那个致命的星期六的晚上，在他决定一不做二不休把安娜的电话原原本本汇报给她的时候，他心里不是有一丝快感的小火苗吗？在他夜里开车带柳琴去芮内公寓的时候，他不是很开心吗？“我爱她，我真的爱她吗？还是我就是想睡她？”

那个周末凯文反复地问自己。每问一次，他就鄙视自己一次。“哦上帝啊求你宽恕我的自私，惩罚我，不要降祸于柳琴！柳琴是这场游戏中最无辜的……”每想到这里，他心里便生出从未有过的情感——如果能让柳琴活下去，他愿意重新做人……

回程在底特律飞机场转机，有两个小时的等待时间。凯文心神不定地在候机大厅转来转去，走廊的尽头有一间祈祷室，厚重的黑漆门，上面写着“Prayer Room for All Faith”（“给所有信仰的祈祷室”）几个金字。如果没有这几个字，那扇门看着就像二十多天前芮内公寓的门。

他经过那扇门，又回头，如此反复，那扇门紧闭着。

他刚刚到美国时，曾经在留学生团契查经受洗，后来生活工作搞定了，去教会的心就淡了。他现在心里恐慌，为了柳琴，他愿意祷告。“我这种平时不去教堂的人，现在去向主求告，真的有用吗？”

机场的暖气开得很足，凯文觉得浑身燥热，心慌意乱，犹豫地往祈祷室走，等到祈祷室门口，看到那扇门紧闭着，他又松了一口气。没有必要这么恐慌吧？捉奸已经是闹剧，现在自杀？不至于吧！他站在祈祷室对面，中间隔着一条宽宽的甬道，甬道的地面是抛光的花岗岩铺就，人来人往，说话声、脚步声、行李在地上拖拽的声音汇合在一起，撞在光洁的地上引出几重回音。只有他和这扇大门是静止的，隔着一条永动的声音的河流。来往行人不时拿眼睛扫他一眼，又面无表情地走开了，凯文觉得自己就是一个透明的人，一个没有目的地的过客，想到这里他又恐慌——柳琴真的会走上绝路吗？这个问题又像轰炸机一样在他头上盘旋。

凯文胡思乱想，祈祷室的门打开了，走出一个一身黑衣的虔敬派犹太人，大胡子，鬓角的须发编了小辫子在窄脸两边垂下来。犹太人目光锐利，一眼就看到甬道对面站的凯文，他上下扫一眼，扭头走开。祈祷室的门大开着，里面没有窗户，一个封闭的空室，只有地上一个蒲团一样的垫子。凯文走了进去，顺手把门关上。

现在想想，凯文还真记不得他在祈祷室里做了什么，只记得自己跪了下去，闭上眼睛，默默地说：“主啊，你在吗？我是凯文……”

让柳琴平安活着，他愿意拿什么作交换？自己的事业？那时在纽约的小工作是他在美国安家落户的唯一资本，他不可能赌上这个。用他一生的幸福？他那时根本不知道什么是一生，也说不清什么是幸福——过了今天等明天，上班，领工资，先拿到工作签证，再办绿卡，周末吃顿好的，看两部毛片，日复一日，按部就班地生活，这是幸福吗？

人不能两次踏进同一条河流。近二十年过去了，现在，在帝国大厦顶楼，两杯鸡尾酒下肚，人醺醺然特别舒服，凯文把背脊朝皮沙发里挪了挪，往沙发深处陷得更深，他决定离开纽约前一定要去一趟泽西城。

第三天傍晚，他愣愣地站在“白宫”旧址前，眼前的一切是那么陌生：整个街区已经被推倒重建，取而代之的是一座二十层高的高级公寓小区，附带建有购物中心、健身房、寿司店、健康果汁店、饼屋、幼儿园。不远处是大通银行和高盛的泽西办公楼，是“9·11”双子楼遭恐袭后，这些华尔街大行为了降低纽约的密集度而新建的。西装革履的陆总站在那里，比他年轻十岁二十岁的人穿着鲜艳的紧身裤和丁字背心在路上跑步，紧致的脸上因为出汗在夕阳下闪着光。

不用说，柳琴没有投缳自尽。两天后凯文从拉斯维加斯赶回泽西的家，当他忧心忡忡打开前门，“白宫”里一切如旧，楼上柳琴的房间空空如也。好像失去等待的耐心，她终于离开，杳无踪迹。属于她的东西都被搬走，唯一留下的是那条垂地的白窗纱，在空荡荡的房间里，随着暖气口冲出的热风飘起，落下。厨房的电话旁留下一张字条和一张支票。“搬走了，去多伦多姐姐家，莫挂念。”支票是支付分摊的水电、电话费。“如果钱不够，请从分租定金里扣……也许将来还会在纽约或者别的地方再见，再见！”以后多年，每每看到亚洲女子，他会情不自禁地对比搜索，他一直期待着柳琴出现。

随着时间的流逝，凯文对柳琴的思念变得单纯，最后抽象成一道长长的看不见的丝线，它把过去的青春、现在的中年和未来的老年联系起来，也把他和这个世界上所有的人联系起来，摇动这一头，另一头会轻轻地震动……

凯文慢慢往前走，他仿佛听到从夕阳西下的天边传来的，一声比一声爆裂，疾雨一样的电吉他弹奏的前奏。它带出一个少年嘹亮的嘶吼声，伴着笑语、跺脚声、喝彩：

明天，明天我们会在哪里？明天我们会遇到谁？

啊新泽西！

带雀斑的鹦鹉螺

午饭过后，我坐在圣莫尼卡海滩的栈桥码头上，被大太阳晒得昏昏欲睡。我在等我的国内来的客人们从海滩上拍照回来，然后送他们去洛杉矶国际机场，赶下午四点直飞北京的飞机。六岁的小女儿珍妮在不远处跟一个小贩玩，那是一个常年在这里兜售贝壳的菲律宾人，她的那些漂亮的形状奇异的贝壳，对小孩子有无限吸引力。每次珍妮来这里，最后都会从菲律宾人那里买一两只贝壳回去，无论我怎么跟她解释都没有用。这些贝壳大部分是亚洲进口来的，根本不是加州的海里出产的。

果然二十分钟不到，珍妮就捏了两只贝壳过来，撒娇地挨着我坐下，头靠着我，把手里的新奇玩意儿给我看。一只是海胆壳，染成小女孩最喜欢的浅紫色；另一只是鹦鹉螺，手掌那么大，乳白色，从腹底部辐射出赤红色的生长纹。我扭头看看二十码外的菲律宾小贩，她讨好地冲我笑笑，晒得黧黑的密布着皱纹的胖脸上露出雪白的牙齿。这一会儿她的身边又围了四五个小童，在玩她背囊里的贝壳。

我取过珍妮手里的鹦鹉螺，问她知不知道鹦鹉螺是一个贪婪的捕猎者，以壳里的空室作增压舱，使自己像喷气机一样飞速扑向猎物。这么一说，珍妮反而更加好奇，她把玩着那只带珠光的螺壳，赞道："哇！我不知道这个贝壳这么厉害！还会扑杀别的海洋生物。买吧？爹地，给我买吧。就买这只！”

我接着科普："鹦鹉螺生有一根细管贯穿所有空室，细管可以输送气体，通过气体的调节，达到迅雷不及掩耳的速度，操纵身体飞快移动、沉浮，潜水艇就是学鹦鹉螺的这个原理。

“螺的身体住在外端的最大的空室里。除了这个，其他每一个壳室都充满氮气。每长一岁，鹦鹉螺周期性向外侧推进一层，它会在身体后方分泌碳酸钙和有机物，建起一个新的隔板，形成新一间空室。”

珍妮似懂非懂，忽然她打断我说："爸爸，你书房的书架上也有一只鹦鹉螺哎。你是不是也喜欢这种贝壳，自己买了偷偷地玩？”

“爸爸为什么要偷偷地玩呢？你什么时候看过爸爸玩贝壳啦？”我故意绕她。但是小家伙很精明，不上当，她转回到“买”这个话题上，身体贴着我更近，让我拿零钱出来付账。她的涂了防晒霜的温热的身体，小腿上还粘着一层刚才在沙滩上跑过带下来的细沙，在我身上蹭着，小狗一样。“好吧好吧，多少钱？二十五美金？开什么玩笑？你跟她说爸爸只有二十块钱现金。那个海胆壳就不许再买了，你可以自己把家里那几只白色的海胆壳用颜料染色，想染什么颜色染什么……”我絮絮叨叨地说着，一边掏钱包。珍妮接过美金快乐地跑开了。

炎热的海风吹来，国内来的客人们穿着从奥特莱斯新买的名牌，站在椰子树下拍照，中年女人们撑起彩色的遮阳伞。我估计过不了几分钟他们就受不了大太阳，要回到车里。我起身把珍妮叫回来，准备出发。

七月和八月是国内游客来洛杉矶最频繁的季节，送孩子上暑期班，看学校，买房子。一般都是我老婆来招待这些客户，她最近回广州看年迈的父母，所以我替她接待。所谓招待，也就是安排公司的人接机、送酒店，在他们离开前请他们吃一顿饭，然后送他们去机场离开。我老婆两年前和一个律师合开了一家房地产经纪公司，以中国大陆移民为对象，留学、移民、地产一条龙服务，她是这条龙的地产部分。我的正经工作，是“天才教育”这个公司的亚洲市场开发主管，我已经做了整整十年。

从圣莫尼卡海滩出发往东行，横跨内华达赤红色的沙漠，翻过白雪皑皑的落基山脉，穿过中部那些有着奇怪名字的大平原州，一直到达纽约，然后沿大西洋的海岸线往北开车一个小时，就到达一个叫布里奇波特的城市。在那里我平生第一次收到一只作为礼物的鹦鹉螺，带雀斑的鹦鹉螺。它珠灰色带条纹的外壳上密布着深橘色的斑点，有的地方密集，有的地方只有几粒，像是雀斑，这些雀斑组成星云一样的形状。送礼物的人，也叫珍妮。那是我生命里第一个珍妮。那里，那个珍妮，是我的美国往事。

那只鹦鹉螺，此刻被丢在家里的多宝阁上，跟客户送的紫砂茶壶、苏州双面绣的猫咪图、无锡泥人、南京雨花石等等标准国货礼品一起，在红木架子上收集灰尘，已经被遗忘，连家里的两个小姑娘都不要玩这些过时的东西。鹦鹉螺在束之高阁前，曾被我很多次珍爱地托在手掌上，看它映出柔和美丽的五彩。

现在女儿提起，它的故事我立刻想起，在那柔和的光泽里我曾经生出许多白日梦，就像十一年前我第一次看到珍妮赤裸的白色身体——从肩到后背上的雀斑组成星图的形状，蜿蜒撒在腰上；浅金色的头发垂下来打着卷，像鹦鹉螺穿行在深海水中带起的泡沫。白色小小乳房慢慢扫过我的身体，停留在我的下腹部。我心甘情愿成为珍妮的猎物，珍妮是我的天堂。在珍妮家宅子后面空置的卧室里，拱顶大窗照进正午的日光，二十七岁的我忠实地贡献自己的身体，在二十分钟之内，撩逗，诱惑，喷勃发力，完成使命，一次又一次。

每一次的到达都并非易事，我在学校午饭后的自由时间冲出来，紧张、害怕、激动和春心荡漾得几乎看不清红绿灯。开着我的那辆三年新的两门福特车，驱车十五分钟，穿过下城海边最拥堵的正午，左冲右突，离路边太阳伞下优雅坐着享用午餐的退休老人和家庭妇女只有一尺之遥。我是一只激素高涨的雄峰，急急地把事办了，原路返回，被正在喝咖啡、吃餐后点心的人再骂一次。回到学校前以艾伦家族名字命名的停车场，紧急刹车声跟午休结束的铃声同时响起。跟随着偷偷吸烟，在路边花坛里压灭烟蒂的十二年级男生一起，步入杰斐逊总统名字命名的布里奇波特公立高中的大门，我这个偷情的衣冠禽兽，变成校长助理，模范教师。

那些在停车场边看我来去的高中男生，他们一定注意到我去时的慌张，回来时的轻松快乐。观察教师的一言一行是学生课程的必修部分，虽然成绩单上没有学分。他们做梦都想不到，那些写在男厕所隔间上的下流话所言不虚，性感的珍妮小姐的体味，就在我的指尖上，嘴唇上，脸上和裤链拉锁后的管道上。所有笑话都有真实，荤笑话也不例外。

那座海边潮前街的房子，现在已经拍卖，推倒了重建，买家是纽约来的阔佬，对冲基金操盘手，带着他的北欧风的新娘、两个金发的小小孩。他们的跑车抛锚在95号公路这最穷的一段，这对神仙璧人才会走上那段荒芜的海滩。由飓风桑迪的大风大浪堆出的海滩上的沙丘，埋没一个夏天后丢在沙滩上的塑料椅子、破裂的遮阳伞，像巨人弃下的沙盘，爬满了粉红多刺的沙滩玫瑰。这种原生在亚洲的玫瑰灌木，无论春夏，永远开满粉红色的花，花盘上打着褶儿，衬着椭圆形油绿的叶子，几百朵几千朵，此起彼伏地开着，让你目不暇接。这种野生玫瑰貌似柔弱，起先是一棵，一个季节下来它飞快地开枝散叶，爬满整个沙丘，然后再向海滩延伸，寻找下一个可以攀缘的目标。

推倒旧屋的推土机，花了整整一星期，才清理了后院沙土里的沙滩玫瑰。那些玫瑰，曾经爬在二楼的窗外，那是珍妮床边的落地窗，从那里可以听到为花而来的蜜蜂撞在窗玻璃上，叮的一声。而我的蜜蜂，撞在珍妮的身体里，那里窄暗温湿，直到我的刺命中她，她在闪电一样的抽搐后长叹一声。珍妮，我的珍妮，像一朵受热后绽放的百合花。她在狂风暴雨后更加娇艳，而我，完成使命，变身回那个百无聊赖的留学生，大龄青年，返身回到我教课的杰斐逊中学。

艾伦和珍妮的家，占据布里奇波特海岸线上最好的位置，距离公立中学不过六英里的路。那是艾伦的曾祖父——本地最大的捕鱼船船主建的，高大的红杉木屋。鱼鳞一样的带着香气的红杉木板贴满屋子的外墙，那是我们闽南香樟木的奇妙味道，植物的香里带着杀虫的毒味儿。楠塔基特岛式样、防飓风功用的低垂的屋檐，完全遮住门楣，好像珍妮初次见我时欲说还休的微合的眼帘。

布里奇波特市，康涅狄格州最穷的市，百分之三十的人口靠政府救济，公立学校百分之七十六的学生拿政府的午餐资助吃饭，据说百分之八十的学生周一上学时是饿着肚子走上校车的。这块鸟不拉屎的穷州，民主党的票仓，很难想象它在三十年前也阔过。这儿有海军基地、潜水艇工厂，深水的布里奇波特港是波士顿和纽约之间最大的港口。港口废弃的码头、长长的长满青苔的防风堤、潮前街已经破败的游艇俱乐部和左近的大屋豪宅，见证着昨日繁荣。艾伦，这个布里奇波特最后的莫西干人，他从香港带回珍妮时，已经整整五十岁了。

我从耶鲁大学历史系硕士毕业后，拿毕业劳工实习的机会晃了一年还是找不到工作，最后落脚在本地高中教历史和英语，因为他们愿意给我办工作签证和绿卡，因为我的硕士学位，还走杰出人才的绿色通道呢。我的职责除了教历史和英语，还包括随时替补代课，补上随时出现的辞职的教师之缺。这样三年后我就被提升到校长助理。不是我的能力强，而是我是唯一的人选，在副校长突然因偷窃学生家长联谊会会费而被学校起诉的情况下，任何一个简历清白又能出满勤的教师都是理想人选，更何况我还有藤校的学位。

第一次见到珍妮，先看到的是她的背影，长腿细腰，浅金色的长发，用普通的橡皮筋扎成一个马尾，那么多头发，重得压在脑勺低处，随着轻快的脚步在笔直的背上微微抖动，好像活了。转过脸来却是亚洲人的满月脸、深棕色的杏仁眼，一颦一笑就是一个中国女子，变魔术一样。珍妮这个转身动作我永远记得，即使认识她很久以后，每一次她背过身去再转回身，我都像第一次见到那样心里微微一惊，好像眼见“大变活人”的节目，从一个人里变出另一个人。同魔术师从帽子里变出白兔，手绢里变出鸽子一个道理，珍妮从白人的身体里变出一个华人。在高中一楼被日光灯照亮的走廊里，在一群吵闹多话、叽叽喳喳的女生中，个子小小的她并没有什么不同，只有等到她开口，吸烟多年后粗糙的嗓音立刻显出她的年龄，她是另外一个世界的成熟女人。

珍妮是中国人，第一次见到我时她就这么说。她在南加州洛杉矶郊区阿纳海姆的亚裔社区长大。

珍妮在加州大学伯克利分校毕业，本科学的是政治学，为了就业方便早早考了一个教师资格，但一次都没有用过她就去东南亚寻根，在越南和缅甸参加了几年和平队教英文。结识因商务出差的律师艾伦时，她已经在中国香港的加拿大国际学校工作了好些年。艾伦初次落地香港，在尖沙咀洲际酒店的酒吧里他是呆头呆脑的美国校友，第四杯金酒加汤力水后，艾伦和珍妮已经在回客房的走廊里拥吻，珍妮的舌头在艾伦的嘴里不停地娇声拒绝着，像一个学语的婴儿。他勉强掏出门卡打开房门的一刻，珍妮已经在门外睡着了，那一晚，艾伦在地毯上陪她坐了一夜，听着她轻微的鼻鼾，外面维多利亚港的灯火彻夜通明。艾伦有时差，睡不着，也不好意思趁人之睡硬上。但这一夜，却使他爱上眼前这个和衣熟睡的女人。一夜情变成爱怜，因为觉得她的睡相像婴儿。

比喻是危险的。珍妮的娇憨随性是她的武器，她的性感像女子私立学校的校服百褶裙的内里，外面看不出，一旦裙子穿上走动起来，那鲜红的裙褶就会像折扇一样打开，时不时闪瞎你。你想盯住多看一会儿，它又折扇一样收起来，没有了，虚虚实实。艾伦一个月以后跟珍妮求婚，一年后他们回到美国东岸，就这样，布里奇波特的公立中学里来了最性感的代课老师。学校男厕所的墙上都是她的名字，我看到。

我真正跟珍妮接触时已经到年末了。在图书馆二楼，一排排的藏书架高出我们的头顶，像掩体一样。她穿着麂皮长筒靴，枣红色的短大衣上黑色双排纽扣大得像牛眼。珍妮为学校十一年级学生组织一个多媒体项目，春季学期开始。这时她约我教的英文班的学生来座谈，提建议。学生们散了以后，我跟珍妮聊天。这时我得以近距离细看她。其实她比高中女生丰满很多，肩膀和胳膊都很厚实，只是骨架小，乍一看不觉得。她一头精心打理的金发，经过高光上色，定期染过，发根没有一点深色头发的痕迹，这是她最大的开销——每三个星期就要去做一次发根点染处理。当时我惊讶于那些完美到非自然的金色给她的圆脸添上的异国色彩，她好像日本动漫里走出的仙女。我可以想象她带给艾伦的惊艳。

珍妮的英文，带着跟我不一样的口音，亚裔家庭长大的孩子，从学校、华人社区、教会一路上来，她讲英语的口音比我更重，说话的节奏像外国人，唱歌似的。她在亚洲这些年的漂泊，冲淡了她的美国口音，我一边听她说话，一边想象她上课的情景。这口音不定得把那些布里奇波特的土著高中生惹得什么样，他们肯定觉得她更加“萌”。我们站的书架边有一扇落地窗，外面天色阴沉，已经开始飘下雪花，我们四目相对，她的嘴唇微微张开，露出洁白的贝齿。上唇是薄薄的一线，下嘴唇比上唇更饱满，一轮月弧的形状。

说着她突然停下来，问我讲不讲粤语，我说不懂。她又问我怎么到美国的，我用普通话回答：“坐船过来的啦。”她笑了，知道我在开玩笑，因为美国把非法移民都叫“刚下偷渡船的”。她放松下来，英语转成普通话，语速很慢，她睁大眼睛，一个字一个字往外蹦：“我可以说普通话，我妈妈爸爸都是越南华人，姓阮，他们才是坐船过来的。我的名字叫华莲，阮华莲。”那神情像小孩子在牙牙学语，说完她明显松了一口气，又转成英语。

她一边跟我说话，一边下意识地摸着窗户，楼里已经通暖气了，她的手心贴着冰凉的玻璃，留下一个一个的手印，在玻璃窗上出现又消失。窗外是初冬的景象，三点钟已经暮色四合，金红色的余晖把落叶已尽的树枝照成金色，楼前的停车场上汽车寥寥可数，让巨大的停车场忽然曲尽人散似的寂寥起来，远处的海港，深灰色的大海从图书馆二楼看过去清晰可见，天的东北角一颗星星亮着，长庚星。

珍妮组织的多媒体项目是跟本地电视台一起搞的，叫作“青少年内心独白”。艾伦的律师事务所赞助费用，多种族多元文化的高中生开口畅谈福利制度、教育改革、青少年早孕这些民主党票仓固定的话题。在这个全州获得社会福利救济最多的城市，这些话所有布里奇波特的居民都耳熟能详，刚才经由这些高中生和珍妮的口又重复一遍，我听着觉得心里烦躁，忍不住说："布里奇波特拿了政府救济这么多年，也没好过，现在改变政策，减税，支持经济发展有什么不好呢？"

书架后面有两个学生，是刚才座谈的那伙人中的，他们在朝珍妮这边看着，显然在偷听。

然后话题转到正在进行的全球反恐战争。我的爱国好战的政治兴趣彻底暴露。我的声音随着观点一起变高，因为珍妮那副加利福尼亚和平主义的腔调激怒了我。连我最讨厌的小布什总统的单边行动计划，此时都变成这个美利坚继母柔软的下腹部，需要动用航母舰队千里迢迢去保护。珍妮打量着我，眼睛里闪过一丝嘲讽，伯克利的自由主义教育像潜伏的酵母一样在她身体里起作用了。她嘴角只稍稍变换角度，笑就变成揶揄。

"布里奇波特的退伍军人礼堂是我们毕业生每年举行毕业典礼的地方。这里的居民很爱国，国家需要我们去打仗，我们就会应征参战。在国家安全受到威胁下的本能的爱国心，是我们在公立学校一起长大起来的人从小就有的。"我越说越激动，最后一句已经不是真话了。我根本没有在青春期经历过布里奇波特公立学校的丛林政治。我的小学、初中和高中都是在北京的重点学校上的，母校四中建有联合国教科文组织赞助的温水室内游泳池，北京高中里独一份的豪华设备，四中操场上每天早上的升旗仪式在我到美国很久以后都会梦到，它们组成我的潜意识。

那时正是第二次伊拉克战争美国节节胜利的高潮，布里奇波特出征的士兵乘坐的装甲车被路边的炸弹炸翻，他光荣牺牲，成为整个康州第一个烈士。州长宣布本地十六所小学中的一所以他的名字命名。第二个壮烈牺牲者的消息传来，他是另外一个镇的居民，那个镇的主街改成他的名字，布里奇波特天主教社区的红衣主教亲自主持命名仪式。到后来第三个、第四个、第五个为伊战献身的战士的名字出现时，大家在电视新闻声里忙着准备晚饭吃的意面肉酱，已经没太在意。

“人人都去做的事，就是对的吗？你肯定听说过‘多数人的暴政’吧？”她轻轻说，扬脸端详我，然后伸手掸去我肩膀上的一抹墙灰，妩媚地一笑，问，“下楼喝咖啡？”我的爱国思路终止，我像一个傻子一样跟在她后面，走出图书馆，去一楼教室休息室外的自动售货机边买咖啡。

珍妮邀请我去他们家的圣诞前的聚会，同去的还有其他的教师，连带几个准备跟她做节目的高年级学生。那座海边的大宅，客厅可以容下至少五十个人。前厅入口处胡桃木雕花护墙板把屋里的光线搞得很暗，黑白大理石地砖像黑帮电影里的。我这才注意到艾伦的姓是意大利文，法比欧茨，他沉重的眼帘、黧黑的肤色、贴头皮的鬈发这些拉丁血统特色也就可以理解了。像所有富家子弟一样，艾伦高大帅气，一走进屋就好像吸走屋里空气中所有的氧气，让我觉得窒息。

艾伦看所有的东西、人，都有一种视而不见的淡漠。不是他看不见或者看不上，是看得太多了，一秒钟之后他就厌倦了。包括他看珍妮都是这种懒洋洋的派头。艾伦视而不见的目光，配上他褪色的蓝灰色眸子，跟他鬓角的发根颜色一样，跟大屋昏暗的光线很搭。图书馆墙上挂着祖辈打猎留下的鹿头，地上昂贵的花纹繁复的地毯也是褪了色的金红色，像是永远的夕照。

聚会时艾伦手里的酒杯基本没有放下过，我看到他的时候，他都在默默地喝酒。晚饭后珍妮递给他一把班卓琴，艾伦就放下酒杯接过琴开始唱。琴声悠扬又伤感，我仿佛看到阿巴拉契亚延绵的山岭、空无一人的大河，一只山鹰在天高地远处独自飞着。艾伦唱到动情处向上仰起头，露出长长的颈项和上下滑动的喉结，颈子上的皮肉松垂，像是被拔了毛等着引刀宰杀的鸡。墙上油画肖像中的是艾伦的祖辈，如果地下有知，他们一定也会跟着眯起棕黄色玻璃一样的眼睛，仰起皮垂肉挂的脖子加入艾伦的合唱。唱完他又收起颈子低头喝酒。

艾伦叫自己老嬉皮士，他的法学学士学位，也是为了捍卫民权、改变世界而读的，他一边喝酒一边对我们解释。我一直想问他从哪里学会弹班卓琴、唱蓝草的。嬉皮士运动？艾伦的年龄算起来比嬉皮士运动晚了整整十年。但艾伦醉醺醺的，已经没有心思答话。他是那种文醉，酒精在身体里越多他就越安静，不哭不闹也不聒噪，就是独自坐一边喝得两个眼睛像浑浊的玻璃球。抚琴高歌是他唯一的酒醉表现。

艾伦引吭高歌时，珍妮就在客人中间提着一瓶红酒四处倒酒。她的手粗糙有力，指甲上刷了深红色的指甲油，越发显出关节和手指很壮，好像做体力活的手。她小时候拿过南加州的公立初中少年组网球冠军，这也解释了她脸上阳光暴晒后过早出现的眼角纹，在我贴近她的脸的时候看，它们好像写在皮肤上的字，面霜下的情书。珍妮身着白色的毛衣，下身穿着圣诞时喜庆的毛呢格子宽褶短裙，短裙在胯侧有裂口，用金色的大别针别着，露出里面穿着黑色长袜的大腿。珍妮喜欢往女学生校服的路子上打扮，永远是那么诱惑好看。

我跟珍妮开始好的时候已经是第二个学期了。那是教师休息室里匆忙的接吻。珍妮把门带上，隔断走廊里的喧哗与骚动，教师休息室是中年人的景观：陈旧的地毯，刷成浅蓝色的墙壁上的裂纹在修补后隐隐约约。但是珍妮急促湿润柔软的吻，将门外的青春带进来，不可阻挡地把我裹挟进二次元。

为了节省时间，中午我飞车到达她家，在我停车从侧门走进时，她已经脱了衣服，像一团白色的星云站在楼梯的拐角等我。刚刚过了正午的太阳从走廊那头的窗里照进来，在地上拖出一个金色的长方形，珍妮像女巫或者仙女，对地板上那个长方形施了魔咒，等待我这个猎物走进去，然后我抱起化身裸女的女巫，贡献出我年轻的身体。

最好的爱，都是最后一次，最好的性都是偷来的，最甜的苹果，是夏娃被蛇引导，摘下的那个禁果，然后人类就开始了。在珍妮之后，我睡过的所有的女人都是珍妮，连床铺，房间的摆设，微微合拢的窗帘间露出的外面的天光云影，到达后的震颤和脸上兴奋后的潮红都是一模一样，一切都是重复，但是我心甘情愿。

“亲爱的，到点了，你得回去上课啦！”珍妮总是这样提醒我，眼睛看着床头柜上黑色的闹钟。她精确管理，像负责打卡的人事处经理一样管理着我们的恋情。每次她来学校代课的时候，我在走廊里遇到她，她的轻快脚步、会意克制的眼神，让我联想到她小小的身体里还藏有多少欲说还休的秘密。我是她的第几个男朋友？哦我不在乎，我愿成为女神献祭的祭品，毫不犹豫跳进火山。阿富汗和伊拉克的战火从电视新闻间隙传过来，已经不再是头条新闻。但是战争似乎是我们一对人的恋情的注解，我是多么骄傲，能在这个时刻与珍妮的人生联系起来：午间休息的狂奔，偷来的约会，在体温和香水、口香糖的甜味里撞击着的我们的身体，两只春夏的阳光雨露下拼命交配的蜗牛。我的每一盎司的力气，我的每一分青春，随着汗水从毛孔里喷薄而出。如果我是一只有丝分裂的阿米巴单细胞体，珍妮就是我前世分裂出的另一半，现在我拼命地想把她拽回我的身体，与我的身体会合，嵌进来回到我的肋骨，回到伊甸园之中，成为最好的一切，永远不要离开。

这就是我的信里写过的梦想，很多很多未发出的信，恳求珍妮离开艾伦，求她离婚，跟我一起生活，光明正大地生活。在课间人来人往，几百双耐克运动鞋在油布楼层的地面上踩得山响时，在体育馆臭汗淋漓的各种肤色的男孩子中，在黑板上书写莫比·迪克的经典句子时，我心不在焉，我总想着珍妮，我永远在给她写着一封封长长的信。生物课上用显微镜看长岛内湾的海水生物，那镜头下密密麻麻的微生物，像找不到北的精虫一样原地漂移，那就是我——一只寻不到母体甬道、漂泊在外随时灭亡的精虫，每一分钟不跟珍妮在一起都是浪费生命，我就是为那午间二十分钟的幽会活着。

但是我不甘心只做一只精虫，我希望得到更多。偶尔看到艾伦来学校我会心烦意乱，比如三月大学生篮球冠军赛的那一周，那年康州州立大学男队和女队同时进入冠军赛，全州都闻风而动，人们疯了一样晚上在酒吧里泡着看电视转播。有天下午我看见放学后艾伦开着跑车来，珍妮在女生厕所里换上裙子，款款地走进车里，显然他们是要去朋友家聚会喝酒看球。妒火中烧的我为了目送那辆白色的跑车离开一直爬到学校的五层楼顶，爬上楼顶时只看到一道白色的车影在尘土飞扬的路上绝尘而去，路边的林荫树没有发芽，枝节光秃。我气喘吁吁地站在那里，近旁是生锈的大楼通风设备，一米多高巨大的排风扇发出单音节的合唱，我是被珍妮遗弃的孤儿。

我给珍妮的情书就是这么开始写的，一半是狂热暴力的性，充满我们做爱时的细节和对下次做爱的期待，另一半是因为孤独而起的自怜、怨恨，年轻怨妇一样的口气。这些信，写在从高中文具部顺来的黄色条纹笔记本上，这些爱情和欲望的一千零一夜，从来没有寄出，它们的使命是帮我度过每一个失眠手淫的夜晚，直到明天的开始。一旦写完，它们都知趣地化成我那个公寓卧室壁炉里小小的火苗，在轰然点着的一秒钟后，火焰拥抱黄色条纹笔记纸，猛烈地揉搓，纸上那些中英文混杂的幽怨的字句，在橘红色的热度中翻转叹息，下一秒散发出油墨烧焦后的气味，就这样飞快地结束我写信的夜晚。

珍妮并没有想把我们的关系向前推进一步的意思。她不理解我的烦躁、我的失眠，也不理解我因爱而生的恨，就像帝王不理解送去活火山口献祭的处女。

“我警告你，在学校千万不能碰我的身体！”珍妮有次在教师休息室严厉地对我说。她的眼神里的紧张、惊恐让我很生气。

“我有吗?！我没有公开场合动手动脚的习惯。”我压低声音抗议，一面紧盯着她的脸，她的一对红唇让我想入非非。

“有的，刚才在走廊里，你差点就摸我屁股了。你不要以为高中生混沌，其实这帮孩子什么都看在眼里。”她厉声说，眼睛盯着我，然后转脸，看着窗外。我们一起望着窗外，中午碧空如洗，五月的柔风下树上嫩绿的叶子轻轻拂动，等她离开我一定要把窗户打开来，透透空气，休息室里有一股经冬不散的霉味儿。

“我们以前在这里接吻呢！谁也没有看到！”我喃喃地说。

“以前是以前，以前什么都没有发生！现在不同了。现在那扇门就随时会有人进来，你最好站得离我远点……”她还是那么严厉。

“我偏不！你最好离婚！我恨这么偷偷摸摸了！睡半个小时回来教化学，教元素周期表。”我不想退后一步，反倒向她站近一大步，把她吓了一跳。这些坦白的话一出口也把我给惊到了，这算求婚吗？

她望着我，眼里的迟疑和惊恐让我害怕，也让我羞耻。我突然被激怒，一不做二不休地逼宫：“艾伦知道吗？他注意到你的不同吗？要是我们被发现你打算怎么办？”

“我能怎么办？他是我丈夫，我们有一纸婚约啊！”她把额前的头发掠到耳朵后，露出的整个脸盘，圆里带方的脸型，严肃到狰狞。

“哦伯克利教你的女权主义原来就是这么说说而已，你害怕了？怕被抓到送去骑木马。”我残忍地讽刺她，满意地看着她惊愕中受伤的表情。

这时休息室的门打开了，安娜·安德森，一个九年级的历史老师推门进来。她飞快地打量一眼我和珍妮，然后说“我就是想进来拿点东西，算了，一会儿再回来，也快上课了”，说着反身而出。我和珍妮在她后面几乎异口同声地请安娜回来：“我们在说伊拉克战事呢，布什总统不是说尽快撤兵吗？”国际风云掩饰下的婚外情疑云从休息室打开的门飘到走廊上，路过的学生笑嘻嘻地往里张望。珍妮狠狠白了我一眼，说马上得给十年级上代数课，立刻走了出去，顺手把门关上。

留下我一个人在休息室里，我走到窗前。那天我下午的课得两点才开始，“十六世纪宗教改革时期的欧洲”。我拼命想推开窗户，但是窗户怎么都打不开，我弯腰去查看窗下的开窗机关，才发现是锁死的。我在窗前站直了，五月的太阳光照到我的脸上。窗户上装饰用的内嵌窗棂，横七竖八地在眼前呈网格状，像铁牢里的栅栏，把我困在牢里面，外面是蓝天白云，云淡风轻的自由世界，生机无限。

但是我离不开这个地方，即便我能下狠心壮士断臂离开珍妮，我也离不开布里奇波特高中，我面临一个移民法上的难题：正在办绿卡，劳工卡办下来前我是不能离开原雇主的，否则这张绿卡申请就作废了。移民局会把绿卡申请的通知一式两份地寄到雇主那里，在拿到劳工卡的那一步后，我的职业才能变动，否则我的绿卡就完了。

此时是五月末，我开始发愁：夏天的生活费哪里来，到哪里去谋一个暑期工作呢？巴尔的摩的霍普金斯大学经营的“天才高中生夏令营”紧急招文史类讲员，但是我的劳工卡能在六月底开营前发下来吗？或者我根本不管那么多，就填自己可以合法工作，反正他们也不会到移民局查的，我银行卡、社会安全号码，一应俱全，貌似是枚合格的美利坚合众国预备公民，怕什么呢？我想想还是心虚。

我决定赌一把，上班那天没准船到桥头自然直，真要是查出来大不了不去上班。招聘启事上要求研究生学历和大学教学经验，我的耶鲁文凭绝对可以通吃。果然不出所料，在纽约曼哈顿面试时，主管人文社会科学的某博士说耶鲁历史系毕业的人才对夏令营来说难得一见，他们真诚愿意为我开先例，如果立刻应聘，我还可以拿五百美元的红包，条件是我答应教满夏天两期，整整七个星期。我毫不犹豫就同意了。那七个星期的薪水，抵得上我半年的工资，何乐不为？他问我对校园有什么要求。“天才高中生夏令营”是全国连锁的教育机构，营址遍布美国各大大学校园。我挑中了洛杉矶的长滩分校。我想离开东岸，越远越好。洛杉矶，那不是珍妮的家乡吗？我心里一面气恨恨地想，一面缠绵悱恻地幻想着偶遇珍妮。暑假开始时他们两口子会回加州度假，看望她的父母。

学期结束前两个星期是高中生的标准考试周。除了监考外，那两周我有大把的时间跟珍妮约会。珍妮心思不在我身上，艾伦酗酒还赌博，她对艾伦的担心远远超过对我的兴趣。我不知道怎么样才能说服珍妮，让她离开艾伦，跟我结婚。每一次我开口，我都会走神儿，想到那张悬而未决的劳工卡，它什么时候能寄到？这么一担心，我的心思就散了。我草草跟珍妮提到我的暑期工作，她心不在焉地听着，一句都没有多问，甚至我提到夏令营的校园在加州大学长滩分校时，她也无动于衷，让我很失望。我知道她在担心艾伦，艾伦酗酒驾车，最近一次他醉得不省人事，把车停在高速公路的紧急车道上。路过的车起疑，打911报警，他才被发现，被警察叫了救护车从高速公路上撤下来，付了高额罚金，并找了家庭医生写了身体健康原因的证明，才没有被起诉酒驾罪，罚款了事。

珍妮没有以前那么开心，她心事重重。但是，我跟珍妮在一起的时间是用分钟计算的，在她对我厌倦前，我什么都不介意。初夏的阴天是最好的时候，天气不热，我们把窗户打开，海上的长风可以吹进屋里。海上偶尔经过的运油轮从纽黑文的原油码头出来，途经这里总是长长地鸣笛，忧郁的船笛声里我仿佛听到造物主的声音，那个永不停息的生命的恒动从珍妮心事重重的眼神里传给躁动不安的我。海鸥在屋顶盘旋鸣叫，好像它们一直在高处看着窗里大床上这两个赤身裸体的人，我把手按在珍妮温暖的肚皮上，心里发誓说，无论如何，你的第一个孩子必须是我的。珍妮好像看穿我的心思，她幽幽地说："幸好心思不会让女人怀孕，否则我们这么做法，怀孕十次都有了！"

"那我愿意！十个我都养了！"

她用手指敲打我的鼻尖，说："哎你看看我，好好看看，我连一条金鱼都不养，别说养孩子了。况且我对孩子没有那么狂热，我家有兄弟姐妹六个，我是第四个孩子，最被父母忽略的那一个。"

"我是独生子哎，我就想有兄弟姐妹，我们俩可以换换位置就好啦！"

"我知道，我知道，中国实行计划生育。"她脸上又浮出一丝揶揄的笑。

珍妮，嫁给我吧，给我生一个孩子，我保证爱你一生一世。

这句在信里重复了千百遍的话，现在当着珍妮的面我却说不出口。

我到底拿什么来保证她的幸福呢？我的劳工卡都还没下来。

珍妮忽然跳下床，说："你等等，我给你一个礼物。"然后她跑出房间，一会儿就听到她赤脚下楼的脚步声，然后这脚步声又自远至近地回到二楼。她手里拿着一个纸盒子进来，跳到床上，把它递给我，示意我打开。我迟疑，问："到底是什么？不会是里面装着一个小婴儿吧？那才是我最想要的礼物。"珍妮扑哧一声笑了，爱娇地打我一下。

盒子里是一个鹦鹉螺。"这是我们在夏威夷度假时带回来的，送给你。"

"你在沙滩上捡的？"我问。

"怎么可能捡的！傻子！鹦鹉螺是深海贝壳。我在洛杉矶机场的礼品店里买的。"

鹦鹉螺，光滑如圆盘，壳上密集的橘色生长纹像太阳光芒一样从腹心射出，等角螺线的外壳曲线近于完美，沿中轴线切开，露出鹦鹉螺内部一个一个由小至大排列又隔绝的独立空室，我们一起数了数手里这只鹦鹉螺，它有近二十个空室。

"螺的身体住在外端最大的空室里。除了这个，其他每一个壳室都充满氮气。每长一岁，鹦鹉螺周期性向外侧推进一层，它会在身体后方分泌碳酸钙和有机物，建起一个新的隔板，形成新一间空室。"珍妮给我科普。她告诉我鹦鹉螺的外壳等角线与黄金分割的关系。

鹦鹉螺是一个贪婪的捕猎者，以壳里的空室作增压舱，使自己像喷气机一样飞速扑向猎物。我手里这个闪着珍珠一样的光芒、精美脆弱的结构里暗藏捕杀的玄机。珍妮看出我的怨怼，她说："你到底要不要？喜欢不喜欢？”

嗯嗯，我点头。我把玩着手里这件美丽的鹦鹉螺，它的珠灰色带条纹的外壳上密布着深橘色的斑点，有的地方密集，有的地方只有几粒，像是雀斑，这些雀斑组成星云一样的形状。那层珠光在阴天的光下随着我双手的转动缓缓变幻，映出柔和美丽的五彩。我看得痴了，就像我第一次看到珍妮赤裸的白色身体——从肩到后背上的雀斑组成星图的形状，蜿蜒撒在腰上，浅金色的头发垂下来打着卷，像鹦鹉螺穿行在深海水中带起的泡沫。白色小小乳房慢慢扫过我的身体，停留在我的下腹部。我心甘情愿做珍妮的猎物，珍妮是我的天堂。

这只鹦鹉螺有告别礼物的意思吗？我不敢问。我赤身裸体地坐在床上，望着室内的陈设，直觉这是我最后一次来到这里，如果今天不是最后一次我们在一起幽会，也是最后几次之一。我低下头，我两腿之间的家伙，像一个酣战之后退休的士兵那样在黑色的毛发间沉睡。我把手里的鹦鹉螺放回盒子里，把纸盒照原样盖好，在床头柜上放妥了。

转身，我搂着珍妮，把身体的重量都压在她身上，用小腿把她的腿分开来，用脚背抵住，我想再来一次。想到这里我已经浑身发热，我的爱。在这个字前，我们平等，没有国籍，没有语言差异，人类因爱而永生，这是所有相爱的人应该履行的天赋使命，我的爱。

但是落幕的大结局却不是我想象的那样，剧本不照我的设计走。

学期结束学生放假后教职工还需多工作一天，名曰“教师技术培训”，其实就是一个学年结束的告别派对。珍妮并没有出现，当时同事不知就里，安德森小姐还半开玩笑地对我说："你怎么没跟她在一起呢？"珍妮家出事是过两天我在电视上看到的，艾伦因为酗酒误事遭客户起诉，拔出萝卜带出泥，调查人员调查他的酗酒时发现他挪用客户的信托账户资金，虽然金额不大，但艾伦身为一名律师知法犯法实属不该，最后庭外和解，艾伦被剥夺律师执业证书，吊销驾驶执照一年，强制戒酒，一夜间身败名裂。

艾伦在戒酒治疗所的治疗开始后一周七天都得去，为时三个月，不能缺席，以后每一个月再上一天课，定期心理评估连续九个月；做心理调整和疗效评估，所有费用六万美金，自付。驾照被吊销一年，这期间他不能自己开车，出入由珍妮做司机，去戒酒班上课都是珍妮在外面等着。艾伦和珍妮变成行动一致的连体人，她跟我约会不再可能。这是珍妮跟我最后一次见面时说的，她的加州之行当然也取消了。

那次见面只是午饭，利用艾伦在戒酒班上课的时间出来吃饭，在潮前街一个叫沙滩玫瑰的餐馆里。潮前街在过去半年中，在每周的几个中午是我争分夺秒飞车驰过的必经之路，现在失去天堂，轮到我坐进观众席里。这样的剧情突变，真是老天在跟我开玩笑。

中午这个时候出来吃饭的，除了家庭主妇，就是中老年人，尤其在酒吧喝酒的，非一天空闲，下午不用上班打卡的有闲阶层不可。我提前到达，喜不自禁地想象着珍妮的到来。我要说服她离开艾伦。

珍妮进门的时候，我几乎没认出来。她的一头金发剪掉了，变成齐耳短发，恢复原来的黑色，只有发梢末还有点原来的金色。她双目炯炯，比原来精神，但神色里多了一些警觉和凄凉。她坐下来，我注意到她戴了那副我送她的珠子耳环，那是我送过她的唯一的首饰。我的心里沉了又沉，帮她倒酒时我的眼泪都要下来了。告别的时刻要到了。

直到现在想起那天的午饭，我的脑海里都在一遍一遍地过着我对她说的话：珍妮，跟我走，离开艾伦，一切都不晚，我永远爱你，我们可以不要孩子，我听你的，但在这之前，你得跟我走，听从我的召唤。

珍妮比我大十岁。这是她那天告诉我的。她不想离开艾伦这条沉船，以后也许会，但是现在不可能，在艾伦最低谷的时候离开，她不是那种人。

“你是哪种人啊！你背着丈夫跟我睡觉你还把自己当全德贞妇啦？”我听见自己这么说，大声地喊出来，但是我跟珍妮已经隔着一道玻璃，她什么也没有听到，她低头拨弄盘子里的华道夫沙拉，取出蔬菜间的核桃仁，放进嘴里慢慢地嚼着，然后抬头对我笑笑。餐室里放着一首老布鲁斯歌，《夏天》……

Summer time, the living is easy,

（夏天日子，时光流水）

your daddy is rich and your ma's good looking,

（爸爸有钱，妈妈美）

so hush little baby don't you cry,

（哦小宝小宝你别哭）

until that day.

（直到那一天你会心碎）

只要她说一个“好”字，我就像得到整个大海。那个一眼望不到海岸线的大海，抵不上珍妮。

她听不到我的心事，慢慢说着以后艾伦的打算，他们计划重回亚洲。反正他在美国有犯罪记录了，也不能再从事律师行业，不如回到亚洲去，换一个世界，艾伦已经开始联系中国香港的律师事务所。

我到达加州开始上班的第一天，纽约法拉盛的移民律师给我电话，告诉我劳工卡批准了，然后他传真给我移民局的信还有劳工卡的证件号码，原件将用特快专递寄给我。那个夏天之后，我还是回到布里奇波特高中，继续教书育人。秋天开学，珍妮没有到学校来代课。同事们对她的去向说法不一，有说她搬回加州了，有说她随艾伦去了香港。又过了两年，在连续三个夏天的教书经历后，“天才夏令营”加州分公司正式给我全职聘书，我负责亚洲市场开发，这时整个中国的市场开始兴起了，加州密布着来自北京、上海、深圳的大中学生和他们陪读的家长，以及少数逃出来的贪官，跑路的中国民企商人。

我一直住在洛杉矶的长滩，没有换过地方，连手机号都没有换过。我找了女朋友，我们很快买房结婚，有了两个女儿，一个叫简妮，一个叫珍妮。但是我心里一直藏着一个希望，像锅炉下最小的火苗，我希望有一天手机响了，是珍妮来找我，或者在洛杉矶的街上，我会遇到她。随着时间推移，我很喜欢洛杉矶了，这是个流氓、骗子和天才云集的地方，它肮脏势利也生机勃勃，我这个普通人也可以在这里混饭吃。

八月底，暑期结束。我开车送最后一批客人，发现距圣莫尼卡沙滩的小码头不远的地方开了一家中东烧烤店。返程时我在那里吃了午饭，又买了晚饭打包出来。前面有一个三口之家，一对中国人模样的中年夫妻带着一个跟珍妮差不多大的女孩儿。女孩子在沙滩上捡贝壳玩，落在后面，她的爸爸妈妈不得不停下来，等她，催她快走，爸爸说的是普通话。那个女孩子长腿，齐耳短发，圆圆的脸，亚洲人的杏仁眼，特别好看。我盯着这个小美人胚子看，没有注意走在前面，那个母亲模样的人好奇地回头看了我两次，第二次才引起我的注意。我站定了，想把她的背影看个明白，他们三个匆匆走到路边停的车边，驾车离开。我的目光尾随，从车牌看是出租车公司的车，我猜他们是北京来的游客，在去洛杉矶国际机场的路上，顺道下高速来这个著名的沙滩拍照。我站在路边，车开过去时，我盯着前排驾驶副座上的女子看，那个侧颜在我眼前有一秒钟的定格，跟记忆中的某处重叠，然后飞快地消失。

我走进自己车里，启动发动机，也上路了。这一带的路沿着海，路是上坡，我踩紧油门加速往前走。从车里看到前面一半是海，一半是蓝天，路边是高大的椰子树分开了海与天。椰子树下面不远是白浪翻滚的礁石海滩，海面可以看到冲浪的人，在碧波巨浪间平稳地滑翔，被巨浪打下去以后，一会儿又浮上海面。想着刚才那个中年女子的侧影，一股奇异的暖流涌遍我的全身，好像过去十多年来又伤心又痛快的往事在一瞬间都来访问我的灵魂。

我心潮澎湃，又不知从何说起。路边有一处建立在峭壁上的观景区，我把车停下，从车里出来，站在峭壁边，面对浩瀚的太平洋，后面十几棵二十多米高的棕榈树洒下稀疏的影子，海浪拍岸砸出巨大的轰鸣声。洛杉矶的这一带海滩因为地形原因，浪特别大，是冲浪者的福地。

我忽然有一种轻松之感，多年背负的东西在刚才的那一会儿终于离开我了，不再纠缠。我低头看着脚下的峭壁，有十几米深，带着陡峭的坡度一直延伸到洋里。峭壁上一块被日晒雨淋剥落的小块岩石，脱离山体，从陡坡上滚下去，一路滚落到峭壁下带着白沫的海浪里，消失不见。随之离去的，还有我初到新大陆的青春岁月。

（发表于《北京文学》2019 年第 5 期，转载于《小说月报》2019 年第 6 期。）

蜜蜂

每次小欧看到妈妈拿出那个从沃尔玛买来的家庭理发盒子，他的心情就像等待行刑的囚犯。他妈妈会笑眯眯地帮他在脖子上系好浴巾，说："几分钟就好。"

小欧坐在凳子上，微微欠着腰，就着妈妈的高度。他已经长到一米七六，但一坐到理发的凳子上就好像退回到十几年前的婴儿时代。妈妈凑近的额头上垂下被剪得参差不齐的前刘海，前刘海下的脸皮肤粗糙暗淡，眼角有鱼尾纹。小欧欲哭无泪——几分钟后他脸部所有的缺点将更突出，青春痘更醒目，眼睛更小，眼皮更重。

今天来查经班前又经历了这种"几分钟就好"的刑罚。小欧戴着棒球帽，顺从地跟在他妈妈身后走，他们一前一后走在"希望"教会的走廊里，来参加复活节前的受洗课。

教会走廊里沿墙一排衣服架，上面零星挂着几件冬天的外套——大衣，还有四五岁大的小孩子的彩色羽绒服，不知道是谁的。穿了这种冬服来，回去的时候忘记再穿上，难道不冷吗？冷了以后不会注意到外套没有穿上吗？这些衣服似乎永远挂在那里，连气味都跟教堂一体。走廊里除了衣架没有别的，墙上贴着橡木护墙板，陈旧的橡木黄中带着黑色的纹路，粗糙得像砂纸，黄色的木质看上去又旧又脏，好像经过许多手百般触摸。他每次看到心里都沉一沉，他不喜欢橡木做的任何东西，对橡木的厌恶是从他家吃饭的桌子开始的。那时父亲还没有去亚洲，全家吃饭时父母争吵，小欧就低下头盯着桌面看，全神贯注，这样自己就听不到大人越来越高的声音。没有铺桌布的橡木桌面上，焦黄色的黑纹特别明显，像结痂的伤口，又像洗不掉的污渍，密密麻麻。

走廊的尽头是上课的小会议室，小会议室里没有橡木护墙板，墙上有一张森林日出的画，是印刷品。一面墙是三片大落地玻璃窗，对着教堂后面的停车场，虽然没有什么风景，但小欧喜欢窗前的几棵茂盛的樱花树，光线透过树叶洒进小屋里，连阴影都是柔和的。受洗是在复活节，四月十七号，开始上受洗班在三月初。那年是暖冬，教会院子里的花都开了，会议室窗外的八重樱开得尤其热闹，满树的花密密匝匝地压在枝头上，把落地窗户外面的停车场完全挡住。上课时不时会听到玻璃窗上叮的一响，是树杈之间飞的笨重的大黄蜂撞在窗玻璃上，在肃穆虔诚的《圣经》的字里行间，唯有这叮的一声是小欧熟悉的人间之声。

受洗班上小欧有一个固定的位子，正对着落地窗的沙发椅，他喜欢看到蜜蜂笨手笨脚撞在窗玻璃上，牧师顺着他的目光正好看到。姚牧师说蜜蜂想进来听道呢，接着又是叮的一声，蜜蜂接二连三地撞到窗户上……小欧仿佛听到蜜蜂们的内心独白："啊呀！搞错啦！怎么撞到玻璃上来了？"这个情形，让小欧想起他幼年记事起记得的最早的一个梦：房子外有什么东西，在拼命地想进到房间里来。

这种破门而入，后来变形出现在他读过的好多故事里，被他认出："三只小猪"故事里的大灰狼，I huff，I puff，I blow your house down（我吹啊吹，吹倒你的房子）；后妈皇后拿着毒苹果，在窗外哄白雪公主吃下；安妮·弗兰克躲在阁楼上，看到楼下黑衣服的纳粹；电影《侏罗纪公园》里暴龙闯进厨房；八年级英文课上读的亨利·詹姆斯的恐怖小说《螺丝在拧紧》，窗外那一对徘徊不去的一男一女两个鬼魂，橘红色的头发，惨白的脸，迷恋地从窗外往屋里看……

小欧从小到大，是躲在窗户后面、门后面、墙后面、阁楼上、壁橱里面的那一个。在掩体后面无助地等待着自己的命运时，他甚至可以感觉到墙和窗框在震动，空气中的波流隐隐掀动，地面上灰尘扬起，玻璃杯里的水在共振作用下泛起涟漪，食肉动物口腔的腥臭飘荡着，冲锋队卡车引擎排气散发出柴油味儿。而那个东西，化身进各种故事、年代、国家和物种，不休不止，跳跃穿梭在他的梦里，现实里，电影里，小欧被它追逐，他奔逃，跌倒，直到最后惊醒，等待下一次遭遇……

现在受洗课上，小欧再次记起这个梦。窗外春光无限，鸟语花香，窗户这边厢他在读"一粒麦子不落在地里死了，仍旧是一粒；若是死了，就结出许多子粒来"。这个梦居然又来了，那个要闯入的东西现在是什么呢？是蜜蜂吗？还好他不怕蜜蜂，他从来没有被蜇过。

这是他第三次来上受洗课。

欧妈妈是华人教会的执事之一，"人生来有罪"是她平时对所有人的宣教。小欧想起自己的三宗"罪"就脸红，因为他心里还蛮喜欢那些"罪"的：甜食、女生和 Xbox 游戏机，从"喜欢"到"罪"只有一步之遥，真的是这么近吗？

小欧问妈妈：不能进天堂，那灵魂是不是直接就下地狱呢？

妈妈答：不是所有人都会下地狱。

又问：谁会下地狱呢？

又答：杀人的、说谎的，还有发明汽油加铅技术的通用汽车公司工程师。

再问：不下地狱的灵魂去了哪里呢？

再答：哪里都不去，就静止在那里。

再问：一动也不动，随风飘着？（小欧想象一片片带罪的落叶悬在空气中，像魔术师的咒语下逆地心引力浮现的景象，啊这些奇妙的没有被赦免的罪。）

再答：被困住在大空虚里……

妈妈话没有说完，小欧知道她想说什么。比如说小欧远在北京的爸爸，结局就会如那些随风飘逝的叶子，永远地飘着，不着不落，没有归宿。

自从父亲外派亚洲新兴市场，然后飞快地找了一个女朋友，跟母亲离婚，家里每谈到任何可能发生的灾难、坏事、厄运，宿命性的主角基本都是父亲，即便不嗝屁，也是承受所有上帝之怒的主——投资理财失败的是他，晚上驱车在路口闯红灯被躲在附近的警察抓到的是他，在城里喝酒不回家碰到枪战被流弹击中的也是他。妈妈三年前受洗，小欧爸爸的悲剧角色转成那个因为不信主而被放逐的灵魂，大则下地狱，小则在空虚里被困住，视妈妈说话时的心情而定，像玻璃窗外的蜜蜂，撞来撞去但进不到家里的安全中来。

小欧走进上受洗课的会议室，发现原来“属于”他的沙发上已经坐着一个女生，是比他高一年级的 Lily Ann Summers（莉莉安·萨默斯），夏天的百合。

百合同学长着好看的欧亚混血的脸，无辜，像鹿，或者羊，可惜她永远浓妆，浣熊一样的黑眼圈在长及腰的黑发中忽隐忽现，带洞的T恤，几乎开到胸口的深V领，短得不能再短、紧得不能再紧的牛仔布热裤，是小欧喜欢看又害怕的高年级女生之一。在东普林镇公立学校的漂亮女孩中，她不是倾国倾城。但是因为是插班生（秋天新转来的），她很乖，没有本镇女生那么咄咄逼人。

面对莉莉安，小欧忽然想起今天自己新理的头发，他一阵心痛，羞愧得恨不得自残。随即看到莉莉安夸张的浣熊眼、因为天热有点糊了的口红，小欧放松下来——谁也不要嫌弃谁，在主的眼里没有人是完美的。

姚牧师叫她自我介绍，然后让她做课前祷告。

没想到莉莉安站起来，像上课做报告那样离开自己的位子，轻手轻脚站到房间中间。她逆光在落地窗前，只有一个朦胧苗条的身材轮廓，窗外累累的樱花倒是让人看得真切，只见她扬起脸，闭着眼睛，朱唇轻启，那样子好像一朵花等着蝴蝶停在花瓣上：

“主啊，请带领我们走出黑暗的山谷，保守我们，让我们领会你的话语……”

祈祷时应该低头合目，心怀虔诚。小欧盯着莉莉安祷告的样子，怎么都收不回自己的眼光，他可以听到自己的心跳，不远处的铁路上通勤火车到站了又离开，呜一声汽笛，时间过得很慢，小欧觉得自己好像每一秒钟都在数窗外樱花的花瓣。

姚牧师总结说感谢主，今天把莉莉安带到我们中间。

小欧点头称是。

那节课的一个小时小欧基本都在看莉莉安，没有看的时候也在看。他努力想把自己的注意力集中在课上，但在字里行间，他看到的都是一朵朵樱花在微风中摇曳的样子。最后唱敬拜歌，姚牧师选了年轻人喜欢的蔡琴的歌：

爱声声藏在传说中
那是君王为他弹奏
但你从不在意听过，是否
他是这样走，有笑有泪
有刚强也有软弱
千百年唱着困惑
是否

你和她之间若即若离
你孤独走在旷野里
月光美丽无法抵抗，是否

爱的试探，有苦有痛
有毁灭更有背叛
这是冰冷破碎旋律
苦痛人生
不尽

你经过的所有失落
我也曾经一样走过
但你不知能向谁诉说
灵魂深处，微小声音
有回答更有呼唤
你活着每一口呼吸
爱着

请原谅我给得不多
尽我所有请你接受
……

小欧今天唱得格外深情。在唱歌的那一刻，小欧和莉莉安在同一间房间里，变成了一个人，就好像《圣经》里说的弥赛亚降临，天下同一。小欧一边唱，一边心想着怎么约莉莉安出来。

课结束，教会的妈妈们聚在门外，小欧的妈妈也在其中。她们像一群和善的母鸡，在一片“感谢主”的赞叹里领出自己的孩子。他听到妈妈用口音浓重的台湾普通话对莉莉安说：“以后到我们家来玩噢，小欧喜欢跟同学玩，尤其是漂亮女生噢……”

他想听又听不清莉莉安和“阿姨们”说了什么，怔怔地伤感莉莉安的消失。果然一会儿人群散了，“夏天的百合”已经不见踪影，小欧怪他妈妈过分热情把人家吓跑了，他泄气地坐回自家的本田车。

“你想请莉莉安来玩吗？ playdate（玩伴聚会）……”妈妈一边开车一边问他。天色阴下来，稀落的几颗雨滴打在车窗上，小欧妈妈打开车前窗的雨刷。

“妈，playdate 是给小毛头的。”

“反正她愿意来玩呢，莉莉安到你们学校多久了？好像没有什么朋友耶。”小欧妈妈漫不经心地说。

“不知道，我们不是一个年级。”小欧回答。

之前小欧只在学校见过莉莉安的妈妈一次，一个高瘦的脸色苍白的女人，今天他在教会里前来接孩子的阿姨们中间没有看到她，莉莉安是搭别人的车离开的。

过了一个星期，星期六中午，莉莉安果然来 playdate，小欧暗自佩服妈妈能张罗。莉莉安的打扮同之前判若两人，像脱了画皮换成素颜。她涂了好多防晒霜，香水味儿浓得像驱蚊剂，但深 V 没有了，她穿着利落的紧身长袖运动衣、七分裤，青柠绿色加白色，长发扎了马尾巴，拖在白色的头盔后面，她是骑车来的。小欧跟在她后面，看着她白色的骑车裤外在膝盖以下赤裸的纤细的小腿，左脚踝上一个小小的刺青，是一朵红玫瑰。小欧很兴奋，立刻决定带她去秘密花园，他的暗黑界。

他们从小欧家后院门外的小路出来，小欧领着她朝“水禽保护区”骑车。“水禽保护区”是一片占地一百五十多英亩的湿地，其中流过“扫歌塔克”的河，“扫歌塔克”在印第安语里是“高地”的意思。“扫哥塔克”流过整个林子，也流过整个东普林小镇、西普林镇、西港、诺瓦克、斯坦福，这条大河在地上和地下有上百条支流给整个南康州地区提供水源。南康州方圆百里之内家家户户挖井取水，在“扫哥塔克”河地下水域上打一个二十英尺深的洞，水就流出来了，水在这里是免费的。

莉莉安骑车跟在小欧后面，小欧不时回头欣赏着莉莉安细细的身影，她的长发被风吹动，香水味让晚春带些微寒意的风变成了暖风。河泽边是高高低低的灌木蒿草，自行车驰过，动态的风景里是高高低低的绿意。这片地连着一片园子，原来是一个阔人的君子农场，阔人过世后家人嫌打理麻烦，还要年年贴上高昂的地税，索性送给镇里作公园。园子多年荒芜，草长莺飞，无人管理的苹果树和梨树兀自开花结果，有几个木框围起来的苗圃，曾经种植各种草本香料的，现在遍布杂草，仅剩下一两丛幸存的罗勒、迷迭香和百日香，其余是疯长的三叶草、蒲公英和兔耳叶。田地边缘的石墙已经倒塌，变成几堆石头，旁边多年生的芍药还在茂盛生长，已经抽出暗红色的新枝新叶，抽出的花苞还很小，只有纽扣大，要等到五月才能开花。苗圃旁边是几个白色和黄色的木箱子，那是废弃的养蜂箱。

园子里一条用锯木屑铺出的小路，蜿蜒着从果树旁一直通向河边。

秋天时落叶满地，春天时雨后锯木屑上冒出棕色的叫作酒瓶盖的蘑菇。秋冬天湿地里飘来冷雾，树和石头朝北处长着翠绿的青苔，偶尔出太阳。春天丰水季，小路上就可以听到前方隆隆的水声。开春时河边肥沃的黑土上抽出一团一团巨大的根茎植物，那是“臭鼬百合”，现在已经长得大如白菜，翠绿色带深棕色条纹的芭蕉阔叶上散发出妖冶的香气。野地里多鸟，桦树和小白杨上不时跳动着一只啄木鸟，红色的冠羽在灰褐色的树皮上特别醒目。

遍地是倒塌的腐木，杂草丛生，近于荒地，没有风景，但这是小欧唯一熟悉的世界，他喜欢独自来，每一次走在这里就像走进熟悉的音乐。除了这儿，他能把莉莉安带到哪里去呢？小欧暗自忍不住后悔第一次就把莉莉安带到这个秘密花园来，应该把她带到星巴克或者电影院。一只白色的鹭鸶从他们头顶飞过，留下飞速移动的影子。

很快他们来到河边。河水淙淙，呈现浅浅的棕绿色，水不深但是流得很急。河边的树很密，几乎把路挡住，不能前行，他们把自行车倒在路边，往树林里钻。莉莉安兴致很高，没有停下来的意思。走着走着，树木变得稀疏，唯有几棵参天的长青柏树，树之间草木不生，形成一块空地，地上的松针间露出岩石。莉莉安有些惊讶。

“Hemlock grove.”小欧说，铁杉丛。

小欧指着空地和周围的几棵树，解释给她听：“铁杉的根系含微量砷，有毒，所以铁杉生长的地方别的树都不能生长，形成铁杉丛，这是铁杉树的生存之道，霸占地盘。”

“河水呢？也有毒？”莉莉安问。

“河水没有毒，河水呈棕色是被铁杉的树皮染的，铁杉树皮是天然的皮革鞣化剂，可以卖钱。”小欧见莉莉安感兴趣，很是得意。

“你怎么知道这些的？”

“童子军露营训练啊。”

莉莉安在那块空地上走着，忽然她注意到地上一条黄白色的树枝，她把它捡起来，凑到眼前仔细看。突然她明白了，像抓着烧红的铁那样，呀一声丢开，满脸惊恐，她吓得不由自主抓着小欧的手臂。

小欧在旁边很冷静，他一开始就看出她捡起的不是什么树枝，是鹿的枯骨。

小欧被莉莉安猛地抓住，顺势握住莉莉安的手，但这时莉莉安把手抽了回去，她被别的东西吸引，朝一堆石头走了过去。

莉莉安看到离她不远的乱石间有一块小小的头骨，她走过去，捡起来，头骨只有她的手掌大小，尖尖的吻骨抵着她的掌心。这骨头已经有些日子了，上面长了薄薄的青苔，掂在手里很轻，莉莉安不太害怕了，她觉得悲哀。

小欧忍不住解释：“这是小鹿的头骨。”

“怎么死的？”

“被土狼吃掉的。”

莉莉安听到“被吃掉”，吓得打了一个激灵。小欧说：“土狼不是狼，不吃人的。”

莉莉安放下骨头，沉默地走下去，在这安静的草木世界下，进行着这么激烈残忍的生存竞争。

小欧还在回味刚才那几秒钟的触摸，莉莉安的纤手柔软细腻，那几秒钟的抚摸似乎烙印在小欧的皮肤上，几秒钟是不够的，远远不够。

走到水边，她忽然开始脱鞋子。先把鞋带解开，脱下鞋子，又把袜子脱下，露出白皙秀气的脚。

“你这要干什么？”小欧惊慌失措地看着她赤裸的脚，脸腾地红了。河水在这里被一块巨石挡住，水坝一样，巨石下的河水形成一个水潭，水还是棕色，清澈见底，映出水面上的一切。

“我要到河里走走，我热了。”莉莉安镇静地回答，一边往水里走，她脚踝上的玫瑰花刺青像眼睛一样闪现，衬出她皮肤的白皙，这朵花随后没进河水里。小欧觉得自己的脸越来越热。他能下河吗？他总不能脱下裤子吧？

小欧急得在岸上走来走去，最后决定爬到大石上坐下来。

“你干吗不一起下水呢？水很干净。”莉莉安背对着他，自顾自地玩水。河边的白杨树在她细瘦的背上洒下枝叶婆娑的影子，一阵风吹来，树影和水光一起飘摇不定，好像双重曝光的照片。不远处一对野鸭子扑棱棱从她头顶飞过，树林深处的猫头鹰叫着，who who who，who would you cook for，who who who，who who who who，who would you cook for，who who。[1]

小欧克制着自己，尽量往别处看，他抬头看看蓝天，看着树林和河水，但是最后他的目光总是回到莉莉安身上。河水把她的运动衣更

1　此处英文大意为：谁谁谁，你为谁做饭。这里指猫头鹰的叫声像这些单词的发音。

紧地包裹在她身上，衣服下的内衣纤毫毕现，比没有穿衣服还强调地勾勒出她的腰和臀的曲线。

不远处是一道废弃的石桥，长满青苔，石墩上被人用喷漆喷出火红的字：

PARADISE☆

天堂，旁边是一颗五角星。

那个词就是给自己写的，每一个字母都纤毫毕现，腰和臀，小欧如在梦里，他的身体绷得紧紧的，一阵热乎乎的气从脚底升起，他紧张得像马戏表演中站在滚筒上的熊，努力保持身体不跌落，不跌落进下面的熊熊大火中。

小欧终于看见自己脱下所有衣服走进水里——“扫哥塔克”河水清澈湍急，轻轻撞击他的身体后飞速地离开，他俯身潜入河底，水波亲密地裹挟着他，推搡着他往莉莉安的方向漂。一队加拿大黑雁惊叫着从水面掠过，宽阔有力的翅膀在空气中击打出一阵风……小欧想，我什么也不做，我就想看看莉莉安脚踝上的红玫瑰刺青，嗯，也许再看看别的地方，莉莉安衣服下小小的乳房，腋下新生的毛发，哦毛发，像水草一样柔软的毛发……阳光眩目，莉莉安的身体眩目，小欧晕眩，紧张和满足感中他快乐得想哭。

忽然，手上像被烟头烫到，被狠狠蜇了一下，他“啊”的尖叫一声，疼得差点从石头上摔下来。一只黄蜂伏在他右手的食指上，小欧的手像被火点着了，太疼了，他忍不住要哭，他拼命甩手，想把那该死的从天而降的黄蜂从手上弄掉，也想把眼泪压下去。那黄蜂像烧尽的香烟蒂，跌落在他脚边的石头上，扑腾两下薄薄的翅膀，死了，几秒钟后他的手背已经肿起来。

莉莉安终于上岸，周身滴着水，连发梢都是湿的。她提着鞋子爬到大石上，在小欧身边坐下，把腿伸直，好让阳光晒干衣裤。

小欧伸手摸了摸她潮湿的膝盖，莉莉安吃惊地盯着他那又红又肿的手背，他只好又把手缩回来，解释刚被黄蜂蜇到。莉莉安一脸惊恐，她立刻穿上袜子和鞋，仔细系紧鞋带，然后说："好可怜！我们赶快离开吧，我对蜂毒过敏。"

小欧跟在莉莉安后面，过桥，穿过树林，穿过果园，往家走。小欧发现自己永远跟在女人后面，一步之遥。

家里妈妈正在厨房里忙晚饭，刚刚烘焙好的布朗尼点心出炉端上饭桌，巧克力和香草的香味飘满屋子。小欧晚饭吃了好多，特别饿，他沉默着，拼命吃饭，努力避开莉莉安和妈妈的目光。他的另一个自我留在树林里，留在水边，他的罪，他的喜欢，是他所有的一切，犹如有毒的铁杉丛，寸草不生，没有任何圣洁。

晚饭后莉莉安母亲来接她回家。

之后的一星期，小欧都疑神疑鬼，他觉得妈妈看自己的眼神都不对，学校里同学看自己的眼神都不对，似乎他们都知道他心底的秘密欲望，他们在审判他。河水流过莉莉安的身体，那么自如和贴切，那是最折磨他的，为什么罪和快乐一样，都那么自如和贴切？像鸟展翅飞起来，像花开，而信仰却在倏忽一瞬，可遇不可求。

那时他开始重复做一个梦，梦见自己变成一只大黄蜂，在夜里飞回到水禽公园的铁杉丛，铁杉丛还是空无一人，寸草不生，那块由几棵参天大树围起来的空地光洁得像一个舞台。不远处桥墩上喷漆的红字，在夜中熠熠闪光：

PARADISE☆

飞着，飞着，他叮的一声撞在玻璃上，接着小欧醒了，窗外第一线晨曦把窗帘一角照亮，屋里空气黑暗混沌，泛光的窗子是唯一看得清的东西——一幅纯光线组成的画。窗外只有雨，雨打在窗玻璃和屋顶上。在那一瞬间他忽然记起过去的事，想起这些年来他对父亲的思念，想起他对父母的不理解、因不理解而产生的怜悯，连那些争吵，连伤痕累累的橡木桌子都变得亲切，那是他成长的一部分。一瞬间小欧的四周停满风中的叶子，然后又消失了，被他遗忘，他再次沉沉睡去。

复活节那天一共十个人受洗。从镇江来探亲的不识字的年过七十的老奶奶，六岁的小女孩，他们都穿着教会准备好的宽大的长白袍，老实地排成单行队走过教会的院子，一个一个走到受洗池子前。白袍子让每一个人看起来都差不多，让这里不像进行宗教仪式，而像集体做SPA（水疗）美容。莉莉安站在他前面，素颜，头发扎起来，露出白腻的后颈。

之前一天下了雨，樱花已经全部落下，地上飘着粉红色的花瓣，花瓣被这些赤足的人踩过去。后院的树的花都落了，只留下树上茂盛的绿叶，在地上洒下变动的光影，夏天就要来了。小欧的头发已经长得整齐，不再是囚犯式的短发。白袍下小欧只穿了短裤，上面打赤膊，他看到站在前面穿同样白袍的莉莉安。小欧忽然很兴奋，要不是准备受洗，他真想左脚向前一步，将身体重心移到右腿上，左腿伸直，右膝微屈，弓一样拉紧腰部的肌肉，转身，双手举起一根想象中的棒球棒，举过右耳，侧身，摆出一个击球的姿势给莉莉安看看。他是镇上少年棒球队的主力击球手，棒球季节下周开始了。

教堂通向后院受洗池的门口一阵响动。一个中年男子的声音说"莉莉安，莉莉安"，随后一个扎小辫，穿 POLO（拉夫劳伦）针织外套的中年白人已经冲进来，直奔受洗的这队人。他戴着无边眼镜的窄脸上下巴轮廓分明，有着浅色眼珠的眼睛冷冷地朝这一队里每一个人脸上望过去，他在找莉莉安。

莉莉安叫了一声："爹地。"原来这就是她姓里的萨默斯，他是萨默斯先生，莉莉安的父亲。

萨默斯寻声走到女儿跟前，一手搂着她的肩膀，一手拉着她的右臂，一边催促她走："行啦行啦，we are done here（到此为止了），不搞这套，赶紧离开这个鬼地方，立刻走。"

莉莉安想挣脱："我不想走，我要！"

"不行，等你到十八岁，信什么狗屁教都可以，现在不行，现在你得听我的！快走！"他说英文的声音又快又重，不容置疑。莉莉安转头朝小欧求救，然后踉跄一步，跟着爹地离开了受洗队伍。

小欧从白日梦里醒来，莉莉安回头哀求的眼神像滚烫的烙铁一样。他的脚步极重，又像被吸铁石吸着，不由自主地跟着他们父女俩。他忽然明白这可能是最后一次看到莉莉安了，但是他什么都做不了，只能梦游一样唯唯诺诺地跟在他们后面，眼见着这对父女大步流星走出了门。汽车发动机响后，就是汽车绝尘而去的声音，几秒钟后就已经渐行渐远。院子里有一种慑人的安静，没有一个人说话，小欧站在院子中间，不知道怎么办才好。

小欧低头看着自己白袍下的赤足，四十三码的大脚，他脑海里唯一想的是："也许我也离开？这会儿走还能赶上他们？"他眼角的余光，已经看到妈妈的身影急匆匆从教堂门里赶来。

姚牧师在叫他的名字，轮到他了，一只蜜蜂在他面前盘旋了几下，轻轻落到他白袍的前襟。

（发表于《江南》杂志 2019 年第 5 期。）

一条名叫大白的鱼

大白是一条锦鲤的名字，全身通白，这在锦鲤品种中很常见，没有什么特别。在我们家它被称作大白，我姓李，这条鱼的大名应该就是李白。

大白是我儿子田园出生那年杨小环送给我的。杨小环是我们这个大学镇“凤凰城”中唯一一家中餐馆北京楼的老板娘，本地的豆腐西施，坊间传我们有一腿，因为她长得漂亮，我也就不辟谣了。大白一直是北京楼的风水鱼。杨小环接手北京楼时，它还只是一个外卖店，为了扩大门面又不想大兴土木，就在门前搭了一个凉棚，种了仙人掌、龙舌兰等耐旱的灌木。大白的“水晶宫”就在仙人掌丛下面。凉棚建好以后，摆了几张铝制的桌子和条凳，没想到这不足十平米的有鱼有水的阴凉地，立刻吸引来路过的人。取外卖的老年人、跑长途停在这里打尖的卡车司机，喜欢在凉棚下吃饭，吃了饭以后又买杯茶会多坐一会儿，聊聊天，于是北京楼门口永远有顾客坐着，人气旺旺。

二〇〇三年横贯凤凰城的 80 号州际公路扩建改道，北京楼在的那片地方被亚利桑那政府征用。杨小环也想回国发展，趁此机会从政府那里拿了卖餐馆的补偿费。北京楼不在，大白就无处安放，被转送给我。那时我儿子田园刚刚出生不久，杨小环说送鱼算是祝贺我们家添丁之喜，她抠门儿，喜欢送惠而不费的礼物。

鱼送来时长将将过一尺，装在中餐馆洗地用的塑料水桶里，水面盖着白菜叶子，由杨小环的老公刘畅像送外卖一样送到我家里。他拨开桶上的白菜叶子给我看鱼：那鱼在水桶底的浅水里盘着，嘴巴一张一合，很淡定。我郑重接过去，不想他手又缩回去了，说先要看看在哪里养。“大白带来好运，咱可不能亏待！”刘畅说，他的东北口音到了美国这么多年都改不了。

刘畅在我院子里转一转，察看哪一处适合作鱼池。我抱着田园在屋里转，田园闹午觉，哼哼唧唧地搭在我肩膀上。他那时两个月大，偶尔可以挺直了脖子从我肩膀上四顾。我们父子俩从客厅的窗户可以看到外面大太阳下刘畅油渍麻花的头发和背影，他个子不矮但腰长，围裙带子束着腰系在背后，像女人的连衣裙，我心想：嘁！不把你的鱼剁了做糖醋鱼就不错了，你还挑地方！

好像听到我的心声，他猛回头，一双牛眼隔着玻璃瞪着我，然后进门来说不合适，小院子哪里都不合适。“太晒了，大白需要树荫。送教会吧。”“教会”，他是指离凤凰城十五英里的华人教会，教会院子里有个游泳池改建的池塘，说完刘畅拎起桶就走。我心里烦他的挑剔，拿走吧，一条破鱼还当宝贝啦！要不是抱着田园，我肯定要刺他几句。

第二天教会的执事老王打来电话：“小李啊，你的鱼到了，你过来吗？”

华人教堂是由一对退休老华侨赠送的房子改建的，原来是半山腰上的避暑房，紧挨着山，房后辟出一小块地作小院子，建了个瓢形的游泳池，四围围着铸铁栏杆。待教堂搬进这座微型的避暑山庄，为节省打扫维修费，把游泳池改成了池塘。池不大但六尺多深，池边种了一棵杏树，我去的时候池子上孤零零漂着几朵睡莲，六月底树上已经结满杏子，我一边摘杏子吃一边站在池边等鱼出来，验明正身。

黑绿色的水里细看有不少小鱼，一两寸长，我站近池边小鱼就围拢过来，我猜平时老王喂它们。在我啃完第十颗杏子的时候，脚边堆了一堆杏核儿，这时白鱼游过来了。在那群黑色的小野鱼中间它威风极了，杏树的影子洒在水面上，它乳白色的身体在水的光线和阴影里穿梭，优哉游哉，特别有派儿，那个自由自在的样子像池中的海豚。我脱口叫它大白，它在池边停下，眼睛望着我，嘴巴一张一合，吃了一些我撒的鱼食，一扭尾巴就沉入池底不见了。

大白从此就成为我的鱼。每个月我给教会送些鱼食，隔三岔五我去池子边打扫一下，有时我带着田园去。那时田园已经能坐了，他隔着栏杆坐在池边，安静地看着池子里的水。过了一会儿，大白就会游过来。田园惊讶地看着黑绿的水里浮出一条白鱼，像变魔术一样，四目相对，鱼看他，他看鱼，不到一岁的娃娃会大笑起来，笑时张大没长牙的嘴，田园以为鱼在跟他捉迷藏呢。

就这样过了三年。

有一年冬天极冷，北邻的犹他州全州下了好几天大雪，寒流波及我们住的凤凰城，晚上可以听到土狼在门外叫，像狗吠一样拖长的凄厉的声音，果然像印第安土著传说的那样，土狼叫带来最冷的天气。等我想起把大白捞上来时，池子上已经结了厚厚的冰，我无计可施。田园这时已经满地跑了，他穿着棉袄棉裤，戴着帽子，全身就露出个脸蛋，胖腮帮子冻得通红，额头贴着帽子压出一绺黑发，像一个福娃。他坐在池边，胖手指穿过栏杆之间的空儿，指着白蒙蒙的冰面说：鱼，鱼，鱼。大白却不能如他所愿，变戏法一样破冰而出。

如果大白能熬得过这个冬天，春分以后我就把它捞上来带回家。

终于春天来了，冰化了，我带了鱼竿、渔网兜去教会。渔网基本没有用，大白根本不露面。阴天里我坐在池边钓鱼，风嗖嗖地往我脖子里灌，风吹落杏花，落在我身上，落在池子里，漂在漆黑的水面上，但大白就是不咬钩。半天只钓上两条半尺长的鲫鱼，我给老王看，老王很惊讶，说这池子里的鱼都这么大了，说着他就把鱼拿走了，按理这鲫鱼也是教堂财产，属于主。

第二天老王也弄了根鱼竿，跟我肩并肩坐下钓鱼。

第三天，我用草皮下的虫蛹把大白钓上来了，它一点都不见瘦，比之前还长了好几寸，鳞片上染上池里水苔的浅绿色，尾巴上和鱼鳍尖上长着透明的寄生虫。我把那些个虫子刮掉，把它放回水桶里，水桶里的水上漂着杏花，大白满满盘在桶里像一只安静的猫。它真的认识我吗？大白的嘴一张一合，没有太多表情。

到了家，田园欢天喜地跑过来，嘴里一边喊 fish，big fish，big white fish，鱼，白鱼，大白鱼。田园已经快四岁，从两岁起开始上全日制幼儿园，几个月以后开口就是英文，从此说话就是一个小美国人的口气。他把手伸进桶里摸大白，大白一动不动让他摸。鱼在我们家的浴盆里住了六天，晚上我们一个一个进浴室洗洗睡，大白就在一边看着。住浴盆不是长久之计，最后我老婆出了一个主意，说送到他们系的池子里，她去系里跟领导请示。老婆过去是亚利桑那州州立大学的博士后，现在开始被聘作助理教授。

系主任去问大学的园林管理部，谢天谢地，同意大白进驻水池子。那个水池里本来就有野鱼，引进水中去吃水里的浮虫蚊卵，起到清洁作用。大白正式进入亚利桑那大学材料工程系，属于材料系物业的一部分。材料工程系在州立大学是大系，对外跟五角大楼国防部和NASA（美国国家航空航天局）都有项目联系。楼有三座，中间有封闭的走廊连接，楼里有实验室和配备了冲压机的小工厂。楼外是一个小广场，有一个巨大的奥运会游泳池大小的喷水池，也属于材料系。这个地方离我家只有五分钟的路。领导批准后，大白从浴盆里起驾，再次乘坐它专用的塑料水桶出门。它进入水池，白色的鱼体一翻身就沉入水底，好像泥牛入海，再也不肯露面。

那个喷水池是大学校园里的一处胜景，池中间是一个壮硕的古希腊风格的胖女人雕像，半裸体，肥而壮的两腿骑跨在一群鱼身上。那些石鱼也是肥硕得像海豚，喷水口就藏在这群鱼中间。亚利桑那州是沙漠气候，常年炎热，除了冬天结冰的几天，喷泉一年四季都开着。冲天而飞的水，潇潇洒洒地落在胖女人和这群胖鱼身上，这个充满性暗示的喷水池就是大白的新家。

喷水池是个热闹的地方，大学生和当地的高中生喜欢在喷泉附近约会，抽烟，聊天。夏天天黑得晚，这帮小子经常脱了衣服下水池胡闹。晚上十一点喷泉自动停水，早上六点再打开。有时爱搞恶作剧的好事者趁天黑偷偷把肥皂涂在喷泉口，第二天早上喷泉打开，整个水池立刻漂满肥皂泡沫，加上喷水从天而降的冲力，池中肥皂泡越堆越多，像泡泡浴一样，搞事的学生在旁边哄笑。直到有人叫来校警，把胡闹的学生赶走，把喷泉停了，让清洁工用桶把肥皂水连着泡泡舀出去，用水管接了自来水灌进来换水。每到这种时候我就担心大白已经被肥皂液毒死，或者被那些浪里白条的大小伙子弄死了。

傍晚时实验室下班，我经常偷偷溜进去给北京家里打免费的国际长途电话，他们母子在喷泉附近转，希望黄昏时候可以见大白一面，但是大白一次都没有出现。田园骑着带辅助轱辘的童车，经常痴痴地望着那些漂亮的大学生在喷泉边厮混，他的老爸——我对着这些健美自由的身影也非常羡慕。实验室有窗户正对着喷泉，可以看到外面的热闹，喧哗声、音乐声透过窗户传进来，蝙蝠在暮色里贴着水面飞过，大白带着它的鱼们在池子底下游着。田园喜欢看水波从水深处漾开，跟吐烟圈一样，他经常趁没有人注意时偷偷往水池里撒鱼食。

那个时候材料系开始帮我老婆办绿卡，她博士毕业，申请绿卡走的是加急的“杰出人才”通道。尽管这样，从递材料到拿到绿卡，也要两年多时间。我作为家属，跟着沾光。来美国这么多年，终于熬到这步了，想到不久到手的绿卡，眼前水池边的大好风景都跟我有了联系，都有我一份了似的。那首南方的蓝调老歌怎么唱来着的？

夏天日子，时光流水

爸爸有钱，妈妈美

哦小宝小宝你别哭

直到那一天你会心碎

我的心情就像歌里唱的那样，平平淡淡。日长如小年，几乎挑不出缺点，除了一件事。

那时我频繁往北京家里打电话，也为了那件事——我爸的病开始严重。

老爷子的肺癌已经有三年了。八十四岁的人新陈代谢慢，癌细胞生长慢，这是上次回北京时他亲口对我说的，当时我也根本没有当回事，还在他病房抽烟，可见我是多么混沌。我爸一辈子都硬硬朗朗，除了年轻时做过一次阑尾炎手术以外，从来不进医院。几年前一次重感冒后，身体开始走下坡路，一直咳嗽。因为高龄，他自己都没当一回事，以为吃点银翘片就可以扛过去。后来发现低烧不退，以为是肺炎，进医院做了全面体检，才查出有癌。

电话里他听到我在办绿卡特别开心，说宝贝孙子终于有个美国爸爸了。他不想让我回北京看他，我知道他就是舍不得机票钱。但是他很想念田园，最好能把田园随电话线路捎过去让他看看就好了，说这话后他开始咳嗽，咳嗽得停不下来。然后听到我妈在旁边胡噜他的背，说别激动别激动，把小孩子吓着了……窗外的田园在骑自行车，在暮色里他突然撒车把，凭惯性把自行车滑出去能滑很远，那个装鱼食的小包，空了以后在他背后飞起来，他身后的天空上半轮月亮又大又白，像是锦鲤飞上天。

通过电话以后，我不知道应该怎么办。按说正在办绿卡的时候，不应该随便离开美国本土。但是若要等到绿卡办下来，再快也要两年，老爷子真的能等那么久吗？老婆安慰我，说不用等拿到绿卡，之前可以申请旅行用的“回美纸”，免签证。我不明白她说的是什么，心里忐忑。

之后的几个晚上我一直做噩梦，梦里有人拿着点着的香烟头朝我身上扎，我疼得醒过来，醒来以后对着窗外的夜发呆，天上还是那半轮月亮。我开始算日子，算什么时候可以拿到“回美纸”，打算拿到后立刻买机票，不跟抠门儿的老爷子商量了。

等我们回去，已经是第二年冬天，只来得及参加遗体告别仪式了。在洛杉矶机场转机时，田园挑了一个白色云石雕刻的鱼说要送给爷爷。云石是亚利桑那这一带沙漠的特产，算是美国礼物，给老爷子带回去，那个半透明白色的石鱼后来一直放在黑色的骨灰盒边。

田园已经六岁，能抱得动骨灰盒了，按规矩由他这个唯一的孙子送爷爷上山。我妈很开心，说我爸走得有福，八十六岁，白喜，由美国孙子送走。火化后取了骨灰出来。家族一群人给我爸送葬，由田园领头抱着骨灰盒走在最前面，我跟在他旁边，我老婆搀着我妈走在我们身后，后面跟着我爸我妈家兄弟姐妹的孩子，也就是我的堂哥堂姐、两个表弟，人很多，他们跟我一样也都是中年人了。再之后队伍里是侄孙辈人，人就少了很多。这个队伍不够浩大，尤其是队伍里头发斑白的中老年人多，有活力的孩子太少了。我真心觉得应该多生几个孩子。

回到亚利桑那，天气已经很冷。喷水池停水，水面很低，周围人迹寥寥。我跟田园想看看大白，于是站到池子边宽宽的水泥围栏上。站上去以后，大半个池子收进眼底。只见大白这条锦鲤，已经长近一米，在池内有限的水里尽情畅游，横冲直撞，来回遨游，它的身后跟着几十条大小不一的墨色、灰色的草鱼、鲫鱼、青鱼，大白像大将军一样。它是其中唯一一条白色的鱼。

大白和它的黑鱼群，像一对活的阴阳太极，在水底永不停息地游动着，这是大白的秘密世界，在这一刻，它显露给新近失怙的我。

我看得呆了，不知不觉流下热泪。

（发表于《散文》杂志，2019 年第 3 期。）

桃花的石头

一、桃花

母亲节中午，桃花按时到达纽约中城的圣文森特酒吧，但她并不想进去。混在一家旅游纪念品店的顾客中，桃花假装浏览图书和明信片，把心情定一定。此刻纽约满城都是水彩色——花、衣服、礼品袋……桃花捧了一把白色的康乃馨，游客对她微微侧目。

这束不合时宜的白花是她们这个部落的标志——粉红色的康乃馨代表母亲健在，白色代表母亲离世。

隔壁的沃伦斯基餐馆正在举办母亲节大餐，小乐队的演奏婉转悠扬，客人们谈笑风生，声音从打开的窗户传到街上。那些颤巍巍的戴三串珠链的老太太，胸口别着粉色的花，侧耳聆听，周围儿孙环绕，细长的高脚杯盛着香槟酒，水晶蜡烛杯里跳动着小小的火苗……

桃花从来不知道母亲节的花还有这么多区分，直到三年前母亲车祸去世，认识了这个“丧母群”，每隔一个月出来聚会，母亲节这天固定来这里喝酒。主持活动的瑞秋，是纽约市社工署的专员。桃花第一次见到瑞秋，是在母亲叶曦的追思会上，她直言不讳地问桃花：“你父母曾是做什么的？”

桃花觉得遇到了势利鬼，瞪了她一眼，没好气地回答：“妈妈生前是 CFO（首席财务官），我没有父亲。”

瑞秋递上自己的名片，介绍自己的工作，几天后带桃花去城里豪华的越式法餐馆吃了午饭，推杯换盏，倾听桃花热泪盈眶的悲痛，就这样桃花正式被领进这个小群体——丧母，且无儿无女。母亲节这一天她们扎堆儿喝酒。

圣文森特酒吧在沃伦斯基的地下层，不大，宽里摆四张桌子，长里摆六七张桌子。桌椅是老旧的橡木硬木，空气里还可以闻到隔夜啤酒和油炸食品的气味。酒吧的椅子上蒙着亮红色的加厚人造革，吊灯是镀铜的，从天花板上吊下几台电视机，此时正在直播高尔夫名人赛，静音。这里离看戏的百老汇和“麦迪逊广场”体育馆都近，平时生意兴隆，重大体育赛事的晚上，人满为患，唯一清净的时候就是母亲节。

桃花和瑞秋先后进了圣文森特，进门就看到亚萍和丽莎各自拿着长岛冰茶和血腥玛丽。桃花接过服务员递来的油渍麻花的菜单，不用翻开细看也知道其中罗列的垃圾食品：培根乳酪球、炸鱼排配土豆条、曼哈顿车打蛤汤……桃花看着反胃，点了最健康的凯撒沙拉。

“你们倒是说说，这母亲节是怎么来的?！”亚萍愤愤地问，狠狠喝一大口酒，她伸出保养得极好的纤纤玉指，指尖涂着完美的法式指甲油，打着手势，凶巴巴地质问，“Why?! Why?! ”（“为什么?！为什么?！”）随着她的手势，无名指和中指上的两只钻戒折射出耀眼的光，把她自己都吓一跳。亚萍的英文来自法拉盛华人教会办的成人补习班，虽然词汇不多，但她运用灵活，加上娴熟的手势和丰富的表情，足够传情达意。

丽莎抿了一小口血腥玛丽，把杯子放下，用纸巾擦掉唇角的番茄汁，不紧不慢地回答："母亲节是一个叫安娜·贾瓦斯的女人为纪念自己的母亲而提议设立的，提出后立刻得到全美国的呼应，一九一四年被国会通过，从此成为法定的全美国节日。"

"那我们这些母亲去世的人怎么办？"亚萍评论道，即使她听不太懂，都不妨碍恰如其分地吐槽。

"很快母亲节就变成卖糖果、巧克力、卡片和饭馆推销家庭大餐的时间。安娜·贾瓦斯认为母亲节俗不可耐，背叛了她的本意，她自己掏钱来搞反母亲节的宣传，最后花光了自己的积蓄，在穷困潦倒中过世。她没有结过婚，也没有生过孩子。"丽莎说。

"哈！"亚萍放下杯子，双手一拍。

"这个安娜完全符合今天跟我们喝酒的条件：无儿无女无母亲……"

亚萍放下杯子，有点醉意，沙哑着嗓子，索性用中文说："每次我祝我妈母亲节快乐，她都会说'我们温州人一年里只过几个节——春节、中秋和清明，我从来不晓得有什么母亲节！'"桃花译完，亚萍说"三客油"，继续道："我妈妈节俭惯了，总觉得给自己花钱是浪费！"

趁酒水没有送来，瑞秋把包花的纸漏斗撕开来，在桌上把花一枝一枝分开，强烈的蜜汁一样的花气扑面而来，康乃馨无香，花气来自其中几枝白百合。那束白色的花实在太大了，在幽暗的酒吧桌子上平铺开来就像一团柔和的云，四个女人精神为之一振。

桃花心里默默想着母亲，一边取了属于自己的十多枝花，把脸凑近花束。如果妈妈在世的话，她才不会买在母亲节这天价格翻了三倍的花呢，跟亚萍的老母亲一样，叶曦不买母亲节的账——“花不能吃不能喝，就因为别人都买你就买！这是什么逻辑！都是营销啊，桃花你不要上当，过两天我们再好好吃一顿饭……”

丽莎叹口气，说：“我多么希望母亲节这一天，我的孩子也给我送花，请我吃饭……”多年困扰丽莎的，不是母亲去世，而是不能生育。她是纽约著名的庭审律师，结婚时已经过了生育的高峰年龄，一直不能怀孕，深以为憾。丽莎心心念念不忘的是年轻时做过一次堕胎，那之后她再也不能生育。

“若是能回到过去重新选择，你愿意奉子成婚，然后做一辈子家庭妇女吗？”桃花问。

丽莎使劲摇摇头，道：“年轻时候怎么肯？就是我愿意，我妈也不愿意啊！她自己做了一辈子家庭妇女，把事业成功的希望都寄托到我身上，一心希望我飞黄腾达……”

桃花是四个女人中最年轻的，母亲车祸去世三年，至今桃花还不由自主地想到她的意见……出事的那天夜里，上门前来通知噩耗的是一个警察加一个女社工，他们简略地说完车祸经过，社工问桃花需不需要她陪同一起去医院。桃花的第一个念头是，应该等妈妈回来再说吧……

当她在太平间看到母亲，叶曦穿着离家时的衣服，衬衣的胸口在急救时被大力扯开过，这时已经被社工用别针别好。身体上唯一看得出来的伤口，是在车祸时撞断的右臂，被急救人员包扎过，止血布外包着蓝色的绷带。叶曦光洁的额头上连一滴血都没有。明明是平躺着，却因为僵硬，身体里似乎有一种非人的张力，在拒绝着。偏偏这种拒绝又吸引着桃花，桃花伸手掀开叶曦胸前的衣服，想看看叶曦的左乳上一块红色的指甲大的胎记，那小块皮肤表面像砂纸一样。桃花小的时候，晚上跟妈妈睡觉，总喜欢把手伸到妈妈的睡衣里去摸那块。妈妈会扭捏地打开女儿的手，不让摸。

乳房呈蜡一样的青白色，胎记还在，手摸上去像摸着木头，这次叶曦不能扭身拒绝了。桃花缩回手，怜惜地握住母亲放在身体一侧的手，那只手冰冷僵硬，指甲锋利，划在桃花的手心上。妈妈的眼睛圆睁，牙关紧咬，嘴唇抿成两条线，整张脸保持着车祸一瞬时的紧张、严峻、抗拒。桃花用手指抹下妈妈的眼皮，合上双目后叶曦的脸瞬间变得如安睡一样平静，整个遗体像被撤掉了无形的支撑，张力消失，变成一堆碳水化合物，不再有母亲的神、母亲的怒……妈妈终于走了，终于离开这个世界了……桃花的心狂跳着，原来这是真的。

挑棺木时殡仪馆老板看到孤女前来，动了恻隐之心，劝她选橡木棺材，价廉物美，木头抛光打蜡，根本看不出区别。“橡木？那不行的！我妈妈最不喜欢橡木，蜡黄色带黑条纹。”桃花连连摇头，她提到叶曦，话语间还是用进行时态，好像叶曦还活着，说完她才意识到失语，尴尬地改成“妈妈生前最不喜欢橡木”，殡仪馆老板理解地拍拍她的背，说：“好孩子啊，用樱桃木或者用橡木，埋进土里都一样的，都是碳水化合物。”

听到“碳水化合物”这个词，桃花惊了一下，然后哭倒，什么不是碳水化合物呢？

墓园的路经过一个小湖，湖边有大片的草地、一个棒球场，那里是镇里花钱维护的公园，夏天定期有人割草。湖边铺了路，可以跑步，湖边一侧的草坪上建了聚会的凉亭，凉亭下架了几个室外烧烤用的铁架，天暖后那里是童子军露营的地方。每年夏天华人社区搞烧烤聚会，也常会去那里。如果不是母亲出事，桃花一直不知道这个后花园一样的地方不远处就是墓地。墓地的入口种的常青柏树长得高大密实，墙一样挡住后面的墓地。

葬礼后连着几天，桃花留恋地回来。晚上她不敢进墓园，把车停在湖边，在那里徘徊。三月初湖上的冰已经融化，黑黢黢的湖水在夜里轻拍着岸。月亮升起来了，岸边是光秃秃的灌木，地上的新草还没有发芽，经冬的棉花木的籽壳已经空了，壳里的种子已经随风飘走，只剩下尖尖的空壳立在枝头，在月光下闪着光。湖水映着月亮，余下的依然是一片深不见底的黑暗。桃花站在空无一人的湖边，早春夜的寒气中飘过一丝干草和新马粪的气味。湖边草地的尽头是一家马场，一年三季做骑术生意。开春了，在马厩里憋了一个冬天的马三三两两散放出来。湖边的冷空气让它们很兴奋，见桃花来到，它们立刻在栅栏边聚拢，朝她这边望着。马场里仅亮着一盏灯，栅栏前站的马儿们逆光站着，除了背脊显出柔和的剪影，其余的部分隐在黑暗里。桃花看不清马，但她知道这些马正默默地注视着她，它们巨大的身体互相蹭着，发出强烈的温热的气味。连着几天为葬礼忙碌，桃花累得浑身酸痛，夜风里她冷得发抖，但是她宁可站在这里，也不想回家，湖边的空寂好过家里。

妈妈埋葬在不远处的土地下面，慢慢变成自然的一部分，这个念头给桃花一丝安慰，让她的心略略安定。桃花反复想妈妈离开的那一天发生的事，现在桃花意识到，直到最后一刻，她都没有机会说出自己心底的话。在妈妈面前，她永远是一个没有自主的存在。

湖水里映出一片永恒的天空，一切已经不可改变……

二、叶曦

圣文森特里的三个女人连吃带喝，已经喝了一轮鸡尾酒——长岛冰茶、血腥玛丽和酒精度最高的 B52 轰炸机，高高低低的鸡尾酒杯已经空了。喝了酒，吃了油腻食物，这四个女人似乎也并没有开心得起来。楼上沃伦斯基的午餐大会已经散席，乐队停止演奏。酒吧里陆续有游客进来，手里都夹着音乐剧的节目单，百老汇剧的下午场散场了。

丽莎红光满面，举杯说："我有一个好消息，我们等了一年的中国收养，上星期批准啦。"

四个女人同时举杯庆祝！丽莎声音激动得发抖，继续道："你们听我解释，这一次我们的运气超级好。向国际红十字会交申请后排期一般超过两年，我们只等了一年就有好消息啦！

“雇律师准备文件，然后向国际红十字会递交只是第一步，两万美元手续费也交啦，交费之后才可以排队。通知排到我们之后，我们立刻买了随时可以走的机票，一旦中国红十字会通知出发，就立刻动身飞过去。到了广州，组织者会把我们这些领养家庭集合起来，搞一个团体游览，最后一站是湖北，在那里接到小孩儿，再去广州美国领事馆办签证……”

“相当于你们签了一个旅游团，旅行终点有一个孩子在等着你们，是不是？”瑞秋问。

丽莎有点不高兴：“什么有奖旅行啊！有的家庭为了收养孩子等了整整四年呢！”

丽莎苦苦做了几年的人工受精治疗，毫无结果，去年才决定收养孩子。她和她的牙医老公对在美国收养小孩儿都不抱太大希望。她曾私下抱怨，在美国流落到领养中介的都是问题少女生的孩子：“最担心的就是生母是瘾君子，孩子不健康……我还想培养这孩子以后上大学，成为社会精英呢！当然，当然，我这话极端政治不正确，不要鄙视我哈。”丽莎是否应该收养孩子，到哪里去收养孩子，是三年来见面必谈的话题。除了丽莎自己，其他三个女人都一直赞成收养，桃花甚至搬出来陈冲的例子：“琼·陈，你们记得吗？演《双峰》和《末代皇帝》的那个大明星，成功领养孩子以后反而怀孕了，这在中国叫招弟，有心理学根据的……”

过去丽莎坚决不肯，她会用近乎哀求的口气说：“我难道不能有点自己的选择吗？我和我丈夫，真的想生自己的孩子……”或者干脆一口拒绝：“我就是想生孩子，携带我的基因的，这是做人的基本权利，这有什么不对吗？”

每到这个时候，丽莎传宗接代的狂热，都让桃花很想抬杠。桃花说：“难道做母亲的乐趣，不就在于养育吗？孩子携带母亲的基因，哪有那么重要？”丽莎立刻反驳：“你根本不懂！艾米莉你有多大？从现在开始到你三十四岁，你有大好时光可以决定是否要孩子。我不行！我已经四十八岁啦，早就错过末班车！”艾米莉是桃花的英文名。

现在丽莎幸福得冒泡，说到即将到来的新家庭成员，头头是道。

“这次你们领养到的，肯定是女孩儿吧？”瑞秋问。

“那当然，孤儿院里基本都是女孩儿，但我还偏想要女孩儿呢！女孩儿聪明，适应环境能力强。”丽莎答道，“我不想跟孩子隐瞒她是领养的，没有必要，孩子长到一定年龄就会问，我就如实回答。你呢？艾米莉，你长到多大开始问父亲是谁？”

“我一直没问过，我妈妈有时自己会说。”桃花回答。妈妈太忙，永远是不能浪费时间的状态。多愁善感、怀旧，对叶曦来说都属于人性的弱点。桃花只知道家里旧照片里的年轻男子，名叫于小钢，并不是她的父亲，那只是母亲短暂的第一次婚姻。多年来母女之间的只言片语，让桃花拼凑出双亲的前世今生：

于小钢率先拿到了来美国的学生签证，在纽约城市大学读经济学专业，那时美国签证很稀罕，叶曦和小钢立刻办了结婚手续，叶曦可以用配偶身份来美国。

那是叶曦平生第一次坐飞机，尼龙箱子里塞满国货——丝绒旗袍，高跟鞋，生铁炒锅，黑木耳、干辣椒、花椒、八角各一包，还有四册《新概念英语》——这些都是准备在新大陆攻城略地的利器。到达纽约的第一个月，调料干货都派上用场，丝绒旗袍、高跟鞋和《新概念英语》统统束之高阁。叶曦在曼哈顿的中餐馆做洗碗工，一天十个小时，一周六天，根本不需要说话。餐馆经理是马来西亚人，每天对她说三句英文：

Lunch time.

（吃午饭。）

Dinner time.

（吃晚饭。）

It's done for the day, see you tomorrow.

（下班啦，明天见。）

除了这三句，另外一句英语是超市里的"Paper or Plastic?"（"纸还是塑料？"）——收银员在结账时问每一个顾客的话。一共四句话，是那时她能接触到的英文的全部，其余的都是中文，好像她的人飞来了，语言还留在中文世界……就这样，既不是中国也不是美国，小钢是她在这个两头不着的世界里唯一的伴侣。

他们租住的公寓在布鲁克林的西南角，远离市区，她每天先坐巴士然后转地铁进曼哈顿，单程两个多小时。她打工的餐馆在四十三街第七大道，百老汇戏院区。一周六天，每天晚上十点半后散戏，观众吃宵夜是百老汇一带餐馆赚钱的大生意。通常叶曦午夜后才下班，等她到家已经两点多了。叶曦在中餐馆做熟了，经理允许她带一个菜回家。为了分享这一个白来的菜，小钢自己先睡，等到叶曦到家前半个小时他起床，做一个紫菜蛋汤，或者热炒一碟空心菜，热好了饭等她进门。

每周一餐馆生意清淡，叶曦这天休息。这一天也是纽约所有的博物馆、画廊闭馆的日子，这些地方都去不成，她和小钢最大的乐子是去布鲁克林的羊头湾吃饭。那里是东欧移民扎堆的社区，东西便宜，他们两人买一些可以拿在手里、不需要坐下来吃的食物。吃完了去公园，把吃剩下的面包揉碎了喂鸽子。阳光照着脚边的鸽群，乌紫色的鸽羽带出金属般的反光。

那个公园里有一条小河，桥上架一座单孔石拱桥，一左一右的桥墩各挖一个小桥洞，像小时候语文课本上画的赵州桥，叶曦和小钢就把它叫作赵州桥。这个公园，也就是赵州桥公园。在这个布鲁克林的一角，尽管周围都是不同肤色的人群，说着完全听不懂的语言，这小片地方因为赵州桥忽然真的和中国有了关系似的。

春夏的时候，河水汤汤，河边的水草里，站着白色和蓝灰色的大小鹭鸶，河滨的草丛里可以找到野鹅的蛋。小钢不止一次说，咱们去偷几只鹅蛋拿回家腌咸蛋。真等到下手的那天，母鹅已经趴在草里抱窝了。还没靠近窝，公鹅伸展着两只大翅膀从低空掠过，追着他们又叫又打。小钢和叶曦惊叫着，从河边一路逃到赵州桥上，公鹅没有追着飞过来。阳光下河水的倒影折射在桥洞的内壁上，映出一圈一圈的波动。天上一群黑色的雨燕，发出细碎的剪刀裁纸一样的叫声……这是叶曦和小钢的蜜月，蜜季。

幸福时光只有一年。小钢开始准备硕士毕业考试，因为学生身份，最发愁的是找实习的机会。他回来常常比叶曦还晚，到家也是蒙头大睡，不想搭理带菜回来的老婆。周一要么不想出门，在家里睡懒觉，要么借口学校有招聘会，早早就出了门。直到有一天，中餐馆的小周跟叶曦说她看到一个“长得像你老公的人，隔三岔五在米其林一星的日式餐厅吃中饭”。

小钢和叶曦从来不上饭馆，如果真是小钢，真的常吃米其林一星，绝对是出问题了。叶曦决定在午饭时溜到日式餐厅的窗外去看。日式餐厅生意兴隆，路上和餐厅里几乎都是上班族，情侣、同事，个个衣着光鲜。唯独她穿着中餐馆白衣黑裤的服务员制服，腰间还围着一块深红色的小围裙，脚下着一双防水的黑色大头鞋，站在窗外往里瞅。日式餐厅外沿是落地窗，挂着许多长长的锦旗一样的蜡染布窗帘，布与布之间有缝隙，可以看到里面人头攒动。叶曦的心突突地跳着，双腿发软，若真看到小钢，她可能会伤心得晕过去。就这么站了一会儿，周围不停有行人擦肩而过，对她说 excuse me（不好意思），虽是道歉，其实也是嫌她碍事。叶曦站在那里没几分钟就觉得矮人一截。小钢要是硕士毕业去挑高枝，离开她这个英文只会五十个单词、在餐馆打工的糟糠，也没有什么不对的……在回家的路上她黯然地想。

小钢的背叛还不是最难受的，毕竟叶曦没有抓到什么真凭实据。她最不能忍受的是小钢整天心不在焉，对她视若无睹。他们见面的时间本来就很少，一旦彼此无话可说就形同陌路。异国的寂寞，就是在那个时候降临的。之前是漫长的度假，现在结束了，她又变成孤零零一个人。叶曦在餐馆的职位已经从洗碗工升到女招待，薪水加小费是以前收入的两倍，这个薪水是她生活唯一的动力。

每天走在去餐馆打工的路上，周围是行色匆匆、母语和肤色各不相同的路人，叶曦脑子里会生出各种奇怪的念头——这些人，这个地方，真的跟她有什么关系吗？如果下一分钟，她倒地死掉，没有人会知道这个人是谁，她就像一滴水在纽约的人海里蒸发掉了！她是谁，她从哪里来，谁会在意呢？一想到这里叶曦就心里发慌，想大喊救命……孤单的路，孤单的树，孤单的石头，孤单的空气，孤单的地铁车厢孤单地在高架桥和隧道里奔驰和停止……

小钢的冷淡、叶曦心里的怨恨，变成她跟店里顾客打情骂俏的动力，她要借着跟客人调情和周围的美国发生联系。她不能一气之下甩手离婚，她的留学生配偶身份在小钢的学生身份那里挂着呢，离婚她就会失去合法居留权，必须马上回国。漂洋过海来一趟，离了婚灰溜溜地回老家了?!——这是绝对不行的！更何况她还要寄钱回家，为准备出国时的盘缠她跟朋友借了钱，家里弟妹也等着她的钱用。

小钢已经很少见到了，见到也是心照不宣地互不说话。像她这样年轻苗条的服务员，有的是寂寞的男顾客来搭讪，只要她肯放出眼光愿意去搭。不多久就有一群无聊的男顾客冲着她来吃饭喝茶，凯瑟琳、凯瑟琳地点名叫她。被她挑中出轨的是一个常来喝咖啡的中年 ABC，彬彬有礼但不会说中文，小费给得特别多，给小费不是留在桌上，而是一定要递到叶曦手里，暗中抓一下她的手心。

小钢还算有情有义，直到她拿到城市大学的录取通知书，才提议离婚。那时他们已经分居两年，小钢借口离上班的地方近，搬到曼哈顿去住。他毕业后换了工作签证，在日式餐厅老板娘家的进出口公司上班。协议离婚经历了两个月，偶尔晚上谈个什么事，小钢会请她吃饭。如果叶曦兴致好，他还会陪她坐地铁回到布鲁克林的家。经过最寂寞无助的两年冷战，叶曦的心已经刚硬了，跟谁睡觉，她都无所谓。

叶曦上学后不久发现自己怀孕了，她直觉这不是小钢的种。小钢听说她怀孕，来找过她一次，还请她吃了晚饭，他想当然觉得叶曦怀的是他的孩子。“你要是不想怀这个孕我可以理解，三个月之内打胎是很安全的。”他大度地说，拍了拍她的手。

“你真那么确定吗？”叶曦心里想，但什么也没说，只是笑盈盈地夹菜喝酒。怀孕后激素高涨，她脸色红润，身材凹凸有致，怀孕后的丰润取代了过去的瘦弱，叶曦相当漂亮。小钢见叶曦不搭话，狐疑地看看她，他有点明白叶曦的沉默意味着什么。他们飞快地结束了晚餐，他礼貌地付了账，两人分手。

叶曦不想跟小钢有任何瓜葛，甚至，她觉得自己用出轨和怀孕完美报复了小钢。这个相恋多年却又辜负她的人，她人生中所有的第一次都交付的人，她心里一直都怨恨着。那时叶曦已经三十一岁，几乎在第一时间决定留下这个孩子。这个决定，在她湖北的家里掀起风暴，她母亲和父亲分别给她写信，劝女儿去打胎，越快越好。“留着这个拖油瓶，以后你很难嫁得出去啊！”叶曦的父母想当然觉得这是前女婿的孩子。

“我不想再结婚了。”叶曦简短地回信，我想生下这个孩子，这辈子我就一个人过，我能养活我自己。她毫不犹豫地帮自己父母办探亲签证，让他们到美国来帮忙带孩子。两位老人一致对外说她离婚后单独抚养孩子，好像这么一句话就替孩子找到了父亲似的。叶曦从没有反驳，她那时已经完全不介意了。

清晨去曼哈顿的B线列车里，车厢晃动，拥挤不堪，在赶去上班的乘客中，叶曦强忍住自己孕早期的恶心，她不想去找那个ABC。腹中的孩子、即将从彼岸飞过来的老父母，给她从未有过的成就感和勇气！辛辛苦苦来美国打工多年，陪读，读书，她下决心要在纽约混下去，混出头来！地铁过道里漏水的天花板和墙壁上布满喷漆的壁画——巨大的叶片下阳具一样野蛮生长的“黑眼苏珊”和蓝色的“玉米花”——这两种美国东岸野地里最常见的野花，高高超过叶曦的头顶，叶曦恍然觉得这些粗糙的、颜色鲜艳的花草，跟她一样，都是在纽约的愤怒和失望下悍然生长的美——要活下去，要立足，要出人头地，这就是纽约，无论你的来历、你的过去，只要你愿意奋斗，你可以从头再来。

孕期三个月，做了子宫超声波图，医生告诉叶曦这未来的孩子极可能是一个女儿，叶曦高兴极啦！回家的路上地铁上极拥挤，她顾不得一天的疲惫，站在地铁里，随着车厢飞速向前，努力平衡身体，端详着手里的胎儿超声波图，纸片上那个模糊的形状，就是她未来的女儿。过了桥，铁轨转出隧道上了高架，车窗外是一大片海，叶曦对着海发誓，一定要把这腹中的孩子培养得出人头地，在美国混出名堂来……她甚至觉得，她一眼望下去，可以看得见这个未来的女儿，这孩子叫桃花，叶桃，湖北大山里最常见、春天开得最眩目的桃花！

我有女儿啦！一想到女儿这两个字叶曦就眼中发热……

转眼圣文森特酒吧已经到了晚饭的时间，侍者过来清理桌子，送上了最后一道甜点，奶油脆筒，这个母亲节聚会即将结束，四个女人因为坐得太久，哈欠连天。

“我怀孕了。”桃花看着面前的奶油筒，突然冒了一句，“前天我约了医生做堕胎，但是又退回来了。”说完她如释重负，等了一下午终于把这句话说出口。

“我一直以为你是处女！”亚萍脱口而出，说完有点不好意思，停了停，继续用中文说，“第一个男朋友吧，我看你就是从来没有跟人上过床的……”

桃花拿眼横了她一下，亚萍打住话。桃花道：“我本来以为自己能解决的，只要去一趟堕胎诊所就行了。”

“我在这里千方百计要生孩子，你却想偷偷堕胎，这世界！”丽莎急急地说，连连摇头，“这样说吧，要是能有自己的孩子，我宁可放弃所有的事业成就！”她说着哽咽语塞。桃花低头不语。

“但是你犹豫了？”瑞秋问，桃花点点头。

“当然去做人工流产啦！这种婚外生子要不得！你还想不想嫁人啦？”亚萍激动地用中文说，手指都快点到桃花的脸上，亚萍真心替桃花着急，“你想想，那么好的工作，普林斯顿毕业，人生一根红线往上走，你可千万不能犹豫，大好前途啊！”

“我妈妈如果在，肯定也会这样替我决定。”桃花回答，亚萍使劲点头。桃花继续道：“我妈妈是单亲，养育了我，我们过得还可以，为什么她都可以做到我不能？”

“你太天真啦，年纪轻轻名校毕业，干吗要做单亲妈妈！”亚萍激动地说完，双手在空中比画了一个手势，强调她的意思。那个手势，像洗手后甩去手上的水珠，桃花看着眼熟，又想不起来在哪里看到过。

“多久了？”丽莎问

“十个星期。”

“你的男朋友知道吗？是凯文？”

桃花摇摇头，点头。

瑞秋警觉地问：“你不想让他知道？”

“不想。我若跟他说，他就会立刻要结婚。他还在读博士！我，我现在不想结婚……”

一直默不作声的丽莎忧心忡忡地说：“桃花，我直觉你最后会走我的路，流产，然后后悔一辈子。”

桃花睁大眼睛看着面前的丽莎，眼里惊恐，说：“如果我妈在，她肯定也会赞同流产。以后我还会再怀孕啊，等机会成熟，可以养孩子的时候……”说完她愣在那里，什么时候才能机会成熟呢？

“大部分女人都会有很多机会，但我就那一次。”丽莎凄然地回答。

三、桃花与凯文

预约，咨询，验血，做子宫超声波，在堕胎诊所桃花心情平静地做完了每一步。每一次护士问她是否确定自己的决定，桃花毫不犹豫地说是，她确定，I do（我确定）—— 听上去像“我赌”。赌什么，桃花并没多想。

桃花穿着一件胸前开口的妇科检查用的布袍，布袍没有系上，待她平躺在检查台上，布袍落在身下，等于赤身裸体，她的双脚套在手术台末端的金属脚蹬里。

检查台上铺着塑胶垫子，在她后背的压力下慢慢热了起来，桃花安慰自己，只要几分钟就可以结束了。

门推开，一个五十开外的男医生走了进来，彬彬有礼地招呼：“你好！艾米莉！”

桃花吓了一跳，完全没有想到这个名叫莱斯雷的医生是男医生。桃花过去的儿科医生，现在的妇科医生一直是女医生。桃花本能地把布袍在胸口裹紧。

莱斯雷医生五十多岁，头顶上深棕色的头发已经有不少白发，身材高大，戴着无框眼镜，像桃花的高中英语老师。他先花了几分钟和护士一起准备手术用的器械。桃花注意地看着他的侧影，没错，他的确像英文老师，桃花更不安。

医生转向桃花，他一边熟练地给自己的一双大手戴上蓝色的乳胶手套，一边坐下来，对着桃花套在脚蹬里被分开的双腿，说：“艾米莉，我现在要先检查你的子宫颈，你不会觉得痛，但你会觉得下腹部有压力。”说着伸出戴好乳胶手套的手，伸进她的身体。怀孕时子宫颈的肌肉会更加柔软，戴了乳胶手套的英文老师的手摸上去是什么感觉？桃花闭上眼睛，心突突跳着。

桃花的高中英文老师是唯一赏识桃花写作才华的人。很多次，桃花把他想象成自己的父亲。现在，这个外貌像她父亲的人，将要给自己做堕胎手术了……桃花在胸口的双手握成了拳头，虽然双目紧闭，她还是觉得屋里的灯刺目极了。

“只要几分钟，几分钟就结束了……”桃花安慰自己，医生彬彬有礼的声音在她耳边……对的，几分钟之后，她就恢复自由身了，一切归零，那粒微小的种子将在不锈钢的刮刀上，变成一抹血迹，随着消毒液的冲洗，像有机化肥一样被冲进下水道，从下水道一直通向纽约城外的海里，被分解后的元素将加入自然的大循环……医生的手已经离开桃花的身体，他脱下手套，说：“如果你觉得太紧张，我们可以给你全身麻醉，但那真的是没有必要，你现在这个阶段怀孕，堕胎极容易，全身麻醉后病人恢复得慢。”桃花摇摇头，还是闭着眼睛，努力熬过这几分钟……金属器械在金属盘上划动的声音，让桃花皮肤上起了冷汗……桃花非常想念妈妈。

她的眼前一片通明，她看到一条长长的地铁车厢，站满了各种肤色的人，其中一个年轻的亚洲人模样的女子，侧身站在那里，右手紧紧抓住地铁车厢的吊环，左手提着一只塑料袋，她的下腹部微微隆起。好像感知到桃花的注视，她慢慢转过身来，正面对着桃花。

那是年轻时的叶曦，地铁里很热，她满头大汗，双颊通红，但她的一双眼睛很明亮，毫无倦意。随着地铁的行进，她平衡着自己的身体，手里捏着一张小纸片，她抬头望着远方，有时又低头看着手里的纸片，那张纸片上是模糊的影像，略略能看出是人形。叶曦喜滋滋地看着，嘴里念念有词，看一会儿，再抬头望着远方，好像她真的能看到遥远的风景一样。

叶曦低头看手里的纸片，那神情是桃花最熟悉不过的，她的脸沐浴在一层看不见的光里，那种光，从身体里向外辉映出来，热力一样。

桃花猛地把眼睛睁开，她坐了起来。“对不起，请停一下，我得去上厕所，马上就回来。”桃花尴尬地解释着。

护士和医生互相看了一眼，医生研究着桃花脸上的表情，道：“艾米莉……那好吧。”

桃花不敢看他，医生和护士似乎都知道她心里想的，她避开他们的目光，又说了一遍马上就回来，用脚摸索着地上的一次性拖鞋，小心地从手术床上下来。双脚落在地面时她心里觉得一块石头放了下来，她知道不会再来这里，不会再见到这个英文老师模样的医生了。

离开诊所，天已经晴了，出了大太阳，早上的阵雨这时已经被太阳晒成水蒸气挂在空中。桃花觉得浑身燥热，走在第六大道上，甚至感觉不到自己的两条腿在迈步。怀孕后她第一次觉得耻辱、害怕。她拼命往前走着，身体里仿佛有一股力量在推动着她，尽快离开堕胎诊所，这股力量比心里那些耻辱感更为强大。

已经是中午，街上的行人里多了很多穿正装的公司职员出来买午饭，桃花的前面走着两个秘书模样的年轻女子，大声地聊着八卦。几个穿西装的中年白人，站在一家新开张的泰餐馆门口，研究着玻璃窗里贴的菜单。餐馆经理站在一边，满脸堆笑，耐心地等着给他们引座。韩国人开的鲜花摊子，已经摆上了初夏的香水百合和浅紫色的绣球，花香让桃花想起旧家前院，她们母女俩一起种的花草……一切似乎都没有什么变化，夏天的花准时开了。

每年这个时节是母女上街血拼的日子，年年如此。在这几天，秋冬尾季打折的衣服特别便宜，妈妈会毫不犹豫把母女俩大小两个号码的衣服都买上好多……桃花心里隐隐作痛。今天她特别想念妈妈，恍然觉得身体里那个微小的生命的胚芽就是自己，而这个行走的身体就是二十九年前的妈妈，她心里的怕和耻辱感一点点退下去。

桃花拐进一家服装店，挑了几件衣服，排队付款时她的手在手提袋里摸索，碰到了手机，她的心情又跌下去了。手机是关机状态，把她和凯文隔开来。只要她打开手机接电话，怀孕这个秘密，很快会被和盘托出。她真的想跟年龄只比她大一岁、认识不到两个月的男孩子过一辈子吗？他还住在纽约大学的宿舍里呢！想到这里她又后悔刚才从堕胎诊所里溜走。

桃花失掉了兴趣，她对营业员说了一声抱歉，转身从店里出来，逆着人群落寞地走着。结婚与生子这些天大的问题，好像卡通片里悬在天空的钢琴，在她头上投下巨大的不祥的影子。桃花自我安慰，明天就打电话再约做手术吧，换一家诊所，一切还来得及。现在好好去吃一顿午饭，然后去上班吧，多想无益。

走到四十二街的剧院区，极目望去，时代广场上东西南北方向，摩天大楼的墙上贴满几十米高的液晶屏幕，声光电彩，绚丽晃眼，不停地变换着画面。前面的液晶巨屏上推出百老汇新剧的广告：《绿野仙踪》小女孩多萝西前面是一条长长的黄砖路，小女孩的脸幻成桃花的自拍照，又幻成母亲叶曦年轻的时候……

这时一声声汽车鸣笛把桃花惊出白日梦，她的四周都是汽车，车里的司机不耐烦地对她摇着头。桃花紧走几步，走到对面的人行道上站定，从包里把手机取出来开机。不多久她的手机便响了，整个手提包都随着手机在微微震动，催命一样，桃花气恼地取出电话，接通，电话那头立刻传出凯文焦急的声音……

桃花听着凯文急急的问询，低头看着脚下的柏油路，她人生中的三大事件——男友、怀孕，以及堕胎的决定，瞬间汇集在此刻。而这一切的因果，皆从母亲去世，她决定搬到城里住开始的……

一年前，桃花用两个月时间清点斯卡斯代尔镇的旧家，把家具和旧物分成几类：捐献给救世军慈善会的、卖给二手店的、送进仓库保存的、继续使用的……清空后，旧家交给房产中介出租，租金收入拿去租曼哈顿的公寓。桃花在曼哈顿上西区第八大道找到的一室一厅，离公司只有七站路。公寓老旧，底层门厅里贴镜子的墙壁灰蒙蒙的，一棵塑料的圣诞树经年累月地放在那里，但桃花不挑剔，这是她独立人生的开始。

她不顾 Home Depot（家得宝）店员的反对，也不顾心里住着的妈妈的反对，坚持挑选了少见的深紫色，把卧室客厅都仔细刷了一遍，新漆可以盖住旧房的气味。家具，计划只买最少的几样，一桌、一床、一椅，包括床边的夜柜、床下的地毯，全部用极简式样。待她真进了那家卖极简式家具的意大利店，看到价格，忍不住倒抽一口凉气，退而求其次，买了式样类似但不是正品名牌的家具。

布置完毕，桃花心里那个爽啊！三年来第一次，桃花没有想念亡母——叶曦是绝对不会把家里的墙刷成深色，或者买什么极简风格的家具的，小公寓里的一杯一椅，跟斯卡斯代尔镇的旧家没有关系。

那个周末她请了公司的好朋友来做客，喝酒聊天到半夜三更，从此新生活开始了——如果不加班，晚上她开始出去喝酒，从一个酒吧跳到另一个酒吧地喝，或者看电影，在纽约大学边的小电影院买了月票，晚上可以随时进去看电影。也就是在这个电影院，桃花开始认识了各种男朋友。像她这样年轻苗条的单身女人，在人群中几乎像一个磁铁，不停地有人来搭讪。电影散场后喝一杯，慢慢变成喝两杯，变成明天再见面……这样她有了一次短暂的恋爱和两次一夜情。

周末除了写作，桃花最喜欢做的事是光顾纽约城里随处可见的文人聚会——写作坊、朗诵会、读书会。她习惯素颜前往，那些地方莺莺燕燕，尽是年轻漂亮的文艺女郎，她反而不那么突出。

一个英译诗集刚刚获得美国国家图书奖的巴尔干诗人，在纽约大学举办朗诵会，桃花闻讯参加。出门前她忍不住打扮了一下，为自己的诗歌偶像化了淡妆。等她进了纽约大学人文学院的小礼堂，一群细腰长腿的上东区时髦女子已经围着一个年过半百的诗人。诗人两只眼睛微有焦距差别，可以朝不同的地方放电，兼顾四周。

除了放电，老诗人的一双眉毛永远拧在一起，愁苦相。诗里永远是黄昏；萨拉热窝被轰炸照亮的天空，狙击手旁边是在一边等吃死人的乌鸦；无论朝哪个方向，都是生的彼岸，但死永远在这里；雪花落在河面上，一片接一片地消失……桃花听得眼睛不敢眨，她也像被流弹击中……直到旁边一个人给她递来纸巾，她才意识到自己泪流满面。

递来纸巾的是凯文，纽约大学东欧语言文学系的博士生，诗集的英文翻译者，也是聚会的组织人。桃花对诗的迷恋，给凯文很深的印象。一周以后，在桃花的公寓里，凯文一边亲吻她，一边念老诗人的诗，一只手慢慢解开她胸口的纽扣：

你眼睛的凝视
让我失明
惊鸿一瞥的花朵
在你的春意里凋零

你眼里的风景把我席卷而起，
我看见的，只有你
蜕变已经是清晨醒来
瞳仁如小鸟飞出去
带走你，和你镜中的睡姿

随着老斯拉夫人的诗句，凯文的身体慢慢扭上了桃花，好像跟她上床的是那个远在六站地铁距离外、纽约大学讲堂里醉醺醺的南斯拉夫老人，眼前的凯文只是灵媒。凯文的年龄看着不超过二十五岁，台灯黯淡的光下，他的苍白的光洁的脸，细长的脖子让他更像纯洁的少年，哦哦，这个细节事后想起来，是多大的陷阱啊！

桃花的床铺着雪白的床单和毯子，床垫是崭新的，又结实又软和。在身体叠加在一起之前，桃花困惑：为什么要上床呢？难道不应该一首接一首地念诗吗？但一切的犹豫都晚了，年轻赤裸的身体光滑而有弹性，像吸铁石一样紧紧地贴在一起，肌肉紧张的一刻，身体上升起看不见的快乐和疼痛，呼吸并成同一道，桃花睁大了眼睛看着这个刚刚认识了一星期的人，他的脸在用力和兴奋中拧成近于忍痛的表情。

在床头柜抽屉的里层，有一盒杜蕾斯。但是凯文折腾了近四十分钟，都没有成功。“不用杜蕾斯，可以吗？”凯文无奈地问。

桃花愣住，她犹豫了一下，还是点了点头，人生本来就是一场赌博，不是吗？

可以吗？会不会危险？自从母亲去世以后桃花经常自问。在花了几十分钟洗脸，抹粉去皱，化妆，然后完美一新地走进通勤火车时，叶曦绝对不会想到在这个世界上她只能存在三个小时了。时钟分分秒秒，不停地向前走，向前走……桃花的身体在全力抽动后狠狠地停顿，她闭上眼睛，看到的是叶曦从出租车的车门里滚出来的一瞬间。

三年前的那个周末，叶曦坐火车去曼哈顿，出了四十二街的中央总站，步行至办公室，取了文件，回复邮件，安排下周工作。一小时后，她望着窗外越来越大的雪，担心路况不好，决定结束办公室里的事务，叫了电召车去机场。离飞机起飞还有四个多小时，绰绰有余，她安心地坐进电召车的后座。镶深色玻璃的车窗隔音极好，车里安静舒适，叶曦看着外面接次亮起的路灯、慢吞吞行进的车流，整个人都放松下来。于是她松开安全带，人在后车座位上斜躺着，一边祷告飞机不要延误，慢慢睡着了。

电召车出了皇后区的法拉盛转上了长岛直通线，拥堵减缓，终于可以提速了……在靠近机场的范维克路段，这辆电召车左冲右突，娴熟地违规，在紧急停车道和正常车道间腾挪闪转，顺利地超过前面一辆辆车，司机很是得意，把车开得如风行水上……忽然砰的一声，车身狠狠震动了一下，右轮蹭到路面一块暗冰上。司机本能地猛踩刹车，但此时车的时速超过七十五迈，突然刹车让车完全失去控制，车身向上跳了一下，落下后撞到路边的水泥墩上，车继续带着动量与地面呈九十度飞了出去，摔到对面的车道上，对面飞驰来的卡车把出租车撞飞了出去，出租车落到隔离带才停下来。

车翻滚时车门被撞开，躺在后座上的叶曦随着冲力被甩了出来，落在积着残雪的地面上。她的头撞在一堆分隔车流用的水泥预制板上，像被大力击中，她的头狠狠地偏向一侧，又无力地转回另一侧。

那一瞬间，她的目光向上，看见没有星光的夜空密布着结冰的雪花，蓝白色的冰凌闪着光，让人目眩神迷，好像冰山，她心跳加快，呼吸急促，没想到冰山是这样的。

一个小时以后，叶曦被救护车送到医院时宣告不治。

四、石头

三年前，二月的最后一个周末，桃花凌晨即起，轻手轻脚走进地下室，修改之前被退稿的小说，处理编辑和文学经纪人的来信。桃花工作之余偷偷写诗和小说，已经超过两年。之所以偷偷地背着妈妈，是因为她不想听到妈妈的唠叨：作家和艺术家挣的钱连基本生活都不能保障，还不如做基金经理、当律师实在，最不济做财务也比当作家挣钱多。有这工夫你不如出门社交……

如果她恼了，妈妈又会和颜悦色道："当然啦，做什么你开心就好！老妈我会一直工作到七十岁，你要写作要做艺术家尽管去，我做牛做马，我会做你的经济后盾。"

"如果我选择做艺术家，妈妈你真的情愿吗？"桃花曾经不止一次试探过。

"当然，只要你努力，你一定会成功的。"妈妈语气的重点落在"成功"上。叶曦对文学有恐惧症，桃花至今记得妈妈多次提到她初到美国时的困境：一切归零，多年打工……女人一定要经济独立，这是家训。叶曦几乎不跟女儿提父亲，要提也是在"不要依靠男人"这种上下文里，她们母女是一个自足自在的世界。

桃花大学毕业后就开始上班，并没有向妈妈伸手要过钱。她回家住，也是妈妈的主意，可以把房租省下来，为上法学院存学费。"纽约那么贵的房租，交房租等于给房东打工！存几年钱攒够首付就可以自己买房啦……"存钱桃花没意见，买房的梦想也是她心向往之的，但法学院还真不是她的菜。

桃花家的地下室其实是地窖，天花板没有达到标准建筑房间的八英尺高度。在她们这个寸土寸金的镇，地窖被前房主装修成一室一卫的客房。剩余的面积放了洗衣机、烘干机，朋友搬家时卖不掉的二手跑步机和自行车也堆在那里。地下室潮湿，墙纸脱落，裸露出墙上的干胶和干胶上的霉菌，一块一块呈微绿色。地面贴着深红色的油毡布，油毡布上的金色几何图案已经褪色。地面和墙散出灰尘和霉味儿，跟洗衣机的汰渍洗衣粉和织物软化液的芳香混在一起。低矮的天花板上有两只没有灯罩的电灯，节能灯泡光线惨白，桃花过去对地下室有恐惧。除了洗衣服，她尽量不来。

半年前的一个周末，桃花正好在地下室，妈妈在楼上叫她，要桃花跟她一起去听职场话题的讲座。楼上妈妈声声唤，桃花心里忽起一个恶作剧念头，她不作声，静听着楼上妈妈软底拖鞋的脚步声，从厨房走到客厅，又腾腾地上楼，转了一圈找不到女儿，又腾腾地下楼……叶曦最后独自开车出门。楼板下飘出的灰尘慢慢落定，桃花心里升起一丝胜利感，好像赢了一场捉迷藏，又好像逃过猎人追捕。这以后，桃花想安静一个人写作的时候，她就会来到地下室。

桃花起先坐在客房的床沿上，电脑置于床头小桌。小桌后的墙上有一个一尺见方的小窗户，透过积满灰尘的肮脏的玻璃，可以看到杂草丛生的前院。有一天她穿着短裤写作，不久发现自己裸露的腿上生出一片红疹子，奇痒，桃花疑心那个床垫上有臭虫，这下她害怕了，立刻把电脑搬到运动房。

运动房没有门算不上“房间”，它是客房和浴室以外地下室的剩余部分，无门无窗，也没有桌子。运动房之所以叫运动房，是因为那里有一架二手的跑步机和一辆自行车，同折叠起来的塑料圣诞树、节后减价买来的装饰品放在一起。除此以外是破旧家具——椅背破了的藤椅、带裂纹的瓷灯座、带流苏的老式灯罩、抽屉缺了把手的衣橱……还有多个纸箱子，装着桃花的旧课本、毕业纪念册、经年累积下来的书信文件。桃花看中的是一台练肌肉用的重力拉伸机，上面有一个宽一尺、长近四尺的长凳，可以放她的电脑，旁边配一张小凳，对她的高度正合适。这个长凳左低右高，电脑放在上面并不稳定，她不能有太大的动作，必须像走平衡木一样小心翼翼，在电脑键盘上敲字，手力要尽量放轻。

桃花不想让妈妈知道她在写作，她太了解妈妈会有什么反应——会没完没了软硬兼施地问，直到桃花不耐烦了，把真相和盘托出：写了超过两年，一个字都没有发表过！但她相信自己有潜力，第一本小说已经写到一半了。

“桃花！”叶曦的声音忽然从天而降，桃花吓得一哆嗦，手失去平衡，电脑从长凳上跌落，桃花眼疾手快伸手扑过去抓电脑，整个人从小凳上歪倒下来，头撞在健身机的轮子上，疼得眼冒金星。

叶曦的脸上涂满绿色海藻泥，说话时露出一口护理过的白牙。她穿着绯红色的浴袍，像仙女一样神出鬼没。她伸手把女儿扶了起来，另一只手使劲地从桃花手里夺电脑，桃花虽疼得闭着眼睛，死死抓住电脑不放手。

这只电脑就像《旧约》所罗门王判案里的婴儿，在两个女人之间被撕扯。桃花与叶曦几乎同时松手，电脑啪的一声落在地上，里面的键盘跌散了露了出来，桃花见到脸色都变了，一把捡起来，心疼地把电脑搂在怀里，眼泪在眼睛里打转。

叶曦转身离开，道："快上楼吧，我们上楼说，这地下室我最怕了，又脏，气味又大，怎么想得出跑这里来写作？"

桃花的脸、手和头发上粘了蜘蛛网，她从地上爬起来，真是灰头土脸。她紧急打开电脑，按着启动的按键，电脑毫无反应，楼上妈妈在催她。桃花不吭声，不想搭理，她脑子里过了各种抢修的招数，文件在云储存里都有备份，不会一机死而死……想到这里她心里稍稍安慰，遂磨磨蹭蹭往楼上走。想到又要听训，桃花气愤又无奈地对着脚边堆积如山的纸箱子猛踢了两脚。

其中一个纸箱，实在老旧，不耐脚力，啪的一声裂开来，其中的旧物如内脏一样四散着落在地上。一本简陋的单页本塑料相册，滚到桃花的脚边，随着惯性，相册廉价的塑料装订脱散，里面的老式柯达彩照像离了杆儿的稗子，一张一张飘在油毡布地上。

桃花好奇，顺手捡起一张黑白照片，发现是一对年轻的情侣：年轻的女性看着像是妈妈，旁边站着一个高大的同龄中国男子，比年轻女子高半个头，戴着一副黑框近视眼镜。两人是高中生模样，消瘦、稚嫩，男子嘴角上长着软软的胡子，头发剃成平头，照片下角还有"红星照相"的落款，"庆祝五一劳动节"。

桃花又捡起一张照片，彩照，还是这两人：女子烫了头发，抹了口红，脸颊上扫了两朵腮红，脖子上系着一条大红色的丝巾，仔细看还是年轻时的妈妈，男子没有什么变化但头发留长了，他们周围是满山盛开的花树，照片的背面题着一行钢笔字，“1984 年叶桃山留念”，落款是小钢。

桃花更加好奇，又捡起两张彩照，还是这两个年轻情侣，不同的风景……叶曦在楼上喊她：“桃花啊，你还不快上楼，好好洗一下，我们稍微说两句话，我就要出门了。”桃花把手里的几张照片夹回相册。今天妈妈去匹兹堡公司总部出差，几天都不回家，她有的是时间，想干什么都可以。想到这里，桃花心里一阵轻松，又可以解放几天啦！

走到楼上的浴室里，桃花拿了毛巾洗脸，用梳子梳掉头发里的灰尘和蜘蛛网。叶曦占用浴室里的另外一个洗手池，拧开水龙头，洗去脸上绿色的海藻泥面膜，一边洗就一边说：“桃花，你在偷偷写东西是吧？你应该跟妈妈说，妈妈会支持你的……你啊！要是下定决心走写作的路，要保留你现在这个全职工作，千万不能随意辞职，知道吗？写作这条路极艰难，在你写成之前根本养活不了自己。你一旦下决心，一定得吃得了苦，eating bitter（吃苦），知道吗？ 一旦放弃，所有努力都白费啦，看来你有你妈妈的文学基因！”

eating bitter，吃苦，是叶曦的洋泾浜词汇之一，独家发明。凡人生成就几乎都跟这个词有关联：练钢琴要 eating bitter，早上五点起来赶去参加游泳训练要 eating bitter，暑假参加数学补习班要 eating bitter……连桃花十一年级帮纽约州民主党参加中期竞选，都要 eating bitter。桃花用毛巾浸了冷水敷在额头消肿，不语。妈妈今天没有对她吼，居然婉转地鼓励她坚持写下去，若不是刚才电脑摔坏了，桃花简直有点感激妈妈的支持。

“你倒是说说看，你的小说到底想写什么？写什么样的人？”叶曦问。

“写我们。”桃花回答。

“嗯嗯，我们还真是美国模范中产呢，你看看自己，最好的公立学校读上来，入普林斯顿，一级荣誉毕业，最后你就打算写作？你知道在中国国内把写作叫什么吗？码字！妈妈中文系的同学都不肯码字，都转专业啦，好多做了律师……”

叶曦看到女儿的脸色，把口气和缓下来，说：“桃花啊，妈妈这个文学系毕业的，到美国来，靠打工攒学费读最便宜的城市大学，你如果真以我们的生活为背景写小说，多给我们脸上贴贴金啊……”说到最后一句已经切换成英文，叶曦跟女儿谈正经事时会用英文，感觉更正式。桃花不语，叶曦无奈地看着女儿。

“张玫阿姨的女儿，詹妮弗姐姐，你还记得吗？詹妮弗现在已经做到‘老虎’基金的法律总监助理啦，从哈佛法学院才毕业三年！”

“詹妮弗姐姐不是最近得了忧郁症，想自杀吗？”

“哦那不是詹妮弗，那是丽迪亚，哈佛毕业闹自杀的多呢。丽迪亚后来辞职去福特基金会工作，you know（你知道的），慈善机构，工作压力没有华尔街那么大……不管她们，跟我们没有关系。桃花，你一定要设计好自己的人生之路，不要浪费时间，不要走弯路……”

“妈妈，你说要先去办公室拿文件，再去机场？”

这话奏效，叶曦点头："我这就坐火车去城里，你送我去火车站。"说完她加快手上的动作，用毛巾把脸擦干，抹上护肤品，又细细打上粉底，把脸色调到三十五岁的好气色，满意地离开浴室，转进卧室里去挑出门的衣服。叶曦喜欢加班，尤其在空巢后，她恨不得一周七天都泡在公司里："不加班在摩根银行怎么混得下去呢？不加班我们怎么住得起这个学区房？"

这栋不足两百平米全木结构的独立别墅，是妈妈事业成功的证明，它位于纽约北郊最好的学区，斯卡斯代尔镇。这栋二十世纪七十年代建的房子，十年前她们购入时市价是八十万美元，现在早已超过百万，甚至有人说已经翻倍，这是妈妈最得意的投资。"要是在北京上海，这绝对是价值千万的学区房！"妈妈的大学同学来纽约做客时说。每说到房子，妈妈就特别开心，若桃花在身边，她会骄傲地说："以后这些都是你的啦桃花，让你人生有个好的经济基础！别像妈妈那样打那么多年工才能挣够学费……"桃花闻之没有反应，她从不觉得自己需要钱，也从来没有想过妈妈会突然离开她，把房子传给她这种说法，桃花都觉得遥不可及，妈妈会永远活下去，和她做伴，和她争吵，逼她做这做那，让她烦不胜烦，无处可逃。

桃花一直喜欢原来那个读到七年级的旧学校，旧家，旧社区——左邻右舍都是拉丁裔、墨裔和爱尔兰蓝领，割草植树、打扫房间，二十块美金就可以搞定，看孩子免费，不像在这里，一切都死贵。妈妈从搬进来的第一天，就买了一架手推式割草机，让桃花干。原来每年夏天独立节，妈妈都要邀请同事朋友来家里搞烧烤聚会。刚住进来的几年，为了支付每月的房屋按揭贷款，她省吃俭用，连这一年一度的烧烤聚会都不办了，更不要说桃花的生日派对。“干吗要跟同学去电影院看电影呢?!过两个月新电影的DVD出来了，图书馆就会有免费的影碟可以借回家看，要看多少遍都随你！”桃花说喜欢电影院的气氛，妈妈说：“那是富人的习惯，我们应该充分利用公共资源。”

妈妈强迫症一样的节俭一直是桃花看不上的，但是妈妈有她的理由。最初搬来的时候，前门几平米的空地需要重新撒草籽。撒草籽是重活。妈妈带着女儿硬是自己动手，在大太阳下挥锄动土干了两天，桃花累得怨气冲天：“什么破房子！事事都要自己动手！连草都要自己种！”叶曦瞪她一眼，道：“我小时根本没有院子，全家五口人挤在两间房里。”

桃花高中毕业前，从来没有喜欢过这个好学区，好学区也没有喜欢过她。这里占人口数百分之九十以上的都是白人，她这样一个亚洲女孩儿的一言一行、穿衣打扮，从来就没有对路过：她穿不起名牌J. Crew的衣服，冬天穿的翻毛靴子不是UGG，而是从COSTCO（开市客）买的便宜货；她不够高，不够苗条，头发是黑色不是金色；即便是网球打到校队，拿到州里的团体冠军，她也是校网球队里最不受待见的一个，因为她家从来没有举行过赛后的派对；她的生日派对只是看一场电影，然后吃一顿冰激凌甜筒，没有在乡村俱乐部举办的泳池派对……

但妈妈从不自卑，她为自己能在高档学区买得起房子而骄傲！何况这个房子绝对值得，女儿进了赫赫有名的全国排名第三的斯卡斯代尔高中，就等于上了私立学校，这是通向藤校的必经之路啊。叶曦不要看到女儿说着西班牙语跟那些肥胖的拉丁裔混，她要女儿跟白人孩子交朋友，加入公立高中的课外活动俱乐部：数学竞赛俱乐部、辩论队、机器人队、模拟法庭、模拟联合国、校刊编辑部……哦还有作为社区义工，为非裔募捐的节日义卖！“这些活动对申请大学绝对有用，只要你有效利用时间，提高效率，这些活动是排得过来的。”

桃花拿到普林斯顿大学的录取通知书的那天，叶曦激动得眼中含泪，连职位升迁都没有让她这么心花怒放。

“你要什么快乐?!你以为我周末不休息，对着一堆财务报表就快乐吗？人要吃饭呢，房要付房贷……”妈妈打断女儿的叽歪，下一句话是，“快去做作业吧，不要浪费时间，妈妈在你这个时候真的是一穷二白，什么都没有呢！”

窗外暮色四合，前门围廊下的灯自动亮起来，昏黄的灯光下飘着雪花。她对着客厅墙上的镜子端详自己，看到自己年轻的俏模样，忍不住开始理头发，摆出不同表情，微笑、严肃、恼怒、滑稽……不管从哪个角度，镜中人的模样都是叶曦的影子，母女像是照片的双重曝光。母亲性格的种子，已经深深地种进桃花的心里。桃花叹了一口气，不再对镜自怜，她抓起钥匙，把车开出车库……

通勤火车到了，叶曦抓起身边的小行李箱，敏捷地跳上火车，趁着车门没有关上，她转身对着站台上的桃花喊：“快回去吧，要下大雪啦，再考虑考虑法学院……等我回来你考个 LSAT（法学院入学考试）看看？我帮你在网上订了一本练习册，明天送到。”车门关上，隔着火车门的玻璃，桃花看到妈妈将两只戴着皮手套的手像洗手后把水甩干那样，朝她挥了挥，然后朝车厢深处走去。

桃花心里的火腾地起来了，她就知道妈妈不会如此爽快地支持她写小说，拐弯抹角要把她往法学院的路上推。“我不要你管，永远不要！”桃花大声说，never ever！

站台空荡荡的，桃花的声音在夜空下传出去，never ever……桃花看到前面地上的一块小石头，她走过去狠狠踢了一脚，小石头朝列车的方向飞出去，准准地落在铁轨上，发出当的一声。

随着火车驰远，四周一片寂静，雪落在桃花脸上。妈妈不在家的这一星期，她既可以专心写作，又可以随便约会，想到这里她高兴起来，忍不住又对着站台喊了一句：

I am free!（我自由啦！）

雪地里传声远，回声像千真万确的真理，追着通勤火车而去，妈妈能听到吗？即使听到了，那被寒冷的夜稀释的心声，妈妈能 get（获得）到多少……

那块她踢出去的石头，从此以后跟随着桃花，在她的记忆里反复掂量，拷问，成为她梦魇的源泉……但那是以后的事了，现在，桃花并不知道，她仰起脸，看着漫天雪花落下来，天空结冰了。

桃花至今可以听到石头落在铁轨上，隆隆车声里清脆的一响。

（发表于《芙蓉》杂志 2019 年第 2 期。）

后　记

《离岸流》是我的第一本小说集，其中所收十三篇小说写于二〇一五年到二〇一八年之间。最初的写作冲动来自对父亲的悼念——借着虚构这条船，渡我过人生的至暗时刻，是以有了不到四千字的短篇小说《一条名叫大白的鱼》。这篇写得很顺利，属于“新手的运气”——先把你引上钩，让你觉得自己是写小说这块料，果然这之后我开始迷上写小说，决定投入全副精力。以后这些作品，没有一篇是一气呵成写出来的，写的过程中我总是遇到各种各样的问题，只能硬扛下来。南非作家库切说，每一次小说创作开始，他感觉都像马戏团里的老虎将跳火圈，火圈越来越高，火焰越烧越热，跳不过去会被烧死，跳过去还有下一个火圈在等着。这段话给我一点安慰，像库切这样拿诺贝尔奖的文学大师，写作生涯都充满胆怯和自我怀疑，更何况我这个小说新手？但困难何时是个尽头？

多想无益，趁着自己还有表达欲，只能眼一闭心一横硬写下去。三年里写了长长短短的十几篇，几乎一直是退稿或者留而不发的状态。为了发表，我有时将中篇改成短篇，把短篇又改回中篇，或者把小说当作散文投稿……总之没完没了地折腾自己的作品。这个过程中，我慢慢看到自己小说的不足，也开始理解短篇小说史上那些经典作品到底好在哪里。写作和阅读的几年中，对于文学史上过往的伟大作家以及他们笔下的人物，我开始看懂他们的人生。他们的忧郁、痛苦、失望、期待、幻灭，像地下水一样慢慢流过我的心，给矇昧的“小我”开光，悲悯的光，就像《聊斋》中那支不能让其熄灭的巨烛，照亮另一次元的夜行者，让凌乱不堪的现实显示意义和道路。也是生平第一次，我开始意识到我与别人本没有什么不同，我的喜怒哀乐、欲望和梦想，在千万人中同样存在过。有一天，偶尔在播客上听到一段话，说：“文艺的最终目的在于实现人的自我意识，而自我意识来源于群体中形成的身份认同。”写作于我，就是这样一个自我意识苏醒的过程，它帮我再次认同母语，直面侨居海外永远孤独的命运。这是我作为艺术家的开始。

感谢所有读过我小说的期刊编辑和同学，没有你们的关注、批评，我的写作不可能走得这么远。感谢广西师范大学出版社新民说的编辑们，他们火眼金睛，一丝不苟，他们的心血付出纠正了我在字里行间的心猿意马，让这本小书可以体面地面世。

感谢家人和孩子的支持，中年才开始写作，每每回顾都让我觉得不可思议。人生曲折，无论写作与否，都要有颗勇敢的心，还需有体力、乐观，以及近于顽固的坚持。写作让艰难的人生稍稍好过一点，东鸣西应，宛如神迹，这是我一直信仰的文字的魔力。

二〇二〇年三月十六日

于康州韦斯顿